I0694468

Rosie y sus brillantes gafas de colores

BRIANNA WOLFSON

Rosie y sus brillantes gafas de colores

Editado por HarperCollins Ibérica, S.A.
Núñez de Balboa, 56
28001 Madrid

Rosie y sus brillantes gafas de colores
Título original: Rosie Coloured Glasses
© 2018, Brianna Wolfson
© 2018, para esta edición HarperCollins Ibérica, S.A.
Publicada originalmente por Mira Books, Ontario, Canadá.
© De la traducción, Carlos Ramos Malavé

Diseño de cubierta: Calderónstudio
Imagen de cubierta: Dreamstime.com

ISBN: 978-84-9139-242-2
Depósito legal: M-15296-2018

PRÓLOGO

Willow Thorpe sabía lo que era la fricción. El calor que se creaba cuando una cosa se frotaba contra otra. Cuando un mundo se frotaba contra otro.

Willow lo sentía siempre que se montaba en el asiento trasero del coche de su madre, se abrochaba el cinturón, le estrechaba la mano a su hermano y se preparaba para regresar a casa de su padre. Siempre que se quedaba mirando por la ventanilla del coche de su madre y seguía con la mirada los giros de la calle de camino a casa de su padre. Siempre que su padre abría la inmensa puerta delantera y murmuraba: «Llegas tarde otra vez, Rosie». Siempre que su madre respondía con una sonrisa de suficiencia y decía: «Hasta luego, Rex».

Siempre que miraba a su padre y se sentía cohibida porque le chocaban las rodillas. Siempre que pasaba de una casa con paredes llenas de obras de arte a otra con paredes blancas. Siempre que cambiaba las ceras de colores por los lapiceros del número dos.

A Willow le daba la impresión de que los hijos de otros padres divorciados fantaseaban con lo que sería que sus padres volvieran a enamorarse. Que su madre le apretara el nudo de la corbata a su padre por las mañanas antes del trabajo. Que su padre le subiera la cremallera del vestido a su madre por las noches antes de la cena. Que su madre y su padre se dieran un beso en los labios cuando creían que los niños no miraban. Que los marcos de fotos de la casa mostraran la imagen de una familia unida: madre, padre, hermano y hermana.

Pero Willow no pensaba en nada de eso.

Se imaginaba a su padre, duro y serio, en un mundo, y a su madre, cálida y deslumbrante, en otro distinto. Y pensaba en las tres veces por semana en que un mundo colisionaba con el otro.

Pero esa colisión de los mundos, esa fricción y ese calor, merecía la pena cada vez que Willow podía regresar al mundo de su madre.

Porque, en ese mundo, el amor de su madre era mágico e intenso. Ella sentía que ese amor podría cristalizar en su interior y hacerla más fuerte. Que podía llenarla, en el sentido más real de la palabra. Que podía mantenerla a salvo, feliz para siempre.

Pero Willow se equivocaba.

A su vida pronto asomarían la confusión y la tristeza, el dolor y la pérdida. Y el amor protector de su madre no podría protegerla de ninguna de esas cosas. De hecho, tal vez fuera el causante de todas ellas.

1

Doce años atrás

A los veinticuatro años, Rosie Collins creía que el amor era específico y consumía todas las energías. Creía que el amor verdadero entraba por el lóbulo de la oreja igual que entraba por el corazón. Creía que existía una manera única y especial en la que un ser humano podía amar a otro ser humano. Y pensaba en esas fuerzas invisibles del amor siempre que veía a unos novios por el parque, o en el metro, o en un banco. Imaginaba los nombres cariñosos que utilizaban antes de irse a dormir. El lugar donde a él le gustaba poner la mano. La camiseta de él que más le gustaba a ella para irse a la cama. Esa tontería que ella decía y que a él le hacía reír sin parar. El horrible cuadro que él compró para su apartamento y que a ella le encantaba ver colgado en la pared del salón.

Rosie aceptó el trabajo en la floristería Blooms, situada en la calle 22 con la Octava Avenida, nada más mudarse a Manhattan, en parte por el dinero y en parte porque le gustaba la idea de que alguien llamada Rosie trabajara en una floristería. Pero sobre todo aceptó el trabajo para poder acceder a esas fuerzas del amor. Como en sus otros trabajos insignificantes, tendría que llevar a cabo ciertas tareas mundanas; esta vez tendría que recolocar las flores, encargarse de la caja registradora y transcribir los mensajes en las tarjetas.

Pero pensaba que ahora sería capaz de aguantar en el trabajo más de las seis semanas habituales, porque en la floristería Blooms entendía cuál era el significado de su trabajo.

Se veía a sí misma como intermediaria del amor. Fantaseaba con las miles de historias de amor de las que sería testigo, si bien solo en parte, cuando los clientes compartieran con ella un pedacito de sí mismos. Le contarían cuál era la flor favorita de su novia, o el poema que más le gustaba a su prometida. Buscarían el ramo perfecto para presentarse en el trabajo de su esposa el día de su cumpleaños, o la selección de flores perfecta para decir «Feliz aniversario». O simplemente querrían enviar algo porque sí.

Estaba tan emocionada que se pasó el domingo anterior a su primer día de trabajo practicando su caligrafía. Quería asegurarse de que cada carta fuese lo suficientemente única para transmitir la belleza y la originalidad del amor que se escondía detrás del mensaje. Apenas durmió esa primera noche por los nervios, pensando que por fin tendría acceso sin límites a la voz del amor. Era una voz que le encantaba, pese a que todavía no formase parte de su vida.

Pero a Rosie se le rompió el corazón aquella primera semana en Blooms cuando, día tras día, los hombres llamaban y pedían que enviaran una docena de rosas rojas a sus novias, esposas o amantes con una tarjeta en la que simplemente ponía *Con cariño. Jim*, o *De parte de Tom*, o solamente *Harry*.

¿Acaso no había mujeres que preferían hortensias, crisantemos o lirios? ¿Algunas de esas flores no irían destinadas a mujeres que preferirían el rosa o el blanco, o una mezcla de colores? ¿Acaso los hombres enamorados no sabían esa clase de cosas sobre sus parejas? ¿No les apetecía rellenar la tarjetita que acompañaba a las flores con unas palabras sinceras y hermosas?

Cuando uno le enviaba flores a su mujer, ¿no quería transmitir: «Esto es lo que siento todavía cada vez que te miro a los ojos»? Cuando uno amaba a alguien, ¿no tenía ganas de decírselo de la manera más perfecta y única? ¿Cómo era posible que todos aquellos hombres amaran a sus mujeres del mismo modo? Enviándoles la misma docena de rosas rojas y la misma tarjeta de *Con cariño. John*, o *De parte de Rob*, o un simple *Colin*.

A Rosie se le rompía el corazón pensando que el amor pudiera ser tan banal.

Pero Rosie no era de las que se quedaban de brazos cruzados con el corazón roto. Sobre todo si eso amenazaba su visión del mundo. Si los hombres de Manhattan no eran capaces de expresar amor correctamente, ella los ayudaría. Adornaría sus gestos con matices, ya fueran auténticos o no.

De modo que se propuso asegurarse de que no saliera ninguna tarjeta de la tienda con una simple y aburrida firma genérica. Reemplazaba cualquier petición aburrida con mensajes que consideraba más apropiados para un gesto de amor. *Anoche estabas preciosa. Te quiero. Alex. Estaba pensando en lo guapa que estabas cuando se te quedó un trozo de comida entre los dientes. Te quiero. Ryan. Soy mejor cuando tú estás cerca. Te quiero. Charlie. Espero que salgamos muchas más veces. Te quiero. Ian.* Y sonreía satisfecha cuando ataba cada tarjeta al tallo de una flor y la enviaba.

Esas eran las historias de amor de las que Rosie quería formar parte. Aunque no fueran reales, ella seguía pensando que, en cierto modo, eran auténticas.

Durante semanas nadie mencionó jamás sus empujoncitos al amor. Nadie hasta que Rex Thorpe llamó y pidió que enviaran una docena de rosas rojas a su novia al 934 de Columbus Avenue.

—¿Y qué quiere que ponga en la tarjeta? —preguntó Rosie sin mucho afán.

Ya había hablado en alguna ocasión con ese tipo que tenía una novia en el Upper West Side. Impaciente. Probablemente con un buen trabajo. Seguramente guapo, aunque también muy imbécil. Lo más seguro era que tuviera una novia guapa a la que apenas decía «Te quiero».

—¿La tarjeta? ¿Qué tarjeta? —preguntó Rex secamente.

—La tarjeta que acompañe a las rosas rojas.

Hubo una pausa.

—¿Señor? —dijo ella poniendo los ojos en blanco mientras transmitía su desdén a través del teléfono.

—Y yo qué coño sé.

Silencio. Y entonces le llegó a través del aparato el asqueroso sonido del chicle al mascarlo.

—«Para Anabel. Con cariño. Rex». Supongo.

Y colgó.

Rex y la conversación que habían mantenido le parecieron insultantes para ella y para la palabra «amor». Una vez más.

De modo que rellenó la tarjeta como a ella le pareció oportuno: con su poema favorito de e. e. cummings:

amor es mucho más espeso que olvídate
mucho más delgado que recuerda
más rara vez que una ola está mojada
más a menudo que desfallecer

mucho más loco es y lunarmente
y menos no será
que todo el mar que solo
es más profundo que el mar

amor es menos siempre que vencer
menos nunca que vivo
menos más grande que el menor comienzo
y menos más pequeño que perdona

es el más cuerdo y solarmente
y más no puede ya morir
que todo el cielo que solo

Y después firmó en su nombre: *Te quiero. Rex.*

Era la primera vez que usaba las palabras de otra persona además de las suyas en las notas. Jamás había recurrido a ninguno de sus poetas favoritos. Pero en esa ocasión, teniendo que compensar la absoluta imbecilidad de Rex Thorpe, le pareció adecuado.

Ni siquiera ella tenía claro si estaba tratando de rescatar a la novia de Rex en cierto modo o si lo que intentaba era decirle a Rex algo sobre cómo debería ser el amor. En cualquier caso, su esfuerzo había quedado plasmado en tinta y aparecería en la puerta de Anabel pasadas treinta y seis horas.

Y Rosie estaba feliz.

Cuando Rex fue a casa de su novia para que le diera las gracias por las flores que le había enviado, Anabel se apresuró a rodearle con los brazos con energía. Sin que Rosie lo supiera, Anabel estudiaba literatura y admiraba a e. e. cummings.

—Tu nota es perfecta —le dijo a su novio—. La guardaré para siempre. Yo también te quiero.

Rex sabía que Anabel estaba segura de que se casarían y él todavía no había encontrado ninguna razón para que eso no fuese así.

Recibió su inmerecido abrazo sin decir una palabra, pero, cuando vio la tarjeta del ramo, se puso furioso. Porque no le interesaba el lenguaje de las flores y desde luego no le interesaba que nadie hiciera nada sin su consentimiento explícito.

A sus treinta y un años, Rex Thorpe daba mucha importancia a ciertos aspectos de su vida. Daba importancia a sus pantalones Brooks Brothers y a sus camisas de botones. Daba importancia a los muebles Eames de su apartamento. A los restaurantes del Upper West Side que frecuentaba y a los títulos académicos de las personas con las que interactuaba. Al *whisky* que bebía y a la forma del vaso en el que lo presentaban. A la marca de la tinta de su bolígrafo. A su aspecto de hombre respetado y de éxito. Un hombre auténtico.

Rex centraba toda su atención en esas cosas y no le parecía lógico ni práctico invertir esfuerzos en Anabel DeGette. No le importaba lo suficiente como para desvivirse por ella, pese a que era una chica guapa y agradable. Él era plenamente consciente de que, si tener una mujer guapa y agradable no formase parte de su idea de una vida «de éxito», probablemente no querría saber nada de mujeres. Pero, como no era así, sabía que debía tener alguna muestra de afecto ocasional y al mismo tiempo seguir ignorando a su novia y pasarse la vida en el trabajo. Y había optado por un ramo de rosas con una tarjeta en la que ponía *Con cariño. Rex.*

—¿Qué coño has hecho? —le gritó a Rosie al día siguiente nada más entrar en la floristería—. Te di unas instrucciones muy precisas para la nota. Y esas instrucciones no incluían un poema del jodido e. e. cummings. ¿Quién coño te crees que eres para interferir y manipular mis palabras?

Estaba preparado para continuar con su diatriba, pero se detuvo en seco al ver a Rosie con aquel vestido estampado que le llegaba a la altura de las rodillas. Al ver su pelo castaño, que se escapaba de una trenza medio deshecha. Con un flequillo que casi le tapaba las cejas, muy pobladas. Con unos guantes manchados de flores que resultaban demasiado grandes para sus manos, que sin duda serían muy pequeñas. Con aquel cuerpo menudo. La nariz ligeramente aguileña. Sus pecas. El bamboleo de sus caderas mientras tarareaba la melodía de *Leather and Lace*, de Stevie Nicks y Don Henley. Su capacidad para brillar.

Y, sobre todo, su capacidad para ignorar su rabia.

Rex se quedó sin palabras al contemplar todo aquello.

Se quedó parado, con la boca abierta, decepcionado al comprobar que Rosie ni siquiera le había mirado aún. Pensó que podría llamar su atención, solo por un instante. Quería llamar su atención. Quería mirarla a los ojos y descubrir algo nuevo.

Sin ni siquiera levantar la mirada de las rosas a las que estaba quitándoles las espinas, Rosie supo que era Rex quien había entrado por la puerta hecho una furia. Levantó brevemente la mirada por debajo del flequillo. Guapo e imbécil, efectivamente.

Trató de mantener la mirada fija en las rosas que tenía en las manos mientras Rex le hablaba, pero perdió la batalla cuando sus palabras cesaron. Miró a Rex Thorpe a los ojos solo un instante y se fijó en todo lo demás. Sus cejas rebeldes. Sus hombros fuertes. Su piel suave. Las arrugas de sus mejillas. El pelo negro.

Su presencia.

No soportaba estar en la tienda con aquella tensión abrumadora. Esa sensación de repulsión y atracción simultáneas. De modo que sacudió las manos hasta que los guantes de lona cayeron sobre el mostrador. Acto seguido agarró su bolsa de tela, llena de cuadernos garabateados y caramelos, y pasó frente a Rex sin decir una sola palabra. Se centró tanto en salir por la puerta que no prestó atención a lo que ocurría en la tienda, y ni siquiera se detuvo para ver que se le habían caído una cera de color azul y un par de centavos del bolso con las prisas.

Mientras caminaba hacia la puerta, sintió otra punzada. Aunque no compartía los principios de Rex, admiraba su autenticidad. No todos los hombres expresaban su opinión de esa forma. No todos estaban dispuestos a permitir que los demás supieran qué era lo que les hacía daño. Lo que los fastidiaba, los satisfacía o los emocionaba. La confianza en sí mismo tenía algo de sexi. Su masculinidad. Sus convicciones. Pero, incluso pensando todas aquellas cosas sobre el hombre que estaba plantado en mitad de Blooms, Rosie salió de la tienda y decidió tomarse la tarde libre.

Se montó en su bici y, sin preocuparse de nada más, se dirigió hacia su rama favorita del sauce de Central Park. Con la melodía de *Leather and Lace* en la cabeza y el aroma boscoso de Rex en la nariz.

2

El caso era que Willow Thorpe odiaba los miércoles. Según lo acordado en el divorcio, tenía que pasar los miércoles con su padre. Y los días con su padre estaban plagados de deberes, clases de piano y listas de tareas.

Pero su madre no tardó en convertir las noches de los miércoles en su noche favorita de la semana. Otra aventura, otra oportunidad para recibir amor.

Willow se puso su camiseta favorita de Keith Haring por encima de la cabeza y dejó que le cayera sobre los hombros. Sonrió cuando se miró al espejo para lavarse los dientes y se vio con ella puesta. Le encantaba esa camiseta enorme con todas sus rayas sencillas y sus colores brillantes. Era una prenda que transmitía alegría. Le gustaba que unas figuras tan simples parecieran tan felices bailando juntas.

Se limpió la pasta de dientes de la comisura de los labios y se metió bajo las sábanas. Y esperó. Cerró los ojos como si estuviera durmiendo, aunque no fuese así en absoluto. Y entonces esperó un poco más. Y, cuando sonó su alarma a medianoche, sintió como si hubiera pasado todo el tiempo del universo y a la vez el tiempo se hubiera detenido.

Con un cosquilleo que recorría su piel, metió los pies en las zapatillas, agarró su linterna de la mesilla de noche, metió la almohada bajo las sábanas por si acaso su padre pasaba a verla y bajó de puntillas las escaleras traseras. Se agarró a la barandilla para no perder el equilibrio, pero bajó los peldaños con naturalidad. Era una pena que fuese así de grácil en una escalera a oscuras en mitad de la noche, cuando nadie más podía verla.

Hundía los dedos con determinación en la moqueta que cubría cada escalón. Después atravesó la cocina, salió por la puerta de atrás y recorrió el jardín hasta el otro extremo. Allí parada, en la linde del césped, frente a aquellos árboles inmensos, sintió que se le aceleraba el corazón. Estaba sola en la oscuridad. Solo oía el canto de los grillos y el leve crujido del bosque. Sus pulmones se llenaban con el aire fresco y limpio del mes de octubre.

Notaba la emoción recorriendo sus venas. Estaba en el límite del mundo de su padre y a punto de entrar en el de su madre. Aquel era el camino a la felicidad.

Echó a correr y se sumergió en las profundidades de los árboles. «Solo treinta y siete pasos y medio», se dijo a sí misma mientras corría sobre las hojas secas y los palitos del suelo hacia la casa del árbol. Su madre y ella contaron los pasos en una ocasión. Rosie incluso se aseguró de hacer el cálculo con las zancadas de Willow y no con las suyas.

Cuando llegó a la base de la escalera que ascendía por el árbol, hizo la señal: tres *flashes* con la linterna. Después esperó con los ojos muy abiertos y el corazón desbocado. Y, a los pocos segundos, Rosie le devolvió la señal y asomó la cabeza por la base de la casa del árbol.

A Willow siempre le daban ganas de subir corriendo la escalera cuando veía a su madre, pero sabía que sus rodillas enclenques no eran rival para los peldaños de madera desvencijados. Apenas podía mantenerse erguida en el pasillo de quinto curso, mucho menos en una vieja escalera. Así que se tomaba su tiempo para subir, aferrando con cuidado cada escalón con los dedos mientras ascendía despacio, paso a paso.

Cuando por fin llegaba arriba, su madre la levantaba por los brazos y le daba un fuerte beso en la mejilla. Y juntas cantaban, bailaban, hablaban y dibujaban a la luz de la linterna. Pintaban y echaban peleas de pulgares, jugaban al Twister y hacían girar monedas. Se turnaban para decir trabalenguas. Se querían la una a la otra.

Y, cuando las paredes de la casa del árbol estaban cubiertas de nuevos dibujos, cuando ellas tenían la boca pintada de azúcar picapica de colores y la barriga llena de refresco de vainilla, cuando el aire de la casa del árbol quedaba inundando por la voz de Elton John, que sonaba en los diminutos altavoces de su madre, Willow apoyaba la cabeza en el regazo de Rosie y suspiraba.

—Mamá, ¿por qué os divorciasteis papá y tú? —le preguntó a su madre.

—Bueno, ¿a ti te gusta despertarte con el sol o con una alarma? —le preguntó Rosie.

—Con el sol —respondió ella sin perder un segundo.

—A mí también, cariño —dijo Rosie antes de darle un beso en la frente. Entonces Willow volvió a suspirar sobre el regazo de su madre.

Cuando sonó la alarma de Rosie a la una de la madrugada, ambas recogieron los envoltorios y los juguetes, apagaron la linterna y bajaron por la escalera. Rosie con facilidad y Willow muy concentrada.

Cuando Willow llegó a la puerta trasera de la casa de su padre, esperó y vio cómo su madre se alejaba de la entrada caminando. Se fijó en su pelo, que se agitaba ingrávido mientras con sus brazos delgados se esforzaba por no dejar caer al suelo la pila de latas de refresco, caramelos y lápices de colores que apretaba precariamente contra su pecho. Willow contempló a su madre en todo su esplendor, en toda su efervescencia, hasta que fue absorbida por la oscuridad.

Inevitablemente, antes de desaparecer, a Rosie siempre se le caía algún lápiz, o cera de colores, o rotulador al suelo y ella no hacía amago de recogerlo. Su madre ni siquiera se detuvo para advertir el ruidito que hizo el objeto cuando se le cayó de los brazos y golpeó el asfalto. Rosie se montó en su coche y las luces del interior volvieron a revelar su silueta. Después bajó la ventanilla, se llevó las manos a los labios y extendió los brazos hacia Willow. Le envió a través de la oscuridad un beso que le llegó al alma.

Después se alejó conduciendo.

Willow regresó al camino de la entrada con la linterna enfocada hacia el suelo para recoger la cera y llevársela a su habitación. Hizo girar el cilindro rosa oscuro entre sus manos y miró la etiqueta de la cera —*Mermelada de frambuesa*— antes de guardársela en el bolsillo del pijama.

Los miércoles por la noche, mientras Willow se quedaba dormida por segunda vez, revivía en su cabeza la imagen de los labios rojos de su madre al sonreír, las caricias de sus dedos largos en su pelo. Y así, sin más, se dormía feliz.

Y daba igual lo cansada que estuviera en el colegio los jueves por la mañana, porque la noche del miércoles se había convertido en su noche favorita de la semana.

Willow se despertó a la mañana siguiente en su habitación, en casa de su padre, al oír el despertador. Abrió los ojos despacio y se fijó en las paredes azules y en la cómoda de mimbre. En los cojines tirados por el suelo. Y volvió a oír la alarma.

Rex le había dicho que el truco para no apretar el botón que posponía la alarma unos minutos más residía en colocar el despertador al otro lado de la habitación. «¡Así la única manera de parar la alarma es levantarte!», le dijo una mañana en que se quedó dormida. Se lo dijo mientras trasladaba el despertador desde su mesilla hasta el borde de la cómoda situada en la pared de enfrente.

Willow apagó el despertador y se puso a hacer las tareas de la lista que su padre había elaborado para ella. También se aseguró de que su hermano pequeño estuviera haciendo las suyas. Pero, como de costumbre, no era así.

A los seis años, Asher Thorpe siempre se olvidaba de las cosas. Derramaba cosas. Rompía cosas. Se chocaba con cosas. Pero siempre se lo perdonaban todo. Porque tenía las mejillas rechonchas, los ojos azules y el pelo rubio. Pero, sobre todo, porque le faltaban los dos dientes delanteros y le costaba pronunciar la letra «R» y la «S».

A todo el mundo le sorprendía que dos personas morenas como Rosie y Rex pudieran tener un hijo rubio de ojos azules. Pero para Rex, para Rosie e incluso para Willow era lógico que Asher tuviera unos rasgos tan dulces y tiernos. El niño poseía una ligereza de la que carecían el resto de los Thorpe. Una ligereza que Willow recordaba siempre que llegaba a la habitación de Asher y lo encontraba plácidamente dormido bajo un montón de animales de peluche. Siempre que despertaba a su hermano y él sonreía al ver a su hermana mayor.

—Tu lista de tareas de la mañana, Ash —le dijo Willow antes de darle un beso en la frente.

—¡De acueddo, de acueddo! —respondió Asher con una sonrisa somnolienta.

Willow salió de la habitación de su hermano y completó su lista.

Cepillarse los dientes; 30 segundos los de arriba, 30 segundos los de abajo

Lavarse la cara; solo jabón de cara

Hacer la cama

Cepillarse el pelo

Doblar el pijama

Vestirse; ¡ropa limpia!

Hacer la mochila; ¿llevas todos los deberes?

Willow tenía memorizada su lista de tareas de la mañana, pero su padre insistía en dejarla pegada en su puerta junto a su lista de tareas de la tarde, que a su vez estaba junto a la lista de la noche. Y ella se mostraba muy diligente para completar todos los puntos de la lista, salvo dos.

Lo primero que le suponía un problema era «Cepillarse el pelo». Porque Willow tenía el pelo demasiado rizado y rebelde, y cepillarlo no hacía más que empeorarlo. Su madre le decía que esa era la clase de cosa que los chicos no entendían y le sugería que ignorase ese punto de la lista. Pero a ella no le gustaba desobedecer, así que, en vez de saltarse ese punto, cada mañana se pasaba el cepillo por la parte suave.

Y luego estaba lo de «Vestirse». Aunque no le suponía un problema hacer eso, a su padre nunca le gustaba la ropa que escogía para ponerse. Y lo que escogía era todos los días lo mismo: *leggings* morados brillantes, una camiseta negra con una herradura plateada y las deportivas Converse negras. Lo mismo cada día durante los últimos cuatro años. Tenía varios pares de *leggings* morados y varias camisetas iguales. Y aquel día, cuando llevaba ya varias semanas en quinto curso, seguía llevando el mismo atuendo.

Su padre nunca decía nada sobre su manera de vestir. Al menos no con la boca. Pero no le hacía falta, porque ella se daba cuenta de que no le gustaba nada verla con aquellas prendas. Cada mañana, cuando le daba los buenos días, sabía que había vuelto a decepcionarlo. Lo decía con la mirada, con la caída de la barbilla y aquel leve movimiento de cabeza. Quizá fuese su ropa o quizá sus rodillas enclenques. Quizá fuese otra cosa. Fuera lo que fuera, su padre nunca miraba a su hija como lo hacía su madre.

Rex siempre ocupaba la enorme silla de madera situada a la cabecera de la mesa. Con la pierna derecha cruzada sobre la izquierda. Con sus gafas de lectura en la punta de la nariz y una taza de café humeante en la mano derecha. Tenía varias notas garabateadas sobre la mesa e iba vestido con un traje que parecía nuevo.

Tenía un aspecto serio y poderoso. El mismo aspecto de siempre.

Rex Thorpe era alto, fornido y tenía los hombros echados hacia delante. Si se le miraba de cerca, se veía que sus ojos negros siempre se movían imperceptiblemente de un lado a otro. Siempre estaba analizando la habitación y a las personas que la ocupaban. Y siempre tenía los labios apretados, como si estuviera a punto de decir algo. Pero no hacía falta más que ver su ceño fruncido y su mandíbula apretada para saber que no querías oír lo que tuviera que decir. Pero estuviese hablando o en silencio, mirándote o ignorándote por completo, Rex Thorpe siempre llamaba tu atención cuando compartías una estancia con él.

Willow se sentó a la mesa, sirvió un tazón de cereales Lucky Charms para su hermano y después otro para ella, mientras Rex subía y bajaba su brazo derecho como si fuera una máquina para dar sorbos esporádicos al café. Willow y Asher utilizaron sus pesadas cucharas de plata para llevarse a la boca primero los trocitos que no fueran malvaviscos. Les gustaba ver de qué color teñía la leche la mezcla específica de malvaviscos en forma de herradura, de corazón y de marmita de oro. Cuando la leche adquiría un color concreto, ambos rebuscaban en la caja de ceras que había sobre la mesa hasta encontrar la cera cuyo color más se acercaba al color de la leche de su tazón. El que anunciara el color más parecido se ganaba un beso de Rosie.

Cuando jugaban a eso en casa de su padre, Willow y Asher se limitaban a remover la leche en silencio, pero al menos ambos se lo pasaban bien.

Asher rompió el silencio y preguntó:

—¿Podemos ir a jugar a los bolos este fin de semana?

—Quizá cuando terminéis todas vuestras tareas —respondió Rex sin apartar la mirada del cuaderno situado junto al posavasos sobre el que dejaba el café.

Willow ya sabía que diría algo así. Porque las cosas a las que su padre decía «sí» eran muy concretas y casi siempre condicionales. Podías ver la tele durante quince minutos si ya habías doblado la colada. Podías tomar helado, con dos coberturas como máximo, si te terminabas todos los guisantes del plato. Podías salir a jugar, con el abrigo bien abrochado, solo después de haber practicado piano durante treinta minutos. Podías abrir una nueva caja de cereales cuando la antigua se hubiese terminado, y después debías doblar la antigua caja para que quedara plana y meterla en el cubo del reciclaje. A su padre le daba igual que en la antigua caja no quedaran ya malvaviscos en forma de herradura.

Asher siguió comiendo sus cereales con un «¡Jopé!» y después se metió bajo la mesa de la cocina para jugar con sus figuritas de acción. Lo que significó que todo volviera a quedar en silencio, y Willow se sintió desilusionada. A ella le gustaban el ruido, la música y los juegos.

Le gustaba la casa de su madre.

Levantó la mirada del tazón y pensó en preguntarle a su padre de qué color creía que era su leche. Pero se le hinchaban las sienes con cada pompa de chicle rosa que explotaba. Tenía un aspecto muy serio, tan intenso, inmerso en sus notas.

Así que Willow sacó su libro de sopas de letras de la mochila y buscó en la lista la siguiente palabra: ZIGZAG. Comenzó a buscar en la rejilla la letra «Z». Iba recorriendo el papel con su cera de color mermelada de frambuesa y sonreía al pensar en su secreto. El secreto de cómo había llegado a su poder esa cera. Y, aunque nadie se fijara en que sonreía o en que tenía una cera, ella estaba orgullosa de aquel cilindro rosa oscuro que tenía en la mano. Orgullosa de que su madre la quisiera tanto como para verse con ella en la casa del árbol en mitad de la noche. Orgullosa de tener una madre que jugara con ella los miércoles por la noche. Orgullosa de tener una madre que siempre la dejaba ganar en una guerra de pulgares.

Willow encontró la palabra justo antes de que sonara la «alarma del autobús» de Rex. Ahí estaba, escrita en mitad de la página. *Z-I-G-Z-A-G*. Rodeó la palabra con la cera, cerró el cuaderno y se lo guardó en la mochila. Lo necesitaba para no aburrirse en el autobús. Y en la mesa durante la comida. Y bajo el tobogán durante el recreo. Y en su imaginación.

Llevó los tazones vacíos al fregadero, se abrochó el abrigo, después a su hermano, y dijo «Adiós, papá» en voz alta para que él oyera que se marchaban a clase.

—¡Adiós, chicos! —gritó Rex desde la mesa de la cocina.

Si Willow elaborase una lista de tareas para su padre y la pegara a la pared, no pondría *Revisa tus notas* o *Anuda la corbata*. Solamente diría una cosa:

Dales un beso de despedida a Willow y a Asher.

3

Doce años atrás

Cuando Rosie llegó a su sauce favorito junto al estanque de Jacqueline Kennedy Onassis por decimocuarta vez en catorce días, se quitó el casco y apoyó su bici contra la corteza arrugada del tronco. Entonces comenzó a trepar. La cuarta rama por la izquierda era su favorita para sentarse. Desde allí se oía el murmullo del agua y de las conversaciones, pero nadie la veía a ella. Se sentaba en el árbol y hacía dibujos y escribía notas a amigos en ciudades lejanas.

Dos semanas atrás, abandonó la floristería Blooms después de que Rex entrara gritando y decidió que no iba a volver. Y, si se hubiera molestado en escuchar sus mensajes, probablemente sabría que la habían despedido de todos modos.

Sacó de su bolsa unas cuantas pajitas de azúcar de picapica y las abrió. Se metió en la boca parte del azúcar y dejó el resto sobre su cuaderno. Los cristales morados se dispersaron sobre la página. Después añadió un poco de naranja y un poco de rojo y lo mezcló con las yemas de los dedos.

«Arte», pensó. «Ja». Acercó la lengua al montoncito de azúcar para probarlo y después sopló el resto para limpiar la página. Vio cómo los cristales de colores se esparcían por el aire y caían hacia el suelo.

—¿Pero qué coño? —exclamó una voz que le resultaba familiar. No podía olvidar esa voz. La manera incisiva en que Rex Thorpe decía «coño».

En circunstancias normales, Rosie se habría disculpado, pero no pensaba decirle «Lo siento» a aquel imbécil tan guapo. No después de haberla tratado así. No después de tratar así al amor.

Se bajó del árbol dispuesta a ignorarlo por segunda vez en dos semanas. Y, al hacerlo, se le enganchó el vestido por encima de la cabeza y dejó al descubierto su ropa interior de lunares. En cuanto la tela se recolocó, Rosie y Rex se miraron a los ojos.

Se produjo una pausa.

—Eh, yo te conozco. Tú trabajas en la floristería. Escribiste la nota para mi novia. La del maldito poema de amor de e. e. cummings.

Otra pausa.

—Menuda mierda.

Rosie se ajustó el vestido, entornó los ojos y decidió pelear, aunque fuera por un segundo.

—Tu nota sí que era una mierda.

—¿Sí? ¿Por qué? —respondió él, dispuesto a aceptar el desafío.

Rosie estuvo a punto de irse, contrariada, pero algo se rebeló en su interior.

—Hasta Maléfica le dijo algo original a la Bella Durmiente.

En vez de contraatacar, Rex se quedó allí mirándola. Y después se rio. La respuesta de Rosie le parecía rara, inmadura y adorable.

Rosie intentó escapar de él por segunda vez, bolsa en mano. Su cuerpo se agitaba de manera encantadora, como hacía dos semanas en la floristería, pero ahora a eso se sumaban las respuestas extrañas y la ropa interior de lunares.

Rex pensó en Anabel. Ella nunca se movía así, ni se vestía así, ni caminaba así. Ella siempre llevaba la espalda recta, el cuello estirado y una camisa recién salida de la tintorería.

A Rex le sorprendió descubrir que todo lo que proyectaba Rosie bajo aquel sauce le parecía encantador. Sobre todo aquella manera torpe de intentar zafarse de él. Caminó decidida en una dirección, pero entonces se dio la vuelta abruptamente y caminó con la misma decisión en dirección contraria.

Pero Rex se colocó frente a ella y la miró.

Y ella levantó la cabeza muy lentamente y le devolvió la mirada.

Rex se fijó en sus enormes ojos marrones y alcanzó a ver su alma, sus huesos y su corazón, que se había acelerado.

Él sintió que a su corazón le pasaba lo mismo y, en aquel preciso instante, comenzó a creer en esa fuerza del amor única e invisible.

Y aquello hizo que Rex deseara a Rosie. De manera plena y visceral. Y cuando Rex Thorpe deseaba algo, se encargaba de conseguirlo.

De modo que allí mismo, junto al estanque de Jacqueline Kennedy Onassis, Rex Thorpe apoyó a Rosie Collins contra la corteza de un sauce y la besó con dulzura en los labios.

Fue el mejor beso de su vida.

Aunque tuviera azúcar picapica en la boca y en el pelo.

Rosie todavía tenía los ojos cerrados cuando le preguntó muy despacio:

—¿Crees que volveré a verte alguna vez?

Rex se quedó mirando sus párpados cerrados y respondió con sinceridad.

—Desde luego.

Rex Thorpe se fue a casa, hizo una reserva en el restaurante más impresionante que se le ocurrió y le dijo a Anabel con esa misma sinceridad que lo lamentaba, pero que no la amaba.

Porque Rex Thorpe por fin había experimentado lo que era el amor. Y ese amor sabía a azúcar picapica y llevaba ropa interior de lunares.

4

Willow se entretuvo con su lista de tareas aquella mañana más que cualquier otro día. Pensó en el autobús 50. Era lo más difícil de ir al colegio de primaria Robert Kansas. Porque el 50 era un lugar cruel para una niña de quinto curso que llevaba coletas apretadas que bailaban en todas direcciones. Era un lugar cruel para una niña que prefería escuchar música a jugar a la rayuela con las amigas. Para una niña que iba sentada inmersa en las sopas de letras. Era cruel para una niña de quinto que se vestía todos los días con la misma ropa y que una vez, solo una vez, se hizo pis encima durante el recreo delante de todos.

El autobús 50 era una pesadilla para Willow Thorpe.

Willow no podía volver a ese autobús. Jamás. Así que se lo contó a su padre. Le contó que le tiraban del pelo. Le contó que señalaban su camiseta negra favorita con la herradura y se reían diciendo «La lleva puesta otra vez». Le contó que le rompían las páginas de las sopas de letras cuando estaba a punto de rodear una nueva palabra. Tuvo que tragarse el nudo que tenía en la garganta para contarle todo aquello.

Pero se quedó destrozada cuando lo único que su padre le sugirió fue que lo arreglara ella sola.

—Deja de sentarte junto a esos niños, Willow —le dijo restándole importancia—. Siéntate justo detrás del conductor. Él te ayudará.

Willow hizo lo posible por tragarse el nudo de la garganta una vez más para protestar, pero, como de costumbre, su padre se mostró inflexible. Rex la acompañó hasta dentro del autobús, señaló el asiento de vinilo verde con la cinta aislante que tapaba un agujero en el respaldo y le dijo:

—Siéntate ahí, Willow.

Lo dijo delante de todos. Estaba empeorando la situación.

—Siéntate, Willow —se burlaron los de quinto curso, e incluso algunos de cuarto, dándose palmaditas en las piernas como si hablaran con un perro.

A ella tal vez le habría disgustado más si no pensara que aquellos niños tenían algo de razón. Era cierto que su padre le hablaba como si fuera un perro. Un perro al que estuviera adiestrando. Y no solo aquella vez en el autobús. Era a todas horas.

«Cómete el brócoli».

«Lleva tu plato al fregadero».

«Termina los deberes».

«Haz la cama».

«Átate los zapatos».

«Ayuda a tu hermano».

Su padre decía esas cosas sin una sonrisa, sin un «Por favor», sin un mínimo de cariño. Su padre era firme y directo y a ella no le gustaba. Ni en el autobús 50 ni ningún otro día en su casa.

En un esfuerzo por evitar el contacto visual con los demás niños del autobús escolar, Willow centró su atención en la cinta aislante pegada al respaldo del asiento. Deseó que Asher no tuviera que ir en el autobús de los más pequeños. Deseó que fuera sentado junto a ella. Y, mientras lo deseaba, se entretuvo en tirar de los bordes pegados de la cinta, hasta despegarlos y dejar al descubierto el agujero del asiento. Pero, al asomarse al agujero, vio algo extraño allí. Metió la mano para ver qué era.

En el interior descubrió dos pajitas de azúcar picapica con sabor a uva atadas con un cordel y con una nota en la que ponía *Para Willow*.

Por primera vez en todo el año, Willow sonrió en el autobús 50. Sonrió para sus adentros y se guardó con disimulo los dulces en la mochila.

Pero acto seguido volvió a sacar una de las pajitas, la abrió y se metió el azúcar en la boca. No podía esperar ni un segundo. Le encantaba el azúcar picapica. Le encantaba aquella fuerza amorosa que los había dejado allí. Y pensó en quién sería esa fuerza amorosa. Solo había una persona en aquel pueblo, en aquel planeta, en el universo entero, que la quería tanto como para sorprenderla con su sabor favorito de azúcar picapica.

Mientras Willow caminaba por el pasillo con la otra pajita de azúcar picapica en la mochila, casi se había olvidado de que los niños del colegio de primaria Robert Kansas eran malos. Casi se había olvidado de que le pondrían pañales en el casillero. Casi se había olvidado de la primera vez que vio unos pañales en su casillero de primer curso después de hacerse pis encima, pocos días después de que sus padres le dijeran que iban a divorciarse. El día de la tormenta. Aquella terrorífica tormenta. Casi se había olvidado de que no tendría a nadie con quien sentarse durante la comida, de que todos evitaban ponerse con ella en clase de gimnasia. De que los profesores nunca le preguntaban, pese a saberse todas las respuestas. De que, en algún momento del día, se caería inevitablemente delante de todos.

La fuerza de la gravedad funcionaba de forma diferente en ella. La tiraba al suelo inesperadamente. Tiraba de ella hacia la tierra cuando le daba la gana. Le daba un golpe en la rodilla, en el codo o en la cadera, y todo su cuerpo se doblaba y acababa tirada en el suelo. Y, aunque aquello solía provocarle pequeños moratones o rasguños, a ella no le importaba caerse así. La hacía sentirse especial, única. La idea de que en alguna parte, a veces, el mundo a su alrededor la escogía a ella. La escogía a ella para acercarla más a él. Le gustaba la idea de que la fuerza de la gravedad pensara en ella de vez en cuando. Y le gustaba pensar que, siempre que eso sucedía, se lo hacía saber con un pequeño tirón.

Cuando sonó el timbre del mediodía, Willow se tomó su tiempo para sacar la bolsa de la comida de su casillero, y se tomó su tiempo mientras caminaba por el pasillo hacia la cafetería. Así pasaría menos rato sentada sola a la mesa en la parte de atrás. Ponía un pie delante del otro muy despacio mientras recorría con los dedos las paredes verdes del colegio.

Pero, antes incluso de doblar la esquina para acceder al comedor, oyó a Amanda Rooney y a Patricia Bleeker riéndose antes de verlas. Era un truco que reconoció del año anterior. Amanda y Patricia habían esperado a que doblase la esquina para sacar la pierna con sus zapatos blancos de plataforma y ponerle la zancadilla, haciendo que cayese al suelo. Se rieron mucho antes de alejarse caminando agarradas del brazo.

Aquel día Willow estaba preparada para no caer en la trampa por segunda vez. Así que se apartó de la pared antes de girar y se encontró a Amanda y a Patricia agachadas al otro lado. Ambas llevaban un enorme lazo azul en el pelo rubio y camisetas de rayas rosas. Apenas distinguía quién era cada una, porque estaban pegadas la una a la otra con sus atuendos a juego. Las miró a la cara y sonrió ligeramente, diciéndoles con la mirada: «Esta vez no pienso caer».

Pero, justo cuando pensaba que había escapado de las burlas, la gravedad tiró de ella con tanta fuerza que la hizo irse al suelo. Primero la rodilla derecha, después la cadera y por último el hombro.

Amanda y Patricia empezaron a reírse con sus chillidos agudos. Y aquel sonido rebotaba en su cabeza mientras ella se quedaba tirada en el suelo con los ojos cerrados, albergando la esperanza de que sus gritos cesaran.

Pero no hicieron más que aumentar.

Cuando volvió a abrir los ojos, las dos niñas rubias de ojos azules estaban de pie junto a ella, tirándole puñados de virutas de lapicero por encima, asegurándose de que se le quedaran metidas en el pelo.

Willow se quedó allí tumbada y vio que la manzana de la bolsa de la comida salía rodando por el pasillo.

Hasta que al fin las voces de Patricia y Amanda se alejaron y dejaron a Willow con su codo magullado y su manzana igualmente magullada. Con su comida echada a perder y el pelo hecho un desastre.

Se levantó y sacudió la cabeza, suponiendo que las virutas de madera amarilla saldrían despedidas por el aire, pero no fue así. Las virutas se le habían quedado tan metidas en el pelo que ni una sola cayó al suelo. Así que se fue al baño a buscar un espejo, pensando que tal vez le diera tiempo a quitárselas con los dedos antes de que acabara la hora de la comida. Pero en la pared situada junto al espejo habían escrito en letra negra: *Willow, pelo estropajo*. Se preguntó si alguien acabaría de escribirlo o si estaría allí desde el año pasado.

Fuera como fuera, tras mirarse en el espejo antes de darse la vuelta, le pareció que las virutas amarillas le quedaban bien. Le daban ese efecto de movimiento que tenían los dibujos de su camiseta de Keith Haring. A su madre le gustaría. Además, esa noche cenarían *pizza*, así que podría enseñárselo.

5

Doce años atrás

Aunque Rex no era el tipo de Rosie, su alma ya había sucumbido a él en muchos aspectos. Estaba nerviosa y emocionada a partes iguales antes de su primera cita.

Combinó varios vestidos estampados con joyas *vintage* hasta que quedó satisfecha. Se giró ante el espejo y se lanzó un beso tras pintarse los labios de rojo y dar el visto bueno a su atuendo.

No debería haberle sorprendido que su primera cita incluyera una reserva en uno de los restaurantes más elegantes de Manhattan, con techos altos y un empleado en el cuarto de baño, pero le sorprendió. Le sorprendió y le hizo sentir incómoda con su vestido de veinte dólares sentada en una silla de seiscientos con adornos dorados. Y se sintió molesta e incómoda cuando Rex pidió ostras de aperitivo para compartir sin consultarlo con ella.

A Rosie no le gustaban las ostras y él ni siquiera se paró a pensar que no iba a impresionarla con ellas. Iba a asustarla con ellas. Iba a asquearla con ellas. Porque Rosie pensaba que parecían mocos y que sabían a mocos.

Pensó en meterse una ostra por la nariz cuando llegaran para aliviar la tensión entre ellos, pero Rex estaba demasiado absorto con la carta de vinos para darse cuenta.

Cuando un camarero con una servilleta doblada sobre el antebrazo les llevó el segundo plato y el sumiller les sirvió el vino de ciento cincuenta dólares, Rex por fin la miró.

—Salud —dijo inocentemente.

Pero Rosie estaba indignada y se le notó de inmediato.

Colocó las manos sobre los reposabrazos de la silla para levantarse y dejar a Rex plantado en su puñetera mesa carísima, con su mantel blanco aburridísimo y aquellos camareros tan formales que hacían reverencias con las piernas muy estiradas cuando pasaba por delante.

—Odio las ostras —le dijo con demasiada firmeza y en un tono demasiado elevado—. Y este vino es absurdamente caro.

Se hizo el silencio.

—Igual que este absurdo mantel y esta absurda servilleta, seguro.

—Creo que tienes razón —dijo Rex, que por fin dejó caer los hombros—. Terminémonos esta estúpida botella de vino caro y salgamos de aquí. Conozco una buena pizzería a la vuelta de la esquina.

Y así, sin más, Rosie volvió a meter las rodillas bajo la mesa, se terminó el vino y se mostró otra vez dispuesta a dejarse enamorar.

Mientras comían *pizza* barata, con el vino caro circulando por sus venas, la conversación fluía entre ellos. Ninguno de los dos sabía lo que el otro estaba diciendo, porque Rosie solo se fijaba en los profundos ojos de Rex y Rex solo tenía ojos para los expresivos labios de Rosie. Y, cuando él estaba a punto de terminarse el borde de la *pizza*, Rosie le agarró de la mano y lo sacó de allí.

—Hora de escuchar música —le susurró al oído mientras tiraba de él por la calle, dando vueltas a su alrededor.

Caminaron varias manzanas y se metieron bajo el toldo rojo de Ray's, el piano bar favorito de Rosie. A ella le encantaba todo en aquel lugar. Los rincones oscuros y las lamparitas rojas de las mesas. El olor a puro y la barra llena de botellas. Era un entorno de lo más sexi.

Le encantaba no saber nunca qué persona de entre el público se levantaría y saldría a tocar para el resto de la sala. Le encantaba que un hombre de mirada tranquila y arrugas profundas estuviera bebiendo un *whisky* solo y al minuto siguiente estuviera tocando el teclado e inundando de música el local. Le gustaba la idea de que cualquiera, en un lugar concreto, pudiera tener un talento que compartir.

Rex y Rosie se sentaron en la parte de atrás con otra botella de vino mientras los clientes se turnaban para ocupar el escenario y utilizaban todo su cuerpo para crear una música sexi y asombrosa. Escudriñaban la habitación tratando de adivinar qué cliente actuaría a continuación. Intentaban averiguar qué canción tocaría. Billy Joel para el hombre más o menos de su edad con una gorra de béisbol. Frank Sinatra para el hombre de pelo cano con unas manos fuertes y llenas de arrugas que seguía el ritmo de la música con el pie.

Aunque no acertaron ni una vez, Rex y Rosie se abrieron al juego y a sí mismos.

Cuando Rex se levantó de la mesa, ella supuso que sería para pedir otra ronda de bebidas, pero entonces se subió al escenario y, en aquella atmósfera de luces rojas, se sentó con su chaqueta de mil dólares en la banqueta de cinco dólares situada frente al piano. Estaba perfecto.

La multitud le acompañó mientras tocaba *Benny and the Jets,* tocando las notas con determinación y naturalidad. Y allí mismo, Rosie vio lo que en un hombre le parecía más importante. Rex Thorpe tenía alma… y con eso podía trabajar.

Así que se sumó al resto de la clientela y cantó mientras su futuro novio ponía en marcha su corazón al ritmo de la música.

Rex abandonó el escenario tras una ovación en pie y un apretón de manos por parte del dueño del bar. Y Rosie le dio un beso profundo y entrelazó su brazo con el de él mientras salían de aquel piano bar de luces rojas.

No era su intención caer en brazos de Rex cuando la acompañó hasta su apartamento, pero estaba borracha de vino, de *whisky* y de amor.

6

Willow tenía la mirada fija en la manecilla del reloj de la clase de la señora McAllister mientras esperaba a que terminara el colegio. Mientras esperaba a que llegase la noche de *pizza*. A que su madre llegase para recogerlos en su coche azul destartalado con ojos saltones pegados en la parte delantera. Esperaba a pasar la noche rodeada de diversión.

Cuando sonó el timbre a las tres y media, guardó la tabla de deletreo en la mochila, confirmó que tuviera los cordones bien atados y corrió hasta la clase de Asher. Le dio la mano a su hermano y lo arrastró hacia la zona de recogida. Entonces respiró aliviada por primera vez en todo el día y se quedó mirando hacia la entrada.

Rosie solía llegar tarde a recogerlos. Nunca llevaba reloj y, con frecuencia, estaba perdida en alguna parte, completamente ajena a la hora. Pero Willow no quería perderse ni un segundo con su madre, así que corría hacia la zona de recogida todos los martes y jueves después del colegio. Se fijó en que el resto de madres llevaba vaqueros, una camiseta y gafas de sol oscuras. Conducían coches blancos o negros que brillaban siempre. Llevaban el pelo recogido en una coleta y jamás se bajaban del coche para saludar a sus hijos.

Pero su madre no era así. El coche de su madre era de un azul brillante y hacía ruidos raros. Rosie lo había llamado Lili Von, como su personaje favorito de *Sillas de montar calientes*. Los ojos saltones que tenía pegados sobre los faros delanteros siempre provocaban miradas de reojo de las otras madres, pero a Willow y a Asher les daba igual. Les encantaba aquel coche y sus ojos saltones.

Después de solo tres partidas al tres en raya, Lili Von apareció al doblar la esquina, con Prince cantando a todo volumen por la ventanilla. Willow vio la rodilla izquierda de su madre asomando por la ventanilla del conductor. Su melena castaña y ondulada se agitaba con el viento. Sus enormes ojos marrones y sus cejas arqueadas asomaban por encima de sus gafas de sol con montura rosa, que llevaba en la punta de la nariz. Lili Von chirrió al frenar junto al bordillo donde esperaban. Y, casi antes de que el vehículo se hubiera detenido, Rosie se bajó y le dio un fuerte abrazo a cada uno.

Tenía un aspecto tan guay como siempre, con sus vaqueros cortos y su largo abrigo de piel, pese a que hiciera una agradable tarde otoñal. Era tan guay como siempre, con agujeros en los zapatos y las uñas pintadas de rojo. Tan guay como siempre con sus labios rojos.

—¡Os echaba de menos, renacuajos! —exclamó con una amplia sonrisa al volver a sentarse al volante—. Venga, subid. ¡Es noche de *pizza*!

Pero, justo antes de arrancar, giró la cabeza y miró a su hija. Ladeó la cabeza, se bajó más aún las gafas de sol y dijo:

—Bonito pelo, cielo —lo dijo con rapidez y sinceridad, después arrancó y Willow se quedó sentada en el asiento de atrás con una enorme sonrisa.

Ni siquiera habían salido del aparcamiento de la escuela cuando Rosie puso los dedos sobre la rueda del volumen y les dijo a sus hijos lo que decía siempre cuando se dirigían a Lanza Pizza para su noche de *pizza*.

—¡Viva el *rock and roll*!

Y, cuando Rosie decía eso, lo hacía en el sentido literal. Giró la rueda del volumen hasta que los altavoces y el suelo del coche comenzaron a vibrar.

Platillos. Platillos. Bajo. Bajo.

Willow reconoció la canción al momento. Era *Let's Go Crazy*, de Prince, una de sus favoritas.

Rosie, Willow y Asher fueron cantando la letra y moviendo la cabeza al ritmo de la música.

Platillos. Platillos. Bajo. Bajo.

Cantaron con todas sus fuerzas hasta que llegaron al aparcamiento del Lanza Pizza. Hasta Willow y Asher se daban cuenta de que Rosie se llenaba un poco más de vida al llegar allí. Era su pizzería favorita del pueblo, situada en una calle lateral, con un cartel de neón que no solía verse en los pueblos de Virginia. Tenía mesas con asientos de plástico naranjas y amarillos, una vieja máquina de *pinball* y un cubo lleno de ceras de colores usadas.

En cuanto entraron por la puerta del Lanza Pizza, levantaron la nariz hacia el techo y sacaron pecho para inhalar el olor a queso y tomate caliente. Willow y Asher agarraron un puñado de ceras mientras Rosie iba al mostrador a pedir tres vasos grandes para la máquina de refrescos. Y, como todos los jueves, John ya tenía los vasos preparados junto a la máquina registradora. Willow se sentó para empezar a dibujar y vio que su madre le guiñaba un ojo a John, que llevaba el delantal manchado de salsa. Vio también que John le devolvía el guiño con la misma familiaridad mientras extendía una bola de masa de *pizza* con sus dedos rechonchos. No pudo evitar sonreír al pensar en aquella complicidad entre personas casi desconocidas. La atracción de los opuestos. La electricidad que generaba su madre cuando entraba en una habitación.

Asher y Willow agarraron sus vasos de papel y corrieron hacia la máquina de refrescos, donde los llenaron con una mezcla burbujeante de naranja, zarzaparrilla, Sprite y ponche hawaiano. Rosie se reunió con ellos junto a la máquina, pero llenó su vaso únicamente con refresco de vainilla. Era su bebida favorita. Y siempre que llenaba el vaso de refresco de vainilla de la máquina, no de la botella, metía la pajita a través de la tapa de plástico, daba el primer sorbo y decía: «No hay nada como un refresco de vainilla de máquina». Lo hacía con tanta frecuencia que Willow y Asher habían adquirido la costumbre de repetir las palabras al mismo tiempo que ella y después todos daban un gran trago a su vaso.

Mientras la *pizza* se calentaba en el horno, Rosie sacó un montón de monedas de veinticinco centavos de su bolso y se lo entregó a Willow. Asher y ella estuvieron turnándose en la máquina de *pinball*, golpeando la bola y animándose mutuamente. Vitoreaban cuando conseguían una puntuación elevada y abucheaban cuando la última bola se colaba entre los *flippers*.

Cuando regresaron a la mesa, había una enorme porción de *pizza* caliente esperándolos en el plato. Willow mordió la suya y entonces miró a Rosie, que tenía un enorme trozo de queso fundido colgando del agujero de la nariz.

—¡Mamá! —exclamó medio riéndose, medio avergonzada, aunque en absoluto sorprendida. Asher miró también. Se llevó la mano a la tripa y se rio como loco al ver a su madre con el queso en la nariz.

—¿Qué? —preguntó Rosie fingiendo no darse cuenta, aunque sin poder evitar sonreír. Asher le señaló la nariz, incapaz de hablar entre carcajadas—. ¿Tengo mocos? Sentía que estaba incubando un catarro.

Willow empezó a reírse también.

—¡Ez un moco de quezo! ¡Ez enodme! —gritó Asher casi sin aliento, señalando la nariz de su madre.

El niño arrancó un trozo de queso de su *pizza* sin dejar de reírse y se lo metió en el hueco donde deberían haber estado sus dientes delanteros. Agitó la cabeza de un lado a otro y el queso se agitó también.

—¡Mida! ¡Dientez de quezo!

Rosie empezó a reírse también sin control y animó a su hija con la mirada. Entonces Willow arrancó también un trozo de queso de su porción y se lo colgó de la oreja derecha.

—¡Pendientes de queso!

Allí, en mitad del Lanza Pizza, Rosie, Asher y Willow formaban una estampa hecha de queso, risas y amor.

Para Willow, cada momento que pasaba con su madre era como inflarse a *pizza*, refresco, caramelos y helado y no tener jamás dolor de barriga.

7

Doce años atrás

Rex impresionó a Rosie aquel otoño en Manhattan. Lo hizo con su firmeza. Porque en cada interacción, grande o pequeña, significativa o trivial, Rex se mostraba firme. Y Rosie admiraba su compromiso.

Rex era testarudo y murmuraba y golpeaba los pies contra el suelo incluso cuando solo quería caminar. Y se alteraba con facilidad. Se alteraba con un taxista que tomaba una ruta poco rápida o con alguien que bloqueaba la entrada del metro. Con la cajera de los ultramarinos que necesitaba dos intentos para sacar el cambio de la caja registradora. Con las largas colas o con la sopa demasiado salada. Y, cuando Rex se alteraba, lo hacía notar. Resoplaba, agitaba el pie y tensaba los hombros. Mascaba su chicle con tanta fuerza que se le hinchaban las sienes. Sacaba la mandíbula inferior hasta dejar al descubierto los dientes de abajo. Y, aunque esas cosas resultaban desagradables, a Rosie le encantaba que la gente reaccionara ante él. Le encantaba que los baristas le preparasen el café con la cantidad justa de leche. Que los barberos nunca le dejaran un pelo fuera de su sitio. Que los camareros jamás le hicieran esperar demasiado su cena. Que Rex lo lograse todo gracias a su voluntad. Rosie admiraba las altas expectativas que tenía de su mundo y de aquellos

42

que le rodeaban. Le gustaba la firmeza con la que abordaba cada día. Le gustaba saber que, si estabas del lado de Rex, las montañas podrían moverse para abrirte paso.

Rex transmitía fuerza y a ella le gustaba acurrucarse junto a esa fuerza. Le halagaba la idea de que alguien como él quisiera cuidar de alguien como ella. Pero, sobre todo, le gustaba que cuidaran de ella.

Sintió que algo cambiaba en su interior. Antes la estabilidad no le resultaba interesante. Empezaba a leer libros y los dejaba a medias. Daba unos pocos bocados a un sándwich y después se olvidaba de él. Hablaba breve e íntimamente con un desconocido al que sabía que jamás volvería a ver. Aceptaba trabajos extraños y después los dejaba sin previo aviso.

Pero con Rex ansiaba su presencia estable. Sentía la necesidad visceral de aferrarse fuertemente a él y no soltarlo jamás. Le encantaba aquella sensación de seguridad que experimentaba cuando Rex estaba cerca. Le encantaban sus brazos y su espalda fuertes. Sus ojos duros, que se volvían tiernos cuando se metían en la cama. No todas las mujeres, ni todas las personas, eran capaces de soportar a Rex, pero a ella le gustaba pensar que era lo suficientemente fuerte, o quizá estaba lo suficientemente distanciada, como para poder manejar a aquel hombre tan imponente.

Según su definición del amor, Rosie lo amaba mucho. Y, aunque albergaba la esperanza de poder estarse quieta y encontrar un amor duradero con aquel hombre, en el fondo sabía que jamás podría ser. Sabía que algún día querría trasladarse a una nueva órbita. Sabía que aquel amor era efímero.

Se preguntaba si Rex estaría dispuesto a acompañarla en su vida de aventuras, aunque lo dudaba. Se preguntaba qué podría decir o hacer para intentar convencerlo.

Sin embargo, por el momento disfrutaría de su amor por aquel hombre que era todo lo contrario a ella.

***

Rosie impresionó a Rex aquel otoño en Manhattan. Lo hizo con sus rarezas. Porque en cada interacción, grande o pequeña, significativa o trivial, Rosie era rara. Y Rex admiraba la magia que había en eso.

Rosie nunca llevaba los dos calcetines a juego ni limpiaba las ventanas de su apartamento. Tomaba *pizza* para desayunar y se quedaba dormida viendo películas. Se ponía una camiseta, pero le cortaba las mangas o remangaba los puños antes de salir de casa. Se negaba a programar una alarma, el temporizador del horno o el volumen del televisor con un número par. Se quedaba embobada con los grafitis y jamás se bajaba del vagón del metro sin despedirse de la persona que tuviera de pie a su lado. Agitaba la mano y sonreía pese a no haber intercambiado con esa persona una sola palabra.

Rosie tenía una risa fácil y sencilla. No quería que la gente tuviera que esforzarse para verla sonreír. Siempre llevaba un sinfín de cosas en el bolso que después no encontraba. Revolvía el contenido en busca de su cartera y no la hallaba, descubría que ya llevaba las gafas de sol puestas en la cabeza, o un bolígrafo en la boca, o el libro agarrado bajo el brazo.

Y aunque todas aquellas cosas le parecieran extrañas, le encantaba que todo deslumbrara cuando Rosie estaba cerca. Le encantaba que aquel hombre hosco del vagón del metro sonriera cuando se cerraban las puertas y Rosie se quedaba en el andén agitando la mano. Le encantaba que compartiera un banco del parque con un indigente sin dudar. Le encantaba que una vieja chocolatina que hubiese encontrado en el fondo de su bolso todavía estuviese deliciosa.

Rex disfrutaba descubriendo las rendijas del mundo con Rosie. Le gustaba experimentar la sensación de que el aire estaba más limpio y el sol calentaba más cuando Rosie estaba junto a él. Sintió que algo cambiaba en su interior. Se pasaba tanto tiempo sacando brillo a las cosas —sus zapatos, su currículum, su apartamento— que hasta que conoció a Rosie no sabía que las cosas pudieran ser tan bonitas, tan sencillas. Le abrumaba el deseo de ver las cosas a través de sus ojos. Explorar todos los rincones olvidados del universo con ella a su lado. Guiándole.

Le encantaba aquella sencillez que experimentaba cuando Rosie estaba cerca. La sensación de que a la vuelta de la esquina encontrarían su próxima aventura.

No todos los hombres, ni todas las personas, eran capaces de soportar a Rosie, pero a él le gustaba pensar que era lo suficientemente curioso, o quizá estaba lo suficientemente distanciado, como para poder manejar a aquella mujer tan peculiar.

Según su definición del amor, Rex la amaba mucho. Y, aunque albergaba la esperanza de poder mantener su compromiso y encontrar un amor duradero con aquella mujer, en el fondo sabía que jamás podría ser. Sabía que algún día volvería a querer estarse quieto. Sabía que aquel amor era mortal.

Se preguntaba si Rosie estaría dispuesta a quedarse tranquilamente junto a él en la cama un domingo por la mañana, aunque lo dudaba. Se preguntaba qué podría decir o hacer para mantenerse fiel a sí mismo.

Sin embargo, por el momento disfrutaría de ese amor por aquella mujer que era todo lo contrario a él.

8

Willow y Asher se montaron en el coche para ir al colegio al día siguiente y todavía llevaban parte del helado de la noche anterior reseco en las mejillas. Y Willow se sentía relajada y aliviada. Sentada en el asiento delantero junto a su madre, la observaba en toda su genialidad. Sus dedos largos con las uñas pintadas de rojo que agarraban la palanca de cambios. El pie izquierdo apoyado sobre el asiento. La cabeza moviéndose de un lado a otro mientras conducía. Su melena castaña y ondulada, que oscilaba con el viento.

A Willow le asombraba que el pelo de su madre se moviera con tanta naturalidad. Aquella suavidad con que los mechones acariciaban sus hombros. Se preguntó si algún día sus rizos apretados se convertirían en ondulaciones suaves y elegantes como aquellas.

Salió de su ensimismamiento cuando Lili Von se detuvo de golpe en un semáforo en rojo. Vio que Rosie bajaba la visera del coche y rebuscaba en el bolso. La vio fruncir los labios ante el espejo antes de localizar un pintalabios rojo en las profundidades de su bolso. Después la vio girar la barra de labios y pintárselos de rojo con mucho cuidado.

Luego lanzó un beso y se guiñó un ojo a sí misma en el espejo.

Al ver que su hija estaba mirándola como si deseara algo, decidió concedérselo.

De modo que, cuando llegó al aparcamiento del colegio, le pidió a Willow que esperase un momento en el coche mientras ella se despedía de Asher. Willow sintió un cosquilleo en el estómago, esperando a que su madre regresara, mientras Asher expresaba su bochorno habitual ante el abrazo teatral que Rosie le daba cuando los dejaba en el cole. Y, como todas las mañanas, su hermano puso los ojos en blanco mientras su madre lo abrazaba.

Willow contempló la escena con una sonrisa hasta que su madre volvió a entrar en el coche. Y entonces, sin apenas rebuscar en el bolso, Rosie sacó el mismo pintalabios rojo y se lo ofreció a su hija.

—¿Quieres un poco?

A Willow no le hizo falta decir nada para que su madre supiera que sí, que quería pintarse los labios. Quería llevar el pintalabios de su madre más que nada en el mundo. Quería llevar consigo pedazos de su madre a todas horas.

Rosie se inclinó hacia ella y con delicadeza le pintó los labios de rojo. Después se apartó, la miró y sonrió con cariño.

Willow sabía lo mucho que su madre la quería. Sabía que a Rosie sus *leggings* morados le parecían geniales, al igual que su pelo indomable.

—Mírate, renacuaja —dijo mientras bajaba el espejo de la visera que Willow tenía delante.

Ella se miró y supo que se parecía a su madre con los labios pintados de rojo brillante. Le dirigió una amplia sonrisa, se bajó del coche sin apenas tropezar y caminó hacia la puerta del colegio.

—¡Espera! —gritó Rosie—. Se te olvida algo.

A través de la ventanilla del copiloto lanzó el pintalabios, que aterrizó en las manos de su hija.

—Es tuyo.

Y así, sin más, el pintalabios rojo pasó a formar parte del atuendo permanente de Willow.

—¡Ah, Willow! ¡Una cosa más!

Willow tropezó de nuevo al darse la vuelta. Nadie pensaría que se sentía más segura de sí misma que nunca con los labios pintados de rojo, a juzgar por el temblor de sus rodillas al darse la vuelta.

Rosie levantó el dedo índice y lo dobló para señalarse tres veces con una ceja levantada. Willow sonrió, corrió hasta el coche y metió la cabeza por la ventanilla.

—¿Sí? —preguntó.

Entonces Rosie se inclinó hacia ella y le dio un gran beso en la mejilla, agitándole la cabeza al mismo tiempo, lo que le dejó una enorme mancha roja en la mejilla que Willow ni siquiera se planteó limpiarse.

Se miraron la una a la otra y compartieron un momento de amor, hasta que Willow reaccionó.

—Oye, mamá, ¿puedo preguntarte una cosa? —Estaba mirando a Rosie a los ojos. Al corazón—. ¿Dejaste tú las pajitas de azúcar picapica en el autobús del colegio?

Rosie ladeó la cabeza y frunció el ceño.

—Mmm. Me parece que no, renacuaja. ¿A qué te refieres?

Willow sonrió. Era típico de su madre fingir que no había sido ella.

Se dio la vuelta y entró en el colegio sintiendo aquel segundo gesto de amor de su madre. Aunque ignoraba que la confusión de Rosie sobre el azúcar picapica era verdadera.

Willow Thorpe había malinterpretado muchas cosas sobre su madre. Y también sobre su padre. Como padres y como personas. Y malinterpretaba muchas cosas sobre las formas en que sus padres le demostraban su amor. Pero, de todas las cosas que Willow malinterpretó sobre sus padres y el amor, dar por hecho que el azúcar picapica había sido otro gesto de amor de su madre llegaría a ser la más perjudicial de todas.

***

La noche siguiente en casa de su madre, Willow y Asher ayudaron a Rosie a preparar el Jueves de Tomate. Asher introdujo las manos en un cuenco y aplastó los tomates maduros hasta que quedaron hechos puré. Después le entregó el cuenco a Rosie y dijo:

—¡Aquí eztán laz tdipaz del tomate!

Mientras Willow removía la salsa de tomate en el fuego, la casa fue llenándose de aroma a ajo. Y, en cuanto su madre puso las manos en el equipo de música, la casa se llenó también con la voz de Elton John.

Rosie bailaba mientras ponía la mesa, después sirvió la pasta con tomate en los platos de sus hijos. Todavía no había terminado de masticar el primer bocado cuando Asher anunció que tenía algo que decir. Rosie dejó el tenedor e instó a Willow a hacer lo mismo para poder escuchar a Asher con atención.

El niño se puso en pie, apartó la silla y tragó saliva.

—¡No me guzta el colod de mi habitación! —exclamó nervioso, atascándose con las palabras.

—¿Qué? —gritó Rosie y dejó caer los puños sobre la mesa. Dio un golpe tan fuerte que los vasos se agitaron y el refresco burbujeó. Por un momento Willow pensó que su madre se había enfadado. Jamás había visto a Rosie enfadada—. ¡Eso es terrible! —continuó, todavía con los puños apretados a ambos lados de su plato de pasta. Se detuvo unos instantes como si estuviera pensando en la mejor manera de dar capricho a su hijo—. Tenemos que solucionarlo de inmediato.

Se quedó callada de nuevo.

—Willow, Asher, poneos los zapatos. Nos vamos a la tienda.

Y los niños se apresuraron a obedecer, emocionados. Willow se puso las Converses negras y ayudó a Asher a atarse los cordones de sus zapatos. Luego Rosie los montó en el coche y, con las ventanillas bajadas y Prince a todo volumen, se fueron a la tienda de pintura.

Rosie guio a Asher de la mano por los pasillos mientras Willow corría tras ellos. Después se detuvo ante una enorme pared llena de botes de pintura de todos los tamaños y colores.

—Muy bien, cielo, tú decides. ¿Qué color te gusta? —le preguntó a su hijo.

Asher se quedó mirando los botes de pintura con la boca y los ojos muy abiertos. Después apretó los labios y arrugó la nariz.

—Tengo una idea —anunció con decisión.

Era raro que Asher escogiera una frase sin ninguna palabra que le costara pronunciar, lo que hizo que su voz sonara inusualmente seria.

—¿Y zi ezcogemoz difedentez colodez, metemoz la mano y pintamoz azí la padez?

Y así Asher volvió a hablar como Asher. Y Rosie se mostró encantada con la idea.

—¡Sí! —exclamó—. ¡Hagamos eso! Elige tus colores favoritos. ¡Va a ser genial!

Era propio de su madre decir que sí con tanta pasión. Porque la lista de cosas a las que decía que sí era infinita. Y siempre que Willow o Asher querían algo, su madre decía que sí y sumaba algo más a la propuesta. Sí, puedes jugar. Y yo también quiero jugar. Sí, puedes tomar dulces. ¿Has probado a meter un caramelo dentro de un malvavisco? Sí, puedes comer helado. ¿Crees que estará igual de bueno con gominolas y masa de galleta por encima? Y esa noche, sí, puedes pintar tu habitación. Y puedes hacerlo con muchos colores diferentes.

Le dio un beso a Asher en la mejilla. Con tanta fuerza que sus labios parecieron los de un pez. Y después Asher corrió a las muestras de pintura y empezó a señalar.

Pasados solo unos minutos, después de que Asher corriera de un lado a otro comparando colores, salieron los tres de la tienda con cinco botes de pintura.

Cuando llegaron a casa, Rosie les dio unas camisetas viejas que tenía en el armario para que no se mancharan la ropa. Las camisetas olían a su padre y ambos se dieron cuenta, pero ninguno dijo nada. Entraron en la habitación de Asher, guardaron en el armario su alfombra del sistema solar y extendieron papel de periódico por el suelo. Después abrieron las latas de pintura y comenzó a sonar *1999*, de Prince, a todo volumen.

Cada uno se situó en una pared de la habitación, con la camiseta remangada, preparado para que comenzara la diversión.

Rosie fue la primera en empezar, pero Willow y Asher no tardaron ni un segundo en sumergir las manos en la pintura también. Al principio se mostraban cuidadosos con cada pincelada, con cada huella en la pared, con cada detalle junto a la puerta. Pero cambiaron de estilo en cuanto vieron que su madre había dado rienda suelta a su creatividad. Bailaba por la habitación. Sacudía los pinceles para que la pintura saliera disparada como un espray y dejara un polvo de colores por la pared. Lanzaba puñados de pintura con la mano y creaba explosiones de color. Lo hacía sin esfuerzo y las paredes quedaban perfectas. Willow y Asher decidieron hacer como su madre e ignorar los límites. Accedieron así a aquella libertad interior, inmersos en las cosas que amaban. Haciendo locuras con las que se sentían felices, aunque solo fuera algo temporal. Y en aquel momento, bailando y cantando embadurnados de pintura, quedó claro lo maravillosos que resultaban todos aquellos sentimientos.

Cuando las paredes quedaron cubiertas de pintura, pusieron los tres sus nombres sobre su color favorito y se tumbaron en el centro de la habitación. Sentían ese cansancio que solo afloraba después de pasarse una hora riendo y bailando. Era la clase de cansancio que te inundaba de golpe. La clase de cansancio que te permitía seguir sonriendo aunque te pesaran los párpados.

Mientras permanecían los tres allí tumbados, boca arriba, comenzó a sonar *Purple Rain*.

Willow no estaba acostumbrada a oír canciones lentas de Prince. Las canciones de Prince solían darle ganas de bailar y de cantar a todo pulmón en el coche con las ventanillas bajadas. Pero agradeció aquel ritmo lento y tranquilo y se imaginó cómo sería de verdad una lluvia morada. El cielo descargando gotas de su color favorito. Nada en el mundo le daba más miedo que una tormenta, con el viento huracanado, la lluvia incesante y los relámpagos, pero tal vez una tormenta morada no estuviera tan mal.

Y entonces, justo cuando Willow y Asher pensaban que la noche había acabado, Rosie rompió el silencio y propuso comer helado, antes de guiñarles un ojo y bajar las escaleras para ir a buscarlo.

A los pocos minutos, Willow y Asher estaban acurrucados en la cama de Rosie, comiendo helado de chocolate y caramelo con todas las coberturas que encontraron en la despensa. Después Rosie puso un episodio de *La dimensión desconocida* que tenía grabado y sus hijos se sentaron en su regazo para verlo.

9

Doce años atrás

Rex y Rosie planeaban dar un paseo por Central Park en su siguiente cita. Rosie pensaba en ello todas las noches al quedarse dormida en su apartamento del centro con las escaleras desvencijadas y la colcha vieja. Se preguntaba si Rex y ella se darían la mano. Si se besarían. Si seguirían enamorándose.

Cuando por fin llegaron las dos de la tarde del sábado, Rosie escudriñó la multitud situada en los escalones de entrada del museo Metropolitan. Lo vio de inmediato, apoyado en una columna corintia junto a la entrada, con la pierna izquierda cruzada sobre la derecha y las manos en los bolsillos. Era tan alto y tan guapo, con esos hombros anchos y el pelo negro y espeso. Y a ella le emocionó ver a su hombre, fuerte y robusto, apoyado en aquella columna, fuerte y robusta. Subió los escalones de dos en dos y le sorprendió plantándose ante él de un salto y dándole un beso rápido en la mejilla. No había planeado besarlo así, sin apenas conocerlo, aunque solo fuera en la mejilla, pero le pareció natural hacerlo.

***

Rex la miró con una ceja levantada, le pasó un brazo por los hombros y dijo:

—Hola, ¿qué tal?

Bajaron despacio los escalones, los dos pegados, en dirección al parque para poder absorber cada momento juntos, escuchándose el uno al otro con mucha atención. Se contaron historias sobre la vida en Manhattan y sobre los acontecimientos que los habían llevado hasta allí. Hablaron de arte, de filosofía y de música. Contaron anécdotas de viajes pasados. Se detuvieron unos instantes para digerir la información. Estuvieron de acuerdo en unas cosas y en otras no. Y, casi sin darse cuenta, aquella tarde de otoño, Rex estaba borracho de Rosie y Rosie tenía a Rex recorriendo sus venas. El aire era frío, como en cualquier otoño en Manhattan, pero ninguno de los dos prestaba atención al clima. Solo estaban ellos dos. En el parque, en la ciudad. Entre los edificios y la gente, entre los planetas y las estrellas.

Cuando llegaron al lago del invernadero, Rex se sentó sobre la hierba y Rosie lo hizo a su lado. A ella le agradó y le sorprendió ver que no había llevado una manta. Le gustaba ver que no le preocupaba mancharse los pantalones con trozos de hojas secas. Abrieron a la vez las bolsas que llevaban. En la de Rex había sándwiches de pavo, dos bolsas de patatas y dos manzanas. En la de Rosie había trozos de papel garabateado, una docena de piedras planas y algunas pajitas de azúcar picapica con sabor a uva.

Rex desenvolvió los sándwiches y le ofreció uno a Rosie, que ya se había levantado con un puñado de piedras en la mano. Ignoró el brazo extendido de Rex y corrió unos metros hasta la orilla del lago, donde lanzó una piedra y contó el número de veces que rebotaba en la superficie del agua.

—¡1, 2, 3, 4, 5, 6! —exclamó dando saltitos. Después le ofreció la mano llena de piedras a Rex.

—No, gracias —respondió él con la boca medio llena de sándwich de pavo.

Rosie puso los ojos en blanco, asegurándose de que Rex se diera cuenta.

—¿Cómo que «No, gracias»? Vamos.

—He dicho que no, gracias —insistió él, esta vez con más firmeza.

Rosie corrió hacia él.

—Venga, vamos. Toma una piedra. Lánzala por el agua. ¡Vive un poco! —Empezó a tirarle del brazo, pero su pequeño cuerpo de metro cincuenta y cinco apenas podía mover el brazo musculoso de Rex.

—No me gusta lanzar piedras al agua —dijo él, clavado al suelo y cada vez más molesto.

—A todo el mundo le gusta lanzar piedras.

Rosie seguía tirando.

—Pues a mí no. No me gusta. Y además no se me da bien, así que déjalo, ¿quieres?

Y así, sin más, Rex reveló por accidente su vulnerabilidad. Era la primera vez que sucedía y lo hizo sin darse cuenta.

Y Rosie no desistió. Respondió como era propio en ella.

—¡Ah, entiendo! No te gusta porque no se te da bien. Pues mira, cariño, eso lo podemos arreglar.

Quizá fuera porque le llamó «cariño», quizá porque estaba harto de que le tirase del brazo, quizá por lo atractivo de su franqueza, o tal vez porque realmente la creía, pero, fuera cual fuera la razón, Rex se levantó y permitió que Rosie le enseñara. A lanzar piedras y a dejarse llevar.

Se puso detrás de él y le colocó el brazo en la posición correcta para lanzar piedras. Le demostró cómo y cuándo dar el golpe de muñeca. Cómo colocar la piedra en la mano. Le enseñó a elegir el lado plano de la piedra para que rebotara sobre la superficie del agua. Y en todo momento se mostró cariñosa y entusiasta.

Su emoción no decayó a medida que Rex fue lanzando piedra tras piedra, a la espera de que rebotara aunque fuera una vez. Y aunque todas se hundían al tocar el agua, ella siguió animándole a intentarlo. No se vino abajo con el peso de su frustración.

Y cuando Rex por fin logró que una piedrecita rebotara dos veces, ambos saltaron y gritaron de alegría. Después él la tomó en brazos y estuvo dando vueltas con ella. Mientras la hacía girar con su vestido de estampado floral y su pañuelo al cuello, Rex se dio cuenta de que Rosie era tan delicada y etérea como había imaginado.

Le gustaba abrazar a Rosie. Y a Rosie le gustaba que la abrazase. A él le gustaba sentir su ligereza. A ella le gustaba sentir su fuerza.

Volvió a dejarla sobre la hierba, recogieron los restos de la comida y compartieron un azúcar picapica de uva. Después Rex volvió a tomarla en brazos, esta vez para llevarla a caballito hasta la entrada del Metropolitan. Se detuvieron para darse un beso rápido y después se fue cada uno por su camino.

En cuanto Rosie llegó a su apartamento, Rex la llamó y le pidió volver a verla. Ella le invitó de inmediato a su casa, situada en un bloque de seis pisos del Lower East Side.

<h1 style="text-align:center">10</h1>

A Willow le resultó extraño al volver a casa del colegio encontrar a su padre vestido con vaqueros y una camiseta, esperando en los escalones de la entrada. Normalmente estaba encerrado en su despacho con todos los botones abrochados y la corbata todavía anudada al cuello.

Junto a él, apoyadas en los escalones, había dos bicicletas nuevas. Asher se subió en la bici azul y plateada y se alejó con su juguete nuevo, ruedines incluidos. Willow dio por hecho que la bicicleta morada era para ella, pero le fastidió ver que no tenía ruedines.

—Sube, Willow —le dijo Rex—. ¿Quieres que te enseñe a montar?

Su padre siempre hacía preguntas para las que había una respuesta que deseaba y una respuesta que no deseaba. ¿Te has cepillado los dientes? ¿Has lavado los platos? ¿Has terminado los deberes? Pero a Willow le encantó comprobar que su padre quería que dijera «sí» a aquello. Le alegraba pasar más tiempo con él. Le alegraba que su padre quisiera pasar más tiempo con ella. Le alegraba ser una niña a quien su padre enseñaba a montar en bici.

Le alegraba imaginarse a sí misma recorriendo la calle montada en su bici morada.

Y se preguntó cuánto se tardaría en llegar hasta la casa de su madre en bicicleta.

—Claro —respondió temblorosa.

Rex le entregó un casco, unas rodilleras y unas muñequeras. Y Willow se las puso y apretó el velcro todo lo que pudo. Dejó el casco para el final, pero las muñequeras de plástico le impedían abrocharse la tira de la barbilla. Lo intentó varias veces, pero la muñequera chocaba contra la base del casco, hasta que Rex se dio cuenta de lo que ocurría y soltó una carcajada.

Una carcajada.

Willow sonrió al oír aquel sonido tan raro emerger de la boca de su padre. Después se le aceleró el corazón y se le sonrojaron las mejillas cuando su padre se agachó frente a ella y le ajustó la cinta de la barbilla hasta colocarle el casco correctamente. Era lo más cerca que recordaba haber tenido la cara de su padre en toda su vida.

Le encantaba verlo de cerca. Tenía la piel bronceada y suave y las cejas rebeldes. Willow ya se había fijado antes en las arrugas que tenía entre las cejas, pero las arrugas de las mejillas eran algo nuevo para ella. Porque, mientras que las arrugas del entrecejo eran señal de lo mucho que pensaba a todas horas, las de las mejillas indicaban que antes su padre solía reírse. Quizá mucho. Cuando miró hacia abajo, le encantó ver las manos grandes de su padre abrochándole el casco, pendiente de su seguridad. Preocupándose por ella.

Entonces, justo antes de que Rex se apartara, Willow y su padre se miraron a los ojos. Duró solo medio segundo, pero sucedió. Y aquello intensificó los latidos de su corazón y el rubor de sus mejillas.

Willow se sentó en la bici dispuesta a aprender. Y a dejarse enseñar.

Su padre le explicó cómo balancear la pierna izquierda cuando la bicicleta empezara a moverse. Y después hizo lo que han hacer todos los padres. Le dijo que pedaleara, que pedaleara sin parar. Le dijo que volviera a intentarlo. Otra vez. Y otra más. Le dijo que no se rindiera, que no le preocupara caerse. Le dijo que no soltaría el manillar hasta que ella dijera que estaba preparada. Se mostraba entusiasta y alentador. Willow sentía el corazón en la garganta al pensar en estrellarse contra el asfalto, pero al mismo tiempo estaba pasándolo bien. Porque allí mismo, en la calle situada frente a la casa de su padre, estaba sucediendo algo. Algo inaudito. Algo inusual. Algo significativo. Algo importante. Algo entre Rex y Willow. Entre padre e hija.

—Ve hasta allí y trata de alejarte del bordillo —le sugirió Rex cuando ya estaba cerca de mantener el equilibrio ella sola.

Y lo hizo. Willow se aferró al manillar, se apartó del bordillo y de pronto estaba moviéndose. Sentía el viento que le atravesaba el casco. Sentía la superficie irregular de la calle bajo las ruedas. Se sentía rápida y competente. Y, aunque no parecía ni rápida ni competente tambaleándose sobre el asiento con los brazos rígidos por el miedo, se sentía elegante y segura de sí misma. Y esos eran dos sentimientos nuevos para Willow Thorpe. Se sintió feliz y agradeció que su padre hubiera sido capaz de provocarle esas emociones.

—¡Papá! ¡Papá! ¡Lo estoy consiguiendo! —gritó con todas sus fuerzas. Levantó la cabeza, esperando ver a su padre tan emocionado como ella. Verlo saltar de alegría en el césped. Se imaginó que corría hacia ella para chocar los cinco. Que la tomaba en brazos y le daba vueltas por el aire. Que le daba un beso en la cara y le decía que estaba orgulloso de ella.

Pero, cuando se fijó en su padre, él miraba distraídamente su cuaderno y mascaba chicle con energía. Entonces la miró, le dirigió una breve sonrisa con la boca cerrada y le mostró los pulgares levantados antes de escribir algo en su cuaderno y volver a entrar en casa.

Willow estuvo montando en bici hasta que oscureció y el viento comenzó a soplar entre los árboles. Luego, cuando le entraron ganas de volver a entrar en casa, se aseguró de quitarse las muñequeras antes de intentar quitarse el casco ella sola.

11

Once años atrás

Rex estaba acostumbrado a los ascensores y a los porteros, de modo que se ponía nervioso las primeras veces en que las escaleras crujían cuando subía los tramos hacia el apartamento de Rosie. Pero no tardó en apreciar el aroma almizcleño que rodeaba la puerta de Rosie. La humedad palpable. Los rincones polvorientos. Disfrutaba con la luz parpadeante, con el crujido pegajoso del suelo. Le gustaba poder acceder a aquella crudeza cuando estaba con Rosie. Estaba reservando la modernidad y los rincones limpios para otra vida.

Después de un año saliendo juntos, Rex ya sabía que el corazón de todas las cosas latía con más intensidad cuando Rosie estaba cerca. Incluso su apartamento vibraba. Las paredes estaban cubiertas de Polaroid con cosas escritas y notas de sus amigos. La puerta del frigorífico era un *collage* de antiguos anuncios en los que aparecían Cheryl Tiegs y Faye Dunaway. En las paredes también se veían pósteres de Elton John, Prince y Blondie. Las esquinas de los sofás tenían rajas en las costuras por las que se salía el relleno, que intentaban disimular poniendo cojines gastados encima. Había rotuladores y pinceles desperdigados por la mesa. Era evidente que se trataba de un lugar donde se hacía arte y se derramaban bebidas.

Era un lugar donde los amigos ponían los pies encima de la mesa y donde nadie se molestaba en cambiar las bombillas fundidas. Era un lugar donde la gente respiraba, se movía, hablaba y creaba. Un lugar donde la gente vivía. Y era feliz. Y veía en la cara de Rosie que allí era donde ella vivía y donde era feliz.

Rex se quitó la bufanda, le dio un beso y después ambos se sentaron en el sofá. Se orientaron sobre los cojines como si llevaran años haciéndolo; Rex se sentó con la espalda muy recta y sin quitarse los zapatos, mientras que Rosie apoyaba la cabeza en su regazo, estiraba las piernas por encima del brazo del sofá y dejaba que sus zapatillas cayeran al suelo. Aquel se había convertido en su momento favorito del día: respirar los aromas de la vida de Rosie, que se quedaban impregnados en su piel. No le sorprendía que las cosas hermosas se aferraran a Rosie y no se despegaran de ella. Era agradable estar junto a ella. Agradable y cómodo.

Se preguntó cómo sería capaz de abandonar algún día todas las cosas hermosas que Rosie Collins era, pero enseguida relegó aquel pensamiento a un rincón de su mente cuando Rosie echó el brazo hacia atrás y, sin mirar, le agarró el bíceps y apretó con cariño.

Él le apartó el flequillo de la cara y deslizó el dedo índice por su sien, después por la frente y bajó por el puente de su nariz. Rosie intentó seguir el dedo con la mirada y se rio al comprobar que se ponía bizca. Rex era una persona seria y siempre había dado por hecho que su novia también lo sería, pero la manera extravagante en que Rosie vivía su intimidad le satisfacía de un modo que jamás había creído posible.

Y justo cuando Rex estaba a punto de inclinarse para besarla, Chloe, la compañera de piso de Rosie, salió de su habitación hablando sobre un hombre atractivo con el que se había cruzado la mirada en una cafetería cercana, ignorando por completo la presencia de Rex. Él hizo todo lo posible por no quedarse mirando sus pezones, que se transparentaban a través de su camisa blanca mientras hablaba. Rosie soltó una carcajada y negó con la cabeza mientras los pequeños pechos de Chloe botaban al tiempo que ella gesticulaba y contaba otra de sus historias mundanas.

Cuando Chloe por fin terminó, le levantó las piernas a Rosie y se acomodó bajo sus rodillas en el sofá antes de sacar un porro de marihuana. Rex se puso tenso nada más verlo.

Le incomodaban las drogas, incluso el mero hecho de verlas. Le dieron ganas de levantarse, arrebatarle el porro a Chloe y tirarlo por la ventana. Pero Rosie lo miró a los ojos y le acarició el muslo con cariño. Era una señal de que sí, aquello era algo que le parecía aceptable en su casa. Y, aunque él jamás le había oído mencionar nada de drogas, la facilidad con la que agarró el porro entre los dedos indicaba que aquella era una actividad de la que formaba parte regularmente. Tensó los músculos y apretó la mandíbula al ver a Rosie expulsar una nube de humo, pero, al ser una escena nueva para él, no protestó.

Y entonces Rosie se llevó el porro a los labios una segunda vez.

Él observó con desconfianza mientras Rosie daba una calada y el extremo del porro se encendía. Vio cómo ella se entregaba de inmediato al humo que inundaba sus pulmones.

Rosie dejó caer el brazo por el lado del sofá y fue cerrando los ojos. Sentía que empezaba a estar colocada, su respiración se volvió más profunda y la voz de Chloe, el ruido de la ciudad y su incertidumbre con respecto a Rex se evaporaron de su mente.

Rex observó la relajación de su rostro cuando el humo empezó a salir de entre sus labios rojos y fue subiendo como la niebla que cubre una colina. Parecía tan tranquila, tan guapa. Notó que su cuerpo se relajaba y se hundía en su regazo. Aquella quietud era algo que jamás había visto en Rosie. Estaba acostumbrado a su energía intensa. Sabía que era una mujer en sintonía con todas las pequeñas vibraciones del mundo. Con todas las fuerzas individuales que lo habitaban. Y sabía que esas fuerzas invadían su cuerpo. Sabía que

Rosie las absorbía todas. Eso era lo que le hacía ser Rosie. Lo que le hacía ser especial. Pero también parecía ser lo que la agotaba. Lo que le hacía necesitar la paz de aquel colocón. Y Rex se dio cuenta de que era eso lo que estaba sucediendo en aquel viejo sofá.

A Rex le sorprendió descubrir una sensualidad abrumadora al sentir que Rosie se fundía con su cuerpo. Ella abrió los ojos y lo miró. Lentamente fue subiendo la mano por la cara interna de su muslo, en dirección a su entrepierna. Él le devolvió la mirada, la besó en la frente y notó que le palpitaba el corazón y la ingle.

Después dejó a Chloe con el resto del porro en el salón, llevó a Rosie al dormitorio y allí, siguiendo sus deseos, la penetró lentamente. Mientras se movía en su interior, sentía el cuerpo de Rosie vibrar de placer y después volver a disolverse en su colocón. Jamás la había visto tan sexi moviéndose debajo de él.

Se dijo a sí mismo que era una versión de Rosie que solo disfrutaría aquella vez, en su dormitorio con la pintura descascarillada. Después no volvería a permitirlo. No quería que las drogas fuesen una fuerza en su relación. No quería que fuesen una fuerza dentro de Rosie. Daba igual la tranquilidad que le aportaran.

Regresó a casa a la mañana siguiente, con la mente y el corazón aún acelerados. No podía mantener en su cerebro todos aquellos sentimientos, todas aquellas vibraciones. Así que descolgó el teléfono y llamó a Roy Andrews, su amigo más antiguo y cercano.

—Roy —le dijo solemnemente—. Esta chica me va a traer problemas.

Rex sabía que necesitaría a alguien en quien poder confiar si Rosie iba a quedarse en su vida. Y le daba la impresión de que ya había empezado a formar parte de él. Por primera vez se enfrentaba a la dificultad de intentar aferrarse a algo que vibraba. Al principio la sensación le hacía cosquillas. Era agradable. Pero luego la energía empezó a recorrer su cuerpo. Ascendía por el brazo y le invadía por completo. Y, aunque esas vibraciones de su cuerpo fueron agradables durante un rato, pronto empezaron a volverse incómodas. Porque su cuerpo no estaba hecho para vibrar de aquella forma. Quería relajarse, pero su cuerpo no parecía hacer caso a su cerebro. Por fin logró calmarse, sabiendo que en el futuro debería mantener la distancia. Pero, aun así, deseaba volver a sentir aquel cosquilleo inicial. Siquiera por un instante. De modo que volvió a ver a Rosie una y otra vez.

12

Después de la cena en casa de su padre, Willow y Asher se reunieron en el estudio para jugar a su juego favorito: «El suelo de lava». Era el único juego de su repertorio que resultaba más divertido en casa de su padre, porque el estudio estaba lleno de superficies sobre las que saltar cuando el suelo se convertía en lava. Estaba lleno de sillones de cuero, mesas de madera y butacones aterciopelados. Todos los objetos tenían el tamaño perfecto para saltar y aterrizar cómodamente. Willow apartó el tablero de ajedrez de ébano y marfil que su padre dejaba sobre la mesita del café en un intento poco sutil de que sus hijos jugaran a algo que no fuera «El suelo de lava». Después se subió al sofá y se preparó para saltar. Y, aunque sus piernas enclenques le impedían ser buena en aquel juego, a ella le gustaba ver a su hermano saltar de una superficie a otra mientras se le revolvía el pelo.

Además cabía destacar que disfrutaba mucho saltando sobre el mismo sofá en el que antes le habían pedido que se estuviera quieta y con las manos juntas, cuando su padre les presentó a otra de sus novias, que acabó quedándose a cenar. Esta tenía una aburrida melena rubia y comía solo pequeños bocaditos. Llevaba la camisa demasiado estirada y el pelo demasiado liso. A Willow le gustaba la idea de saltar como una loca en la misma superficie donde antes había estado sentada esa mujer con la espalda recta y una sonrisa forzada.

Miró a su hermano, que estaba acuclillado sobre la mesita esquinera del otro lado de la habitación, con las rodillas dobladas, los hombros muy juntos y una mirada de determinación.

Se rio al ver la intensidad de su postura.

—Ash, ¿tienes que hacer caca o algo?

Y Asher se rio también con todas sus fuerzas. Hasta que los interrumpió el estruendo de la voz de su padre.

—¡Eh! ¡Vosotros dos! ¿No estaréis jugando a «El suelo de lava»?

Willow sabía que su padre siempre percibía cuándo estaban pasándolo bien, porque se le tensaba la mandíbula y se le levantaban los hombros. Y, aunque estuviera a tres habitaciones de distancia, en su despacho, sin duda leyendo alguna de sus múltiples notas y dando golpecitos con el bolígrafo contra la mesa, Willow advertía su tensión.

—¡Nada de zapatos en el sofá!

Willow y Asher se miraron, se encogieron de hombros y se quitaron los zapatos como si nunca los hubieran llevado puestos.

Y entonces Asher hizo su primer salto hacia el sofá, situado a medio metro. Sus pies volaron por el aire y aterrizaron sobre el cojín de cuero.

—¡Sí! —exclamó Willow instintivamente y agitó los brazos para celebrar el primer triunfo de la partida.

Entonces volvieron a oír la voz de su padre.

—¿Podéis bajar la voz, por favor?

Willow miró a Asher, pero él estaba otra vez en cuclillas, preparado para su segundo salto hacia el butacón colocado junto a la repisa de la chimenea. Era un salto complicado que solo le había visto lograr en una ocasión. Y aquella vez se anudó su mantita al cuello a modo de capa para conseguirlo.

Asher echó los brazos hacia atrás y saltó de nuevo. Su pelo rubio cortado a tazón se agitó mientras volaba por el aire. Sus pies alcanzaron el butacón, pero el resto de su cuerpo perdió el equilibrio. Agitó los brazos como aspas de molino antes de aferrarse a la repisa de la chimenea para no caerse. Deslizó las manos por la superficie de madera oscura y volcó el jarrón favorito de su padre. Se tambaleó hacia un lado, después hacia el otro, rodó sobre la repisa y cayó al vacío. Willow se preparó para oír el estruendo del jarrón al hacerse pedazos contra el suelo, pero, en su lugar, aterrizó con delicadeza sobre los cojines del butacón.

Asher se quedó con los ojos muy abiertos y se llevó las manos a la boca.

Y de pronto Rex apareció junto a él, con los brazos cruzados a la altura del pecho, mordiéndose el labio superior.

—¿Qué os he dicho?

Rex recogió el jarrón del butacón, lo agarró con fuerza y lo dejó con un golpe sobre la repisa. Fue tan fuerte el impacto que el jarrón se rompió. Y estalló en mil pedazos de color rosa, azul y verde. Todos aquellos trocitos diminutos se esparcieron por el suelo de madera, se colaron bajo el sofá, bajo el butacón y bajo la mesa.

Todo quedó en silencio mientras los pedacitos de cristal se perdían. Un silencio que anunciaba el ojo del huracán.

Y entonces llegó el huracán Rex.

—¿Estáis de coña? ¡A vuestra habitación! —gritó apuntando con el dedo hacia la escalera—. ¡Ahora!

Una gota de sangre brotó de su dedo y Willow y Asher se quedaron petrificados.

—¡He dicho ahora!

Así que Willow y Asher subieron corriendo las escaleras sin devolver el tablero de ajedrez a su sitio ni ahuecar los cojines ni recoger sus zapatos. Estaban a punto de reírse. Les hacía mucha gracia la ironía de la situación. El jarrón favorito de su padre había quedado hecho pedazos y él era el responsable.

Pero a Willow también le entristecía tener un padre que no soportara ver zapatos en el sofá, hasta el punto de derramar sangre.

Aunque fuera solo una gota. Entró en su habitación y se sentó en la cama con el peso de la rabia de su padre en los hombros y en el corazón.

Las siguientes palabras que le oyeron decir a su padre fueron:

—A mi despacho para revisar la caja, por favor.

Willow dejó caer los hombros y recorrió la casa arrastrando los pies junto a su hermano.

«La caja» era el momento culminante del día para Rex, que se pasaba la semana recogiendo objetos tirados por la casa —juguetes, sudaderas, libros, deportivas— y metiéndolos en una caja azul. Cuando terminaba la semana, el domingo por la noche, les mostraba uno a uno los objetos y anunciaba el nombre del avergonzado propietario.

—Calcetín con agujeros; Asher. Cera morada; Willow. ¿*Blandiblub* con trozos de cómic?

Asher estiró la mano emocionado, sin entender el propósito de aquel ritual.

—Mida. En ezte Calvin y Hobbez hacen un muñeco de nieve —explicó con entusiasmo y sonrió satisfecho cuando su padre se lo devolvió.

Rex ignoró aquella incongruencia y siguió con el contenido de la caja.

—Máscara de Batman; Asher. Muñeco de Hulk; Asher.

Y así hasta que la caja quedó vacía. Entonces por fin Willow y Asher pudieron escapar del despacho de su padre y centrarse en su lista de tareas nocturnas.

Guardar los juguetes.
Terminar los deberes. ¿Se os olvida algo?
La ropa en la cesta.
Ducha. Axilas incluidas.

Hilo dental. ¡Los de arriba y los de abajo! ¡También las muelas!
15 minutos de lectura. ¡Más también está bien!
A dormir.

Y, al terminar, Rex metió la mano por el hueco de la puerta y apagó el interruptor de la luz.

—Buenas noches.

Mientras Willow se quedaba dormida, pensó en lo que pasaría si elaborase una lista de tareas nocturnas para su padre. No incluiría recordarles a sus hijos todas las cosas que se habían dejado por la casa, ni que contaran hasta sesenta mientras se cepillaban los dientes para asegurarse de no dejarse ninguno. No. Solo incluiría un punto.

Darles un beso de buenas noches a Willow y a Asher.

Willow apenas se dio cuenta de que se había quedado dormida, pero se despertó al oír un trueno y el goteo incesante de la lluvia. Cuando abrió los ojos, el corazón le latía acelerado y tenía la vejiga a punto de explotar.

—Por favor, no. Por favor, no. Ahora no. Nada de accidentes nocturnos. Por favor, no —se dijo a sí misma.

Cerró los ojos con fuerza y se metió los dedos en los oídos. Pero los dedos no eran capaces de aislarla de la lluvia, que sonaba como si estuvieran tirando piedras sobre el tejado. Cuando un relámpago y un segundo trueno sacudieron todo su cuerpo, saltó de la cama instintivamente y corrió hacia la habitación de su padre. Él la protegería, la tranquilizaría.

Caminó deprisa por el largo pasillo hacia el dormitorio de su padre, consumida por el pánico y con los dedos aún en los oídos. Empujó la puerta con cuidado, para no despertar a su padre bruscamente, como el trueno la había despertado a ella.

—Papá —susurró mientras se acercaba a la cama—. Papá. Papá.

—¿Willow? —dijo Rex con la voz rasgada y los ojos todavía cerrados—. ¿Qué pasa?

—La tormenta —confesó ella.

No hubo respuesta.

—Tengo miedo.

—Willow, son las tantas de la noche. Estamos a cubierto. Vuelve a dormirte.

Pero el viento soplaba con fuerza y la lluvia golpeaba las ventanas. Y ella tenía el corazón acelerado y la vejiga a punto de explotar, y le daba miedo ir sola al cuarto de baño. Estar a cubierto no cambiaba nada de eso.

Se quedó de pie en la oscuridad, con su camiseta de Keith Haring hasta las rodillas, temblando de miedo. No podía marcharse todavía. Vio que la silueta de su padre se giraba sobre la cama y le daba la espalda. Se quedó mirando el espacio vacío en la cama junto a él y deseó poder meterse allí. Deseó poder meterse allí para que le diera un abrazo. Miró el espacio con intensidad, queriendo estar allí.

Y entonces el espacio se movió.

Y apareció una segunda silueta.

La silueta de una mujer. Una mujer rígida y delgada con el pelo liso sobre la almohada. Estaba segura de que era la misma mujer que había visto antes.

Se le dobló la rodilla al darse la vuelta para regresar a su habitación. Una lágrima solitaria se formó en su pecho, le subió por la garganta hasta el ojo y resbaló por su mejilla.

Cuando se despertó, su cama estaba empapada y todo olía a pis.

13

Once años atrás

Después de un año saliendo juntos, Rosie decidió que amaba a Rex pese a su imbecilidad, y a veces también debido a eso. Porque sus momentos de imbecilidad iluminaban su fuerza, su seguridad en sí mismo, su masculinidad. Pero a veces esos momentos le convertían en un imbécil, sin más. Y normalmente la combinación de su atractivo y del amor que ella sentía por él superaba a la imbecilidad. Pero aquel día no. Aquel día en el que habían hecho planes para comer cangrejos en un restaurante junto al mar.

Nada más verlo, Rosie supo que Rex estaba estresado. Tenía los hombros tan tensos que casi le rozaban los lóbulos de las orejas y mascaba enérgicamente su chicle rosa. Parecía que iban a estallarle las sienes y sus respuestas eran secas.

Era uno de esos días en los que Rex tenía un enorme nubarrón gris sobre la cabeza. Sus anteriores novias odiaban aquel nubarrón. Y salían corriendo asustadas para alejarse de la tormenta o se esforzaban por brillar más aún con la esperanza de que la tormenta se disipara. Pero esas actitudes no les habían funcionado ni a Rex ni a sus anteriores novias. Porque, cuando Rex aparecía con un nubarrón gris sobre la cabeza, al final todos acababan padeciendo la tormenta. Todos acababan empapados. Todos salvo Rosie.

A Rosie no le daba miedo la lluvia ni le daba miedo Rex. Y jamás cambiaba su actitud por culpa de nadie. Así que, pese a los hombros rígidos de Rex y a sus sienes a punto de explotar, siguió caminando por Allen Street con su largo vestido negro, su sombrero de punto y sus zapatitos blancos. Y Rex se quedó solo bajo su nubarrón.

—¡Ese chicle me está poniendo de los nervios! —dijo ella por fin al quedarse mirando el escaparate de una tienda de antigüedades de camino al restaurante.

—Pues tengo hambre —dijo Rex, que se negaba a aceptar una verdad sin una respuesta.

—Ah, ¿tienes hambre? —preguntó ella con sarcasmo—. Pues no te atiborres de chicle, ¿no? —Le guiñó un ojo antes de entrar en aquella tienda polvorienta llena de viejos armarios y lámparas antiguas.

Rex estuvo a punto de sonreír, pero se contuvo. No le gustaba hacer concesiones. Sobre todo cuando se encontraba bajo el nubarrón.

Se quedó fuera dando golpecitos con el pie y mirando el reloj. Resoplaba viendo el avance del segundero. Rosie lo vio desde dentro de la tienda, pero eso no hizo que se diera más prisa. Pasó la mano por los elaborados grabados de un escritorio de madera de los años veinte. Inspeccionó cada milímetro de un juguete de metal oxidado de los cincuenta. Ojeó un montón de viejas postales. Era Rosie haciendo lo que siempre hacía. Absorber su mundo. Empaparse de él. Con plena atención. Con cariño. Dejando que cada vibración recorriera su cuerpo e inundara sus sentidos. Y lo hacía mientras Rex Thorpe esperaba fuera, resoplando y mirando el reloj.

Pero Rex no podía soportar estar allí parado un minuto más, así que entró furioso en la tienda de antigüedades. Igual que había entrado en la floristería Blooms un año antes.

—Te he dicho que tengo hambre. ¿No pueden esperar las postales para que no tenga que hacerlo yo?

Rosie levantó los ojos para mirarlo, pero dejó la barbilla y el resto de su cuerpo inclinados sobre la caja de postales.

—Claro, cariño —le dijo amablemente con una sonrisa casi

auténtica—. Ya iba a terminar. ¡Pero antes mira esta foto! ¡Es increíble! —Le puso una de las postales en las narices y Rex volvió a dejarse encandilar. Fingió examinar la postal, pero en realidad pensaba en lo guapa y única que resultaba Rosie en aquel anticuario, con su vestido negro largo y sus zapatitos.

Rosie se levantó el vestido ligeramente al empezar a andar y dejó al descubierto sus delicados tobillos. Se alejó y se despidió del dueño de la tienda, un hombre bajito y con muchas arrugas.

—Hasta luego, Jonny —le dijo como si fueran viejos amigos.

Rosie y Rex volvieron a salir a la calle y siguieron su camino hacia el restaurante, donde los esperaban sus cangrejos. Una tienda de telas llamó la atención de Rosie, que se apresuró a entrar, dispuesta a examinar todos los estampados, a aspirar el aroma del encaje, a sentir la seda contra sus mejillas. Pero, en cuanto puso un pie en el umbral, Rex explotó de rabia.

—¿Estás de coña, Rosie?

Le agarró la muñeca.

—Te he dicho que tengo hambre.

Apretó la mandíbula. Silencio.

—Dos veces.

Se mordió el labio superior.

Silencio.

Silencio como en el ojo del huracán.

Y de pronto ya no se trataba del hambre de Rex o del gusto de Rosie por la seda. No se trataba de las sienes de Rex o de las provocaciones de Rosie. No se trataba del atractivo de Rex o de los labios rojos de Rosie. Se trataba de la fricción. Había demasiada fricción. Y ni la extravagancia de Rosie ni la firmeza de Rex lograrían mitigarla.

Así que, sin pensárselo dos veces, Rosie decidió pasar de los cangrejos y de su tarde con Rex. Se zafó y se alejó por Allen Street en dirección a su apartamento.

Cuando llegó a casa, Chloe estaba sentada en el sofá, colocada. Tenía el brazo estirado sobre un cojín y los ojos cerrados.

—Eh, cielo —murmuró sin apenas mover los labios. Después se incorporó y se frotó un ojo, pero sin molestarse en apartarse el pelo de la cara—. Pensaba que estabas con Rex.

Rosie se sentó y resopló.

—Lo estaba.

Estiró el brazo hacia el porro que había sobre la mesita del café.

—Pero a veces es un imbécil. —Se dejó caer sobre el sofá y estiró los brazos en actitud de derrota. Dejó el bolso colgado en el respaldo del sofá y se le cayeron algunos bolígrafos al suelo sin que se diera cuenta. Después se incorporó lentamente y se llevó los dedos a los labios para dar una calada al porro.

Pero Chloe le agarró la mano antes de que llegara a su boca y volvió a dejarla sobre la mesita.

—Prueba esto mejor, cielo —le dijo ofreciéndole una pastilla redonda y blanca—. Esto te calmará.

Y no podía tener más razón. A los treinta minutos, aquella pastillita blanca de Vicodin tranquilizó a Rosie, la envolvió, la consumió. Y entonces ella también se quedó con el brazo estirado sobre el cojín.

El colocón de aquella pastilla blanca fue tan relajante y apaciguador que Rosie creyó no haber experimentado nada igual en toda su vida. Y sintió que lo necesitaba.

Porque esperaba mucho de la vida y de las personas que en ella habitaban, y le encantaba sentir y experimentarlo todo, pero eso la agotaba. Y aquellas pastillitas blancas le permitían diluirlo. Le permitían relajarse. Encontrar la paz. La tranquilidad.

Rosie dejó que su tarde con Rex se evaporase junto a todo lo demás hasta desaparecer mientras se quedaba medio dormida. Mientras se entregaba al colocón.

Y fue un colocón que Rosie experimentaría una y otra vez. Incluso cuando dejó de surtir efecto y empezaron a empeorar las cosas.

14

La noche siguiente en casa de su madre era la noche en la que veían *Rocky Horror Picture Show*, como todos los meses, y Willow, Asher y Rosie se vistieron para la ocasión. Llevaban medias de rejilla, collares de perlas, sombra de ojos, pintalabios rojo y camisetas ajustadas. Se plantaron ante el espejo para ver el resultado y Rosie sacó una foto enmarcada de Tim Curry caracterizado como el doctor Frank N Furter que normalmente estaba colgada en el pasillo. Miró la foto con un ojo guiñado y después a cada uno de sus hijos.

—Asombroso —dijo con sinceridad.

Asher no tenía ni idea de lo que estaba diciendo o haciendo cuando se puso los zapatos de tacón de su madre, hizo una pose y sonrió al repetir una frase de la película. Pero Rosie no pudo evitar abrazarlo con fuerza. Después se puso en pie, empezó a bailar con él y le ayudó con el resto de la letra mientras se daban la mano y sacudían los pies.

Cuando llegó el *Time Warp*, Rosie, Asher y Willow se situaron frente a la televisión y saltaron a la izquierda, dieron un paso a la derecha y sacaron la pelvis junto con el resto de los personajes. Se subieron al sofá con el maquillaje puesto mientras bailaban. Rieron y cantaron hasta quedar sin aliento. Y, cuando terminó la música, cada uno se retiró a su habitación para ponerse el pijama, con la idea de reencontrarse en el dormitorio de Rosie.

Pero cuando Willow y Asher llegaron a la puerta de su madre, la encontraron cerrada. Era muy raro ver la puerta de su madre así. Era raro ver cualquier barrera en casa de su madre. La casa de su madre siempre estaba abierta. Abierta al aire y a la vida. Permitía que la música y las risas se movieran con libertad. Antes de que el corazón se le acelerase más, Willow giró el picaporte, pero no se movió. Se quedó como estaba, frío y estático.

—Un segundo, renacuajos —dijo Rosie desde el otro lado, aunque su voz sonaba apagada.

Así que Willow y Asher esperaron frente a la puerta con sus pijamas a juego y sus piernas inquietas, ansiosos por acurrucarse junto a su madre para dormir.

Pasados unos segundos, Rosie abrió la puerta y les sonrió con cariño mientras les mostraba una sopa de letras que tenía en la mano.

—¿Jugamos? —les preguntó a sus hijos, que ya tenían el brillo en la mirada.

Willow y Asher asintieron a la vez. Se metieron en la cama de su madre, deshecha, pero acogedora, y se dispusieron a enredarse con ella. En cuanto Rosie se acomodó entre ellos y se metió bajo las sábanas, Willow pegó la oreja al hombro de su madre y pasó el muslo derecho por encima de su pierna sin dejar de mirar la sopa de letras. Y Asher se acurrucó bajo el brazo de su madre, pegó las rodillas a la tripa y miró también la sopa de letras.

—Robot —anunció Rosie muy despacio, con un ligero balbuceo—. ¿Podéis encontrarme esa palabra?

Willow y Asher escudriñaron la sopa de letras con atención, hasta que Asher gritó y señaló la página con el dedo.

—¡Ahí!

Aguardaron a que su madre rodeara la palabra y anunciara la siguiente, pero Rosie se quedó callada. Willow la miró para que moviese el bolígrafo, pero tenía los ojos medio cerrados y la cabeza ladeada de un modo extraño.

—Mamá —le dijo con firmeza mientras movía la cadera contra su muslo.

Pero Rosie se quedó allí parada, con la boca entreabierta y los hombros caídos.

—Shhh —murmuró Rosie con la cara flácida. Seguía con los ojos cerrados y se hundió más aún sobre la almohada. Y entonces dejó caer la muñeca. Y el libro de sopas de letras cayó de sus manos y aterrizó en su regazo.

Willow jamás había oído a su madre decir «Shhh». Le resultaba muy extraño ver el cuerpo de su madre tan quieto sobre la almohada. Estaba acostumbrada a verla llena de vitalidad y energía. Pero, aunque Rosie estuviese físicamente relajada, su estado transmitía cierta rigidez. A Willow se le ocurrió entonces que tal vez su madre se hubiera endurecido contra su mundo. Que en cierto modo se había distanciado, aunque fuera lo más mínimo.

Pero descartó esa idea lo más rápido que pudo. Y volvió a pasar la rodilla por encima del muslo de su madre y el brazo por encima de su cintura. Y Asher imitó a su hermana y se acurrucó en el pequeño espacio entre el brazo y las costillas de Rosie.

Los tres se quedaron dormidos en la cama con la lamparita encendida y el libro de sopas de letras tirado sobre el regazo de Rosie. Sin cosquillas en la espalda ni caricias en la cabeza.

A la mañana siguiente, Rosie, Asher y Willow se despertaron sobresaltados con los gritos de Rex.

—¡Rosie! ¡Rosie!

La voz de Rex retumbó con agresividad por toda la casa. Era extraño oír la voz de su padre en casa de su madre.

—¡Rosie! ¿Estás de coña? Son las diez y media. Han vuelto a llamar del colegio preguntando dónde estaban los niños.

Rosie resopló, puso los ojos en blanco y se levantó de la cama, pero no sin antes darles un beso a sus hijos.

—Quedaos aquí, renacuajos —susurró y arqueó una ceja antes de salir por la puerta del dormitorio.

Willow y Asher corrieron hacia la escalera para ver y escuchar a sus padres mientras se gritaban.

—Relájate, Rex —dijo Rosie frotándose el ojo derecho con la palma de la mano—. Los niños estuvieron despiertos hasta tarde y quería dejarlos dormir. No es para tanto.

—Sí es para tanto. Es día de colegio, Rosie. Necesitan rutina, necesitan disciplina. Esto no es bueno para ellos.

Rosie echó Froot Loops y leche en un tazón y se llevó una cucharada a la boca. Por la barbilla le goteó un poco de leche.

—¡Ya no puedes ser tan displicente con todo! ¡Despierta, Rosie! ¡Eres madre!

Rex escupió un poco al hablar, antes de dirigirse hacia la escalera.

Willow y Asher regresaron corriendo a la habitación de su madre, se metieron bajo la colcha y se quedaron quietos.

—¿Y qué estaban haciendo para quedarse despiertos hasta tarde? —preguntó Rex mientras subía.

Pero a Rosie no le hizo falta responder a su pregunta.

Porque vio la respuesta en cuanto abrió la puerta del dormitorio. Al ver a los niños con el pintalabios corrido y la sombra de ojos, supo lo que habían estado haciendo la noche anterior. Willow vio la cara de su padre al mirarlo a los ojos y advirtió que estaba decepcionado.

Decepcionado al encontrarla allí maquillada. Decepcionado al ver que se lo había pasado bien con su boa de plumas. Su padre frunció el ceño y apretó la mandíbula. Empezó a respirar con fuerza, apretó los puños y su decepción se convirtió en asco. Asco al darse cuenta de que ella era feliz en casa de su madre. Asco al contemplar la escena de la noche anterior. Asco a todo.

—Lavaos la cara, vestíos y al colegio —ordenó Rex. Su voz sonaba firme, pero le temblaba el cuerpo.

Willow llevó a Asher al cuarto de baño para lavarse la cara. Le limpió la cara a su hermano y después se lavó la suya hasta que no quedó en ella ni rastro del tiempo que había pasado con su madre. Envió a su hermano a su habitación a vestirse y se quedó mirando su rostro en el espejo. Le faltaba algo. Parecía vacío. Así que se pintó los labios de rojo y se sintió otra vez completa.

Regresó a su habitación y se puso los *leggings* morados. Después la camiseta negra con la herradura de caballo, y pensó que su indumentaria y sus labios pintados volverían a decepcionar a su padre aquella mañana. Pero entonces recordó aquel día, cuando todavía iba a la guardería, en el que bajó las escaleras para irse al colegio y oyó la discusión provocada cuando su madre entró por la puerta cargada de bolsas llenas de *leggings* morados y camisetas negras de diferentes tallas.

—No es más que una fase —le gritó su padre entre dientes mientras le arrancaba de la mano una de las bolsas de la compra.

—No. No lo es —respondió Rosie y siguió caminando.

—Aunque no fuera una fase, este no es el tipo de comportamiento que pienso inculcarle a mi hija —dijo Rex.

—Pues es exactamente el tipo de comportamiento que yo sí pienso inculcarle a mi hija —repuso Rosie, esta vez con un extraño fuego en la mirada.

Willow sonrió desde las escaleras. Al oír a su madre decir aquello, le dieron ganas de llevar esa ropa todos los días. Y allí mismo, en mitad de las escaleras, recién empezada la guardería, decidió hacer justamente eso y no volvió a cambiar de opinión.

Rex había abierto la boca para responder, pero Rosie se le adelantó.

—No permitiré que le quites esto. No permitiré que despojes a Willow de todas las cosas hermosas y peculiares que hacen que sea Willow. ¿Me oyes?

Y así zanjó la conversación.

Willow sonrió al recordarlo mientras regresaba a la habitación de Asher. Le dio la mano y lo condujo escaleras abajo para despedirse de su madre. Rosie ya estaba esperando en la puerta con los ojos bizcos y la lengua fuera. Antes de que Willow y Asher estuvieran muy lejos, ella les lanzó sus bolsas de papel con la comida y les guiñó un ojo mientras su exmarido se los llevaba por el camino de la entrada.

Les lanzó un beso a sus hijos mientras el coche de Rex se alejaba.

15

Once años atrás

La idea de que a Rosie y a Rex les gustase un mismo apartamento era casi impensable. Pero la idea de que siguieran alternándose entre dos camas era aún más impensable.

El apartamento que Rex escogió, con sus habitaciones de formas irregulares y sus apliques antiguos, fue la primera concesión que le hizo a Rosie. Él habría preferido un piso moderno y elegante con electrodomésticos de acero inoxidable, pero Rosie no habría podido sobrevivir en un lugar así. Ella necesitaba colores, dibujos, huecos y rincones. Necesitaba sus peculiaridades. Y Rex estaba dispuesto a hacer eso por aquella mujer a la que amaba. Solo por esa vez.

Cuando le quitó las manos de los ojos para mostrarle su nuevo apartamento en el Upper East Side, ambos fueron conscientes de inmediato de que el vestido de Rosie hacía juego con el papel de la pared de la entrada. Y, por tanto, quedó claro que Rex había escogido el apartamento perfecto para su novia. Rosie le agarró la nuca y acercó a él sus labios y su mejilla. Apenas pudo considerarse un beso el modo en que espachurró la cara contra la de él, pero por eso resultó más íntimo. Fue el segundo beso favorito de Rex.

Y, aunque el aspecto del apartamento no era de su gusto, le

encantaba el aspecto de Rosie dentro de él. Y, solo por esa vez, eso bastaría.

Rosie corrió hasta la pared y estiró los brazos y las piernas en forma de «X».

—¿Me ves? ¿Me he camuflado? —preguntó.

Y ambos se rieron. Les salió la risa de la tripa y se quedaron mirándose a los ojos desde extremos opuestos de la entrada.

Entonces Rex puso en marcha el tocadiscos que ya tenía preparado y comenzaron a sonar los primeros acordes de *Leather and Lace*.

Se acercó a la pared donde estaba Rosie, abrió la mano y le mostró una vieja cadena de oro de la que colgaba un relicario; una antigüedad que sabía que ella agradecería. Después dio la vuelta al relicario para mostrarle la inscripción grabada en la parte de atrás.

Calle 82 Este, 299. Nueva York, Nueva York. Apartamento 5.

Le puso el colgante por encima de la cabeza y vio cómo caía sobre su pecho.

Rosie agarró el relicario y después colocó ambas manos sobre su corazón, que latía con el amor de Rex.

Él la levantó del suelo, le puso una mano en la cadera y le cubrió la mano con la otra. Se quedaron en silencio, bailando lentamente al ritmo de su canción.

Aquello era la felicidad. Duraría poco, pero, en el recibidor de aquel apartamento del número 299 de la calle 82 Este, parecía muy real.

Y de pronto, sin previo aviso, Rosie empezó a llorar. Pero su llanto poseía cierta pasividad atípica. Acompañado de un temblor también atípico.

Rex esperó pacientemente a que ella se explicara.

—Estoy embarazada —susurró entonces Rosie. Se lo dijo a Rex, a la habitación vacía y a sí misma. Era la primera vez que lo decía en voz alta. Se quedó mirando por encima del hombro de Rex mientras lo decía, con los ojos aún llenos de lágrimas.

Apoyó entonces la frente en su hombro, su hombro fuerte. Y por un instante se sintió bien. Aquello también duraría poco, pero allí, en el recibidor del 299 de la calle 82 Este, también parecía muy real.

Y entonces, sin decir nada, Rex le dio un beso con firmeza en la coronilla.

—¿Crees que podemos hacerlo? —preguntó ella al fin, con timidez.

—Creo que tenemos un amor muy especial, Rosie Collins —respondió él con decisión.

Rosie sabía que esa no era una respuesta, pero le bastaba.

—Es verdad, Rex Thorpe. «Mucho más loco es y lunarmente» —dijo apoyando con más fuerza la cabeza sobre el hombro de Rex.

—¡Otra vez ese maldito poema de amor de e. e. cummings! —murmuró Rex con una sonrisa. Y entonces volvió a besarla, esta vez con cierta ligereza en los labios.

Fue el segundo beso favorito de Rosie.

Aunque sus corazones latían nerviosos y sin sincronía.

Cuando terminó *Leather and Lace*, Rosie se apartó del abrazo de Rex y lo miró con amor. Ya había hecho muchas cosas por ella. El apartamento. El relicario. La fuerza de su cuerpo. El amor de su corazón. Quería pensar en ello todos los días. Deseaba que lo viera todo el mundo. Sabía que una misma joya jamás permanecía en su cuerpo durante mucho tiempo, así que se quitó el relicario y lo colgó de un clavo que salía de la pared. Como manifiesto al amor en el 299 de la calle 82 Este. Un manifiesto al amor improbable, profundo y significativo.

Después volvió a ocupar su lugar entre los brazos de Rex.

16

Willow estaba sentada en la cafetería del colegio con su bolsa de la comida y el cuerpo en tensión. Se había quedado muy alterada después de que su padre irrumpiera aquella mañana en casa de su madre. Ya no le gustaba ver a sus padres juntos en la misma habitación.

Se centró en su comida, abrió el papel de aluminio que envolvía su sándwich de mantequilla de cacahuete y mermelada y se encontró con una nota escrita a mano situada sobre el pan blanco.

¡Nos vemos junto a la valla del fondo a la hora de la comida!
Te quiero mucho, renacuaja.
Mamá

Willow se comió el sándwich a toda velocidad, salió corriendo hacia la valla y solo tropezó dos veces. Al llegar allí, su madre se ahorró los saludos y fue directa al propósito del encuentro.

—Esta mañana me he dado cuenta de que nunca te he enseñado a trepar a un árbol.

Willow sentía la emoción en las venas.

—¡Y además todavía no te he rescatado del colegio ni una vez este curso! ¿Qué clase de hija mía no sabe trepar a un árbol? Vamos, salta la valla. Conozco el lugar ideal.

Y, sin pensárselo dos veces, Willow enganchó los dedos a la rejilla metálica de la valla y comenzó a trepar. Se le resbaló la pierna izquierda, pero las manos y el espíritu enérgico de su madre estaban allí para ayudarla mientras atravesaba la valla y se montaba con ella en el coche.

Condujeron con las ventanillas bajadas hasta el parque cercano, y Willow sentía que iba llenándose de felicidad.

—Ahí está —anunció Rosie señalando un enorme sauce con sus diminutas hojas cayendo en cascada hacia el suelo, mientras que los otros árboles aparecían desnudos. De su tronco fuerte salían docenas de ramas pobladas de miles de hojas. La luz vespertina se filtraba entre las hojas verdes creando rayos dorados que atravesaban el frío de finales de otoño. Rosie se quedó allí parada, muy quieta, admirando el árbol, respirando profundamente. Willow vio la nube de vaho que se formaba cuando su madre dejaba escapar el aire de sus labios rojos. Tenía los ojos muy abiertos y a Willow le pareció ver una lágrima en uno de ellos.

Movida por una fuerza invisible que le salía de dentro, Rosie le dio la mano a su hija con decisión y caminó hacia el árbol. La subió a la rama más baja y la ayudó a trepar por el sauce, guiándola a cada paso. La mano derecha en esta rama. El pie izquierdo en aquella rama. Willow se aferraba a cada rama y se impulsaba hacia arriba. Apretaba sus Converses negras contra el tronco del sauce, cuya corteza áspera se aseguraba de sujetar sus pies mientras subía, cada vez más y más alto. Resultaba extraño que algo tan áspero le hiciese sentir a salvo, pero Willow agradecía el abrazo salvaje de aquel árbol. Curiosamente, cuanto más alto trepaba, más cómoda se sentía. Las hojas la envolvían y creaban para ella otro espacio secreto junto a su madre. Igual que en la casa del árbol, pero esta vez a plena luz del día.

Y por fin vio a su madre justo debajo, trepando también. Cuando alcanzaron las ramas más finas sobre las que podían sentarse, dejaron de trepar y se quedaron allí sentadas con las piernas colgando.

Entonces Rosie miró a su hija con una seriedad inusitada y se quedó muy quieta.

—¿Alguna vez te he contado por qué tu padre y yo te llamamos Willow?

Ella negó lentamente con la cabeza.

—Tu padre y yo nos dimos nuestro primer beso debajo de un sauce, que en inglés se dice *willow*. Fue cuando vivíamos los dos en Nueva York, y creo que ya por entonces nos queríamos, aunque apenas nos conocíamos.

Willow ya estaba absorta en lo que su madre le contaba. Costaba trabajo imaginárselos juntos y felices. Su madre, tan llena de energía, enamorada de su padre, tan lleno de intensidad. Su padre, tan lleno de normas, enamorado de su madre, tan llena de diversión.

—Y un día le enseñé a lanzar piedras sobre la superficie del agua no lejos de aquel sauce. Imagínatelo, cariño. Tu padre lanzando piedras. ¡Y yo enseñándole cómo hacerlo!

Rosie estiró la espalda mientras compartía la anécdota con su hija.

Willow asentía con la cabeza mientras las palabras de su madre brotaban de sus labios, atravesaban sus oídos y caían al abismo entre las hojas. No paró de mirar a su madre a los labios en todo momento. Asentía levemente, con el corazón acelerado, sin mover un centímetro de su pequeño cuerpo. Aunque se le empezaba a quedar fría la nariz.

—Vivimos en un apartamento los dos juntos allí también. No lejos de Central Park, en Manhattan. Tu padre lo escogió. Tenía papel pintado en todas las paredes y un picaporte distinto en cada puerta. Recuerdo cuando me lo enseñó. Bailamos en el recibidor y dormimos en el suelo porque no teníamos muebles todavía. ¡Sí!

Y me regaló un relicario. Uno dorado muy antiguo. Yo no podía creerme que lo hubiera escogido para mí, tan oxidado como estaba. Incluso hizo que grabaran la dirección en la parte de atrás. Me gustó tanto que lo colgué en la pared —explicó Rosie lentamente mientras rescataba aquella historia de los túneles oscuros de su memoria—. Y fue entonces cuando le dije que íbamos a tener un bebé. Fue la primera vez que tu padre supo de ti, renacuaja.

Hizo una pausa. Y de sus labios salió otra bocanada de aire caliente.

Entonces Rosie comenzó a perderse.

—Sí. La primera vez.

Ya no estaba claro si Rosie, con su mirada perdida, seguía hablando con Willow o con ella misma. Con el árbol o con el aire que las rodeaba. Porque había tristeza en su madre. Una tristeza que Willow jamás había visto.

Rosie parpadeó y miró a su hija. Entonces regresó al árbol, a sus ramas.

—Hay un poema de e. e. cummings que me gusta mucho. Dice que el amor «mucho más loco es y lunarmente», y creo que tiene razón. Tu padre lo llama «ese maldito poema de amor», pero creo que a él también le gusta. Porque el amor es algo loco y mágico. Está bien y está mal, es sencillo y es complicado. Pero, pase lo que pase, lo sientes en todo tu cuerpo, te invade por dentro. Yo amaba a tu padre en Nueva York. Sin duda era «mucho más loco y lunarmente». Y os quiero a Asher y a ti. Y ese amor también «mucho más loco es y lunarmente».

Rosie se quedó mirando por encima de su hombro con la mirada perdida otra vez.

Y Willow pensó en lo que significaría amar a lo loco. En lo que significaría recibir amor a lo loco. Como hacía su madre, de manera mágica.

Volvió a mirar a Rosie, pero no sabía qué decir. Su madre decía cosas que ella no entendía. No sabía si las entendería alguien. Ni siquiera la propia Rosie. Pero, aun así, se quedó sentada en aquella rama, asintiendo con la cabeza. Estaba muy atenta e intentaba absorber todas las palabras de su madre. Pero, al mirarla, vio que apenas estaba allí. Estaba perdida en la distancia invisible, con aquella rigidez en su cuerpo.

Cuando la miró a los ojos, supo que tenía que decir algo para traerla de vuelta. Sabía que su madre necesitaba que dijese algo para que regresara al cobijo de las hojas del sauce. Algo que impidiese que siguiera alejándose para siempre hacia aquel lugar invisible.

Así que dijo lo que le pareció más cierto en aquel momento.

—Me encanta estar aquí arriba contigo, mamá.

—A mí también, cariño. A mí también.

Rosie la abrazó, le apoyó la barbilla en el hombro y cerró los ojos. Probablemente hubiese abrazado a Willow miles de veces, pero jamás así.

Vio que su madre percibía toda su atención y todo su amor. Sabía que a Rosie le encantaba que la escuchara absorta, sentada en la rama de aquel sauce. Sabía que a Rosie le encantaba que su hija la llevase consigo. Allí, en el árbol, y en todo momento. Que la llevase consigo en cada canción, en cada historia, en cada baile, en cada cera de colores, en cada beso. Lo sabía por el latido tranquilo del corazón de su madre. Por el calor que surgía de su cuerpo mientras se abrazaban.

—Tú y yo, Willow. Algún día volveremos juntas al apartamento de Nueva York.

Rosie se quedó así unos segundos, respirando profundamente, y después abrazó a Willow con más fuerza. Ella captó en su abrazo una presión que jamás había sentido antes. No era el abrazo ligero y fácil al que estaba acostumbrada. Era algo intenso y asfixiante. Pero aun así lo aceptó. Absorbió la magia y el amor. Como decía su madre.

—Sí, cariño. Quizá incluso nos quedemos en ese apartamento.

Rosie había empezado a hablar muy despacio, apenas en un susurro, sin dejar de abrazarla. Pero entonces se apartó y miró a su hija a los ojos.

—Sé que no te gusta estar en casa de tu padre. A mí tampoco me gustaría. Con todas esas normas, esa rigidez. Necesitas escapar. A mí también me pasaba.

Una brisa fría agitó las hojas del sauce.

—A veces todavía me pasa. Ojalá no me pasara, pero así es. Escapar de tu padre y de todo. —Volvió a abrazarla con fuerza. Y esta vez Willow tuvo la impresión de que su madre estaba transmitiéndole un secreto, pasándolo de su cuerpo al de su hija, aunque Willow no entendía de qué se trataba.

Rosie miró las hojas oscilantes, parpadeó y siguió hablando.

—Y algún día, cuando llegue el momento, nos iremos a ese apartamento y viviremos felices, te lo prometo.

Rosie abrazó a su hija con más fuerza y ella le devolvió el abrazo, aunque mantuvo los ojos abiertos en todo momento.

—Podremos pasarnos el día comiendo caramelos, renacuaja —le susurró Rosie.

Y Willow se juró a sí misma que, allá donde fuera su madre, ella iría detrás. Y comería caramelos y sentiría su amor. Y sería feliz.

Mientras Willow abrazaba a su madre con la mitad de fuerza con que su madre la abrazaba a ella, estuvo a punto de ver lo que sucedía detrás de aquellas palabras. A punto de ver el dolor y la preocupación que lo inundaban todo.

Pero, por desgracia, cuando Willow se hizo aquel juramento, había vuelto a malinterpretarlo todo. Porque, aunque su madre tenía caramelos, eso no significaba que Willow fuese a ser feliz.

17

Diez años atrás

En cuanto Rosie le contó a Rex lo del bebé, él quiso prepararlo todo. Quiso asegurarse de que todo saldría bien. Porque así era Rex Thorpe. Era un buen hombre con fuertes valores morales y con un plan. Era un hombre al que le gustaba estar preparado e informado. Era un hombre proactivo con ideas firmes sobre su futuro. Y, aunque tener un bebé a los treinta y tres años con una mujer como Rosie no formaba parte de su visión inicial, ahora era su realidad. Y, al contrario que Rosie, a quien le emocionaba la aventura, al contrario que Rosie, capaz de adentrarse en lo desconocido con paso decidido, Rex estaba aterrorizado.

¿Podría hacerlo? ¿Podría hacerlo con Rosie? ¿Tendría paciencia? ¿Tendría un corazón lo suficientemente grande? ¿Una mente suficientemente abierta?

Rex deseaba que la respuesta a todas esas preguntas fuese «sí». Se esforzaba para que fuese «sí». Porque la mujer a la que amaba llevaba a su hijo en su vientre. Y ese hijo llevaría trozos de él. Y serían una familia. Así que las respuestas a esas preguntas tenían que ser «sí».

En su mente, Rex comenzó a elaborar una lista de normas para su futuro hogar. Empezó a construir la estructura, la columna vertebral de su vida futura. Porque, cuando Rex se asustaba, cuando sentía que perdía el control, seguir las normas era lo que mejor resultado le daba. Y Rex estaba muy asustado. No tanto por él como por su futuro hijo. Compartió con Rosie sus ideas sobre la mejor hora para irse a dormir, sobre comidas saludables y diferentes marcas de chupetes, pero ella sonrió y puso los ojos en blanco.

Sin embargo, Rex se puso serio. Le preocupaba el desafío de criar a un niño en Manhattan, donde había distracciones y espacios cerrados. Aire contaminado y aceras llenas de chicles. Taxis que tocaban el claxon sin parar y peatones que corrían de un lado a otro.

De modo que decidió que debían mudarse a Virginia, donde se había criado él, y le diría a sus clientes que trabajaría a distancia. Pero primero visitaría sus lugares favoritos de Nueva York. Su cuadro favorito del Met. Tomaría su bollo favorito de la cafetería de la esquina. Se despediría de su amigo Roy mientras tomaban su hamburguesa favorita, antes de darse un fuerte y largo abrazo. Y después se irían. A algún pueblo de Virginia, donde había paz y tranquilidad, donde podrían tener un enorme jardín y un clima suave. Donde él podría trabajar desde casa y Rosie podría disponer de una habitación para su arte. Y el bebé tendría una habitación tranquila y un hogar lleno de juguetes. Allí Rex compraría la cuna más segura y el tacatá más cómodo. En casa tendrían una biblioteca con libros infantiles que le leerían a su hija. Y cumplirían los horarios y las normas. Habría clases de música. Y rompecabezas. Sería el entorno mejor y más seguro para su hija.

Sería el entorno mejor y más seguro para Rex como padre.

Hasta aquel momento, casi parecía como si Rosie hubiese anulado a Rex por completo. Como si se lo hubiera comido. Pero, a medida que le crecía la tripa, también crecía el Rex que Rex llevaba dentro. Y todas sus características más intrínsecas volvieron a salir a la superficie. Y antes de que Rosie pudiera darse cuenta, hacer preguntas o anularlo de nuevo con sus besos, la casa nueva ya estaba comprada y la furgoneta de la mudanza llena de cajas.

Rosie se despidió del papel pintado de las paredes y de los picaportes desiguales y entró por la enorme puerta de una espaciosa vivienda de Virginia, con sus habitaciones cuadradas, sus suelos de madera lijada y sus paredes desnudas.

Tenía las líneas rectas que Rex había visualizado desde el principio. Y, aunque a ella no le gustaba, sentía que era una concesión que podía hacer por el bebé que crecía en su interior. Una concesión que podía hacer por Rex. Solo por esa vez.

Pero, en cuanto entró por la puerta de su nuevo hogar, supo que no funcionaría. Las paredes desnudas, la quietud del aire, la lejanía de los vecinos. El silencio. El césped bien cortado. Los árboles plantados en fila. Ella necesitaba huecos. Necesitaba rincones. Peculiaridades. Y ruido y energía. Y en aquella casa no había nada de eso. Trató de no pensar en ello, por Rex y por Willow.

Lo intentó, pero, por mucho que se obligaba a no desear todas esas cosas, sabía que era imposible. Las deseaba. Las necesitaba. Porque esas cosas eran las que le hacían ser Rosie. Las cosas que la mantenían con vida.

Cuando Rex miró a Rosie en su nueva casa con la tripa enorme, quiso a su novia y a su hija por igual. Tenía la impresión de que Rosie llevaba una niña en su vientre. Tenía esa sensación porque Rosie quería que fuese una niña. Y el mundo a su alrededor solía ceder a su voluntad. Como las plantas, que se orientan hacia el sol. Y, aunque él habría preferido guantes de béisbol y experimentos de ciencias con su hijo, no le importaba tener una niña. Ya la quería muchísimo.

Y, cuando le puso un anillo en el dedo a Rosie estando en la cama el primer domingo que pasaron en su nueva casa, lo hizo por su hija. Sí, estaba enamorado de Rosie. Pero no, aquella no era la mujer con la que había imaginado casarse. Un hombre como Rex buscaba estabilidad.

No quería que las paredes de su dormitorio cambiaran de color cada pocas semanas. No quería todas las coberturas de la tienda en su helado. No quería ir a ver una película y acabar viendo tres. No quería charlar durante treinta minutos con un indigente sobre su pizzería favorita. No quería leer poesía por obligación. No quería desayunar azúcar picapica. No quería pintarse la cara en Halloween. No quería sentir que era un aburrido por desear tener unas paredes blancas. No quería ir a un museo y pasarse todo el tiempo mirando un solo cuadro. No quería perder un domingo entero tirando piedras al agua.

Pensaba en ese poema de e. e. cummings que a Rosie tanto le gustaba. Todas esas locuras que decía sobre el amor. Pensaba en sus sentimientos hacia Rosie y hacia la pequeña niña que crecía dentro de ella. Pensaba que su amor por ellas era «mucho más loco y lunarmente».

Lo sintió especialmente cuando Rosie se volvió hacia él con el anillo en el dedo y una sonrisa radiante y dijo:

—De acuerdo. ¡Hagámoslo!

Pero, aunque Rex y Rosie estaban dispuestos a renunciar a muchas cosas, el día en que él le pidió matrimonio en su nueva casa de Virginia supuso el principio del fin de su relación.

Y en el fondo él lo sabía. Porque, el día que llegaron a Virginia, decidió que no pondría en venta el apartamento. De modo que guardó en el cajón de su escritorio las llaves del 299 de la calle 82 Este.

18

Cuando Willow volvió a subirse al autobús 50, le sorprendió que Robbie Hawkins le lanzara un estropajo. Había logrado llegar a principios de noviembre y todavía no le habían lanzado ningún estropajo aquel año. Fue Robbie quien empezó lo de «Willow, pelo estropajo» el año anterior. Aquel cántico que se extendió como la pólvora por el autobús 50, hasta que todos los estudiantes de quinto acabaron gritándolo. Hacía tiempo que Willow no pensaba en aquel día y tampoco quería hacerlo ahora. Así que se quitó el estropajo del regazo, se puso sus auriculares morados, le dio al *play* e ignoró las burlas. Iba moviendo la cabeza al ritmo de *Rhiannon*, de Fleetwood Mac, y empezó a buscar en su mochila el libro de sopas de letras. Y entonces volvió a llamar su atención aquel trozo de cinta aislante plateada pegada al asiento.

La arrancó despacio, con determinación y esperanza. Un cosquilleo de emoción recorrió sus dedos cuando metió la mano en el agujero y sacó dos pajitas más de azúcar picapica. Ambas con sabor a uva. La misma nota escrita a ordenador en la que se leía *Para Willow*.

Cualquier otra estudiante de quinto curso habría pensado que tenía un admirador secreto en la parte trasera del autobús. Un admirador secreto que la observaba y le dejaba regalos. Pero Willow no. Ella no creía que tuviese el típico admirador secreto que la observaba desde la parte trasera del autobús o desde el otro extremo de la clase. Ni el típico admirador secreto que enviaba a sus amigos a preguntarle si le gustaba alguien. Ni el que la invitaba a jugar al escondite durante el recreo. Ni el que le pasaba notas en la cafetería. Willow tenía otra clase de admirador secreto. La clase de admirador que ella creía que era su madre. Su madre, que la quería de una manera mucho más divertida y especial que cualquier otro estudiante de quinto curso. Se guardó las pajitas de azúcar picapica para más tarde, cuando sin duda necesitaría algo bueno para distraerse durante otro día más en el colegio de primaria Robert Kansas.

Cuando sonó el timbre del recreo, Willow ocupó su escondite habitual bajo el tobogán del patio. Se acomodó sobre la arena, apoyó la espalda en el plástico de la parte inferior del tobogán, dio al *play* para seguir escuchando su CD de Fleetwood Mac y abrió su sopa de letras.

La siguiente palabra que debía localizar era «exacto». Le gustaba buscar palabras con «X» porque resultaban más fáciles de localizar. Y allí estaba. Justo en mitad de la página. *EXACTO*. Pero, justo cuando estaba a punto de destapar su bolígrafo morado para rodear la palabra, Roger Wallace le arrancó el cuaderno de las manos.

—¿Qué haces? —preguntó agitando el cuaderno por el aire para que no pudiera alcanzarlo.

—Devuélvemelo, Roger.

Willow tenía el ceño fruncido, pero se negaba a intentar alcanzar el cuaderno porque no quería acabar con la cara hundida en la arena.

—Sopas de letras, ¿eh? —comentó Roger hojeando el cuaderno—. A mí me gustan las sopas de letras.

Willow se quedó sentada bajo el tobogán, con los brazos cruzados, la nariz arrugada y el ceño fruncido.

—Pero creo que se te han pasado algunas palabras —dijo

Roger, y se sacó un bolígrafo del bolsillo de atrás. Willow estaba confusa; nunca se le pasaba ninguna palabra.

Roger apoyó el cuaderno contra el tobogán de plástico amarillo y acercó el bolígrafo a la página. Cuando terminó de escribir, le lanzó el cuaderno al regazo y se alejó.

Pese a la arena que Roger le tiró sobre el regazo al acercarse al tobogán, fue una interacción relativamente indolora. Willow había terminado casi todas las sopas de letras del cuaderno, así que no habría sido tan malo si Roger hubiera escrito tonterías en la página. Pero, cuando abrió el cuaderno por la página donde estaba su sopa de letras inacabada, vio que Roger había añadido varias palabras a su lista.

Pañal.

Fea.

Bragas mojadas.

Piernas de pollo.

Estúpida.

¿Acaso Roger no sabía cómo funcionaban las sopas de letras? En la tabla no encontraría ninguna de esas palabras. Y además no se podían poner dos palabras seguidas. Así no se hacía. Roger era el estúpido.

Willow tiró el cuaderno sobre la arena y siguió escuchando su CD de Fleetwood Mac. De todos modos tenía otro libro de sopas de letras a estrenar en casa de su madre. Aunque tendría que esperar al día siguiente para empezarlo. Esa noche tendría que pasarla donde su padre.

19

Diez años atrás

Fue como si la casa de Virginia se volviese más acogedora a medida que la tripa de Rosie crecía. Casi como si las esquinas se suavizaran y las luces se atenuaran. Tal vez fue porque las fuerzas internas de Rosie iban llenando el mundo cuanto más crecía la pequeña Willow. Y, en cuanto la niña salió del vientre de su madre, Rex se dio cuenta de que era igual que ella. Tenía los mismos ojos marrones, grandes y curiosos de Rosie. Los mismos ojos que se volvían tiernos cuando se los miraba directamente. Y Willow era el único bebé de la sala de recién nacidos con la cabeza llena de pelo castaño y rizado. Lo tenía fino y suave, pero Rex sabía que crecería hasta adquirir los mismos tirabuzones densos de su madre.

No podía saberlo aún con certeza, pero Rex tenía la impresión de que Willow adoptaría muchas de las cualidades de su madre. Su paso inquieto, sus rodillas enclenques, sus hombros protuberantes, su piel suave, su diminuta figura, su ronquido cuando se reía, su debilidad por el dulce, su atención por las cosas pequeñas que se escondían entre las cosas grandes. Su amor y su pasión por esas cosas.

Y, cuando vio a su esposa con el bebé en brazos por primera vez en el hospital, todo su cuerpo se llenó de muchas cosas. Se llenó de amor al ver aquella versión en miniatura de la persona a la que tanto quería. Se llenó de orgullo al pensar que era capaz de crear algo tan perfecto. Se llenó de emoción imaginando todas las veces que podría ver a esas dos personas a las que tanto quería. Se llenó hasta desbordarse al contemplar a la pequeña Willow, que tanto necesitaba a Rosie. Una pequeña Willow que ya era igual que Rosie. Una pequeña Willow que buscaba el pecho de su madre.

Pero entonces Rex también se llenó de miedo. Miedo a no disfrutar jamás del vínculo que compartía una madre con su hija. Se llenó de ansiedad al pensar que aquel bebé también necesitaría cosas de su padre. Muchas cosas. Pero sobre todo se llenó con una gran certeza. La certeza de que todo aquello, Willow y Rosie, formaba parte de su nuevo mundo. Y nada habría más importante que amar a aquellas dos chicas. Y las amaría del mejor modo posible.

A la mañana siguiente, la enfermera llevó a Rosie por el pasillo. Rosie llevaba a Willow en brazos mientras Rex detenía el coche en la entrada para llevárselas a casa. Mientras se alejaban del hospital, volvió a llenarse de todas esas cosas al mirar por el espejo retrovisor y ver a su esposa absorta en la recién nacida.

Cuando Rex y Rosie dejaron a su hija en su cuna por primera vez y la miraron, ambos, juntos y por separado, compartieron la sensación de que tal vez aquello podría funcionar. Se quedaron allí, en la oscuridad, viendo dormir a Willow, sin saber durante cuánto tiempo, pero sin soltarse las manos en ningún momento.

Y, justo antes de irse a dormir, Rex puso la melodía de *Leather and Lace* en el tocadiscos con el volumen muy bajo. Y ambos estuvieron bailando en el salón, con la cabeza apoyada en el hombro del otro, con la mano en la cadera del otro, con sus corazones latiendo juntos.

20

Aquel día de principios de invierno fue el mejor que Willow Thorpe viviría en el colegio de primaria Robert Kansas. Fue el único día que disfrutó de verdad. El único día en que se alegró de estar allí. Los días en que le tiraban del pelo o le llenaban el casillero de pañales eran desagradables. Y los días en que caminaba por el pasillo y comía sola sin interactuar con nadie eran soportables. Pero aquella tarde fue sencillamente maravillosa, porque no solo se rio aquel día en clase, sino que sus compañeros se alegraron de que estuviera allí.

Sucedió durante la hora de «Mostrar y contar», cuando Alexandra Phillips se plantó ante la clase para mostrar su collar favorito. Cada letra de su nombre colgaba con elegancia de la cadena de oro, que estiró entre los pulgares para que todos la vieran.

Alexandra les contó que era una reliquia de familia. Después explicó lo que significaba la palabra «reliquia», a petición de la señora McAllister. Con el sol entrando por la ventana, todos pudieron ver los preciosos detalles de cada letra. Alexandra levantó el collar por encima de su cabeza y lo giró con orgullo para que todos lo admirasen.

Pero entonces la cadena se rompió.

Y cada una de las letras doradas se perdió por las baldosas de la clase. Salieron disparadas en todas direcciones y se colaron por debajo de los pupitres. Alexandra se echó al suelo de inmediato y comenzó a buscar las letras con la mirada y con los dedos, echa un manojo de nervios en mitad de la clase de la señora McAllister.

Todos se quedaron pegados a su asiento viendo a Alexandra moverse a gatas entre las mesas. Todos salvo Willow. Porque a Willow se le daban bien algunas cosas, y una de ellas era identificar letras. Otra cosa que se le daba bien era acabar en el suelo de forma inesperada. Así que se unió a Alexandra en el suelo de la clase. Recorrió las baldosas sin esfuerzo y localizó enseguida cada una de las letras. *A, L, E, X, A, N, D, R, A*, que fue almacenando con cuidado dentro de su mano.

Después le entregó las letras doradas a su compañera y se alejó, sin pensar que nadie tuviera mucho que decir al respecto. No porque no hubiera hecho algo especial, sino porque era Willow Thorpe. La chica que escuchaba música extraña y vestía raro. La chica que se hacía pis encima y tenía el pelo como un estropajo. Así que llevó a cabo aquella interacción como llevaba a cabo el resto de interacciones con sus compañeros. Con la cabeza gacha, mirando al suelo, sin decir nada.

Pero, al darse la vuelta para sentarse, Alexandra se acercó por detrás y le dio un fuerte abrazo.

—¡Muchas gracias, Willow! ¡Muchas gracias! —exclamó con sinceridad. Y entonces todos los demás comenzaron a aplaudir y a vitorear. Fue lo mejor que le había ocurrido a Willow en clase de la señora McAllister.

Todavía estaba emocionada cuando se subió al autobús para volver a casa. Y en el camino desde el autobús hasta casa de su padre se lo contó a Asher, cuyo autobús iba justo detrás del suyo, y él la escuchó con los ojos muy abiertos y una gran sonrisa. En cuanto entró en casa de su padre, quiso contárselo a él también. Asher se fue corriendo a jugar a su habitación y ella se dirigió hacia el despacho de su padre, donde normalmente estaba.

Pero Rex no estaba allí.

—¡Papá! —gritó mientras atravesaba el salón, con sus sofás rígidos—. ¡Papá! —repitió mientras atravesaba el comedor, con la mesa de cristal y el cartel de *No tocar*. Pero no hubo respuesta. Subió por la escalera de caracol y entró corriendo en el dormitorio de su padre con la inercia causada por la emoción de aquel día—. ¡Papá! —Recorrió la entrada octogonal hacia el cuarto de baño, que tenía espejos en todas las paredes. Tuvo entonces un vago recuerdo de su madre allí.

Willow estaba sentada en el regazo de su madre poniendo caras. Sacaban la lengua y se estiraban de las mejillas. Se reían sin parar al ver la imagen repetida de cada cara extenderse hasta el infinito a sus espaldas en el espejo. Pero expulsó aquel recuerdo de su cabeza.

Mundos separados. Vidas separadas.

Volvió a gritar, sintiendo que su padre ya estaba cerca.

—¡Papá! ¿Estás aquí, pa…?

Pero, antes de que pudiera terminar la frase, Rex salió furioso de la habitación contigua con un nubarrón gris sobre su cabeza. Tenía los hombros en tensión y las manos en las caderas. Se veían sus dientes inferiores torcidos cada vez que mascaba chicle.

—No puedes entrar aquí así, Willow —dijo con firmeza. Apretó los dientes para evitar gritar.

Ella se quedó helada.

—Este es el espacio de papá y no puedes entrar aquí gritando sin llamar. ¿Me has oído?

Willow sintió algunas gotas de saliva en la cara, pero las aceptó sin parpadear.

Rex se quedó mirando a su hija, enfadado, con el pecho hacia delante. Al ver a su padre así, Willow pensó que era mucho más pequeña que él. Pensó que la enormidad de su padre siempre superaría a su pequeñez. Que la enormidad de su padre podría aplastar a su pequeñez. Y pensó que su padre siempre sería grande y alto y ella sería pequeña y delgada. Pensó que, durante el resto de su vida, la enormidad de su padre no dudaría en aplastar a su pequeñez.

Se produjo una larga pausa en la cual Rex siguió mascando chicle con mucho ruido. Se le hinchaban las sienes y después se relajaban. Tenía el ceño fruncido.

A Willow le distrajo un ruido que creyó oír en el armario de su padre. Como si hubiera alguien allí metido. Intentó asomarse por un lado del torso de su padre para saber de qué se trataba, para encontrar el cuerpo que se escondería tras aquel ruido. Estaba segura de que sería la misma mujer que ya había visto el otro día. Estaría allí escondida.

—¡He dicho que si me has oído!

Willow centró su atención de nuevo en los dientes torcidos de su padre y en su ceño fruncido.

Asintió muy despacio con la cabeza, todavía sin parpadear. Claro que le había oído; se lo había gritado a la cara.

Y, con la misma rapidez con que el abrazo de Alexandra trajo la felicidad a su día, las sienes hinchadas y los dientes inferiores torcidos de Rex se la arrebataron.

Su padre señaló con un dedo hacia la puerta y a ella le tembló la rodilla derecha.

Salió del dormitorio de su padre del mismo modo en el que se había alejado de Alexandra aquel día. Con los hombros caídos, mirando al suelo, con miedo a que alguien se fijara en ella.

Pero, en esa ocasión, no se acercó nadie para abrazarla por detrás.

Willow se fue a su habitación y se acomodó en su puf con su libro de sopas de letras. Se quedó mirando la página en busca de la palabra «grifo».

Escudriñó la cuadrícula de letras buscando todas las «G». Después miraba alrededor de cada letra en busca de una «R». Continuaba despúes en busca de la «I». Era una actividad repetitiva, pero no aburrida. Suficientemente entretenida como para hacer que se olvidara del resto del mundo. Suficientemente interesante para impedirle pensar en lo que acababa de suceder con su padre. Suficientemente sencilla para que fuese factible. Willow siempre les encontraba sentido a las sopas de letras. Le permitían obtener muchas pequeñas victorias en un día. Y cada una de esas victorias aparecía marcada con lápices y ceras de distintos colores, que rodeaban todo tipo de palabras con todo tipo de combinaciones de letras y todo tipo de significados. Era divertido pasar las páginas a toda velocidad y ver el arcoíris formado por sus éxitos. Todas esas veces en las que encontraba el sentido en el desorden de la página y destacaba una palabra. Un significado.

Allí estaba. *G-R-I-F-O*. Del revés en la última fila de letras. Sacó su cera morada para rodear la palabra.

Cuando levantó la mirada de la página, vio a su padre en la puerta del dormitorio.

Estaba de pie con el codo izquierdo apoyado en el marco. Willow repasó mentalmente su lista de tareas. ¿Había hecho los deberes? ¿Se había olvidado alguna tarea? ¿Se había olvidado algo abajo? ¿Se había dejado la puerta abierta?

Pero, cuando se quedó sin razones por las que su padre pudiera estar allí de pie, se limitó a decir:

—Hola, papá.

Pensó que tal vez hubiera ido a disculparse, pero, en vez de decir «lo siento» o de agacharse para darle un abrazo, Rex sacó una pelota de fútbol de su espalda.

—Estaba pensando que podríamos jugar al fútbol en el sótano.

Aunque aquella no era la disculpa que esperaba, que quizá incluso anhelaba, a Willow le sorprendió para bien aquel gesto. Pero luego se puso un poco nerviosa. No se le daban nada bien los deportes. Ni siquiera se le daba bien estar de pie.

—¿Se lo decimos a Asher? —preguntó. Normalmente ella se quedaba sentada a un lado mientras Rex y Asher practicaban deportes.

—¿Qué te parece si lo hacemos solo nosotros esta vez? —preguntó su padre.

—Vale —respondió ella, algo tímida.

A Rex le sorprendió para bien la disposición de su hija.

Allí estaban, padre e hija, Rex y Willow, sorprendiéndose mutuamente. Se notaba en el aire. En el espacio que existía entre sus cuerpos rígidos. En las largas pausas entre preguntas y respuestas.

—Sí. Venga, vamos.

Willow siguió a su padre hasta el sótano con sus *leggings* morados y sus Converses negras. Mientras bajaba por las escaleras, se preguntó si sería capaz de hacer aquello con su padre. Por su padre. Esperaba que sí.

Se quedó parada, con la espalda muy recta y las manos rígidas, esperando a que su padre le lanzase el balón. Y, cuando lo hizo, la pelota blanca y negra rodó por el suelo hacia ella. Rodó por su izquierda y ella se quedó con las piernas clavadas al suelo. Cuando la pelota pasó de largo y se detuvo al chocar contra la pared, Willow miró a su padre.

«¿Y ahora qué?», le preguntó con la mirada.

—Tienes que sacar la pierna si ves que el balón te va a pasar de largo. Puedes pararlo con el pie o con las espinillas —le explicó él con una impaciencia mal disimulada.

Willow asintió y siguió mirando a su padre, con las piernas todavía clavadas al suelo.

—Venga, ve por la pelota —le ordenó Rex.

Willow se dio cuenta de que le costaba mantener la calma.

Caminó hacia el balón, preocupada ya por cómo quedaría cuando tuviese que chutar. Se imaginó a sí misma haciéndolo. Se imaginó haciéndolo bien. Se imaginó chutando la pelota unos metros y a su padre corriendo tras ella. Se imaginó que su padre la tomaba en brazos y le hacía cosquillas antes de dejar que le quitara la pelota.

La tiraría cariñosamente al suelo y ella agarraría la pelota y la lanzaría lejos de ambos. Y, al hacerlo, Willow y su padre acabarían tirados en el suelo, felices y sin aliento. Lo veía con claridad. Quería que sucediera como sucedía en su imaginación. Lo deseaba profundamente.

Pero la realidad era que Willow apenas podía controlar sus piernas larguiruchas lo suficiente para caminar con normalidad. Golpear la pelota con precisión y fuerza era prácticamente imposible. Lo intentó de todos modos. Pero, cuando levantó la pierna derecha para lanzar la pelota hacia su padre, su pierna izquierda se quebró de inmediato. El balón de fútbol quedó donde estaba y ella terminó en el suelo junto a él.

¿Por qué no podían bailar o cantar viendo una película? ¿O hacer sopas de letras? Algo que no implicara tanto cuerpo, tanta coordinación.

—No pasa nada. Inténtalo otra vez, Willow —le dijo Rex con los dientes apretados.

Y Willow lo intentó otra vez. Y en esa ocasión logró tocar la pelota, pero esta no hizo más que tambalearse un poco y acabar de nuevo en el mismo sitio.

Rex se acercó a ella y le demostró cómo se hacía. Echó la pierna hacia atrás y después hacia delante, como si fuera tan fácil. Como si cualquiera pudiera hacerlo.

Pero no todo el mundo podía hacerlo. Willow no podía hacerlo. Su hija no podía hacerlo. Y tal vez ella fuese la única persona del universo que no podía hacerlo. Pero era la única hija de Rex en todo el universo. ¿Eso no le otorgaba algunos minutos extra de explicaciones? ¿Un poco de cariño? ¿Un poco de paciencia? ¿Un poco de amor?

Pasados no más de dos minutos, en los que Rex estuvo agitando las piernas mientras ella miraba confusa, él se llevó las manos a los ojos, frustrado, y Willow se llevó las manos a los muslos, decepcionada.

Así que acordaron de forma tácita regresar arriba.

Aquello no funcionaba. El partido de fútbol en el sótano entre padre e hija no funcionaba.

Nada funcionaba entre padre e hija.

21

Ocho años atrás

Aquel dolor que Rex sintió en el hospital jamás abandonó sus huesos durante los primeros años de vida de Willow. Y lo sentía cada vez que Rosie tenía a su hija en brazos. Willow quería más a su madre. Él se daba cuenta viendo cómo Rosie la mecía en sus brazos. Cada vez que le pasaba los dedos por los rizos de su melena. Los mismos rizos que se quedaban enredados en los dedos de Rex.

Aun así, él intentaba pasar tiempo con su hija. Sacaba tiempo para querer a su hija de la única manera en que Rex Thorpe sabía querer. Con rompecabezas, libros e instrucciones para atarse los zapatos. Con pistas de obstáculos, búsquedas del tesoro y experimentos de ciencias. Con ejercicios de lectura. Le mostraba pequeñas palabras en los libros de iniciación a la lectura. Pronunciaba cada letra o cada palabra y la recorría con el dedo sobre la página. Seleccionaba objetos de la casa y le preguntaba a su hija por qué letra empezaban. Cantaba con ella el alfabeto y le pedía que lo repitiera. Y a veces lo hacía.

Pero otras veces se quedaba mirando a su padre con los ojos muy abiertos. Y, cuando Rex dibujaba una enorme letra «A» en un trozo de papel y le preguntaba a su hija qué letra era, a veces Willow acertaba. Y otras veces se equivocaba. Y a veces desviaba la atención hacia la cera que tenía en la mano y garabateaba sobre su letra «A» sin decir una palabra. En ocasiones Rex escribía una «W», una «X» y una «Y» sin decir nada. Y a veces ella acertaba. Y otras veces se equivocaba. Y a veces desviaba la atención. En ocasiones borraba la letra con la manita y después se la limpiaba en la camisa de su padre.

Y, aunque Rex sonreía al mirar sus ojos claros, se le rompía el corazón con su falta de interés. Con su atención inconstante. Porque Rex quería ser un padre que le enseñara cosas a su hija. Y quería tener una hija que aprendiera cosas de su padre. Quería tener una hija con el mismo interés por aprender que él. Quería inculcarle aquello. Pero Willow y Rex ya empezaban a hablar idiomas diferentes. Porque, tanto para una como para el otro, con frecuencia las palabras entraban por un oído y salían por el otro.

Una tarde, después de otra clase de ortografía fallida, cuando las manos de Willow y la camisa de Rex estaban llenas de tiza, Rosie entró en la habitación de la niña con un libro de sopas de letras. Lo había comprado aquel mismo día en la librería mientras él ojeaba la sección de paternidad. En cuanto entró su madre, Willow se fue directa hacia ella y se sentó en su regazo. Rosie y Willow parecían complementarse a la perfección, como siempre que se sentaban juntas.

—Estoy buscando la palabra «corazón» —le dijo Rosie a su hija pronunciando muy despacio cada sílaba—. Empieza por la letra «C». ¿Puedes ayudarme a encontrar una «C» en esta página?

Y, sin vacilar un instante, Willow señaló la letra «C» entre el mar de letras desperdigadas por la cuadrícula. Y a Rosie no le emocionó ni le sorprendió la respuesta de Willow. Se limitó a estar presente, a sentirse satisfecha. En sincronía con su hija, que cada vez se parecía más a ella. Le dio un beso en la mejilla. Y fue un beso lleno de cariño, de amor y de comprensión mutua.

A Rex le entraron ganas de llorar. Por aquella hermosa escena entre madre e hija en perfecta armonía.

Y por la tragedia que suponía para él verse excluido de aquello.

22

Rosie apareció en el aparcamiento del colegio de primaria Robert Kansas con la rodilla izquierda asomando por la ventanilla y sus labios tan rojos como siempre. Willow oyó los acordes de *Levon,* de Elton John, a través de la ventanilla. En cuanto su hermano y ella se subieron al coche, Rosie se puso unas divertidas gafas de sol rosas iridiscentes y las apoyó en la punta de su nariz, de modo que aún se le veían los ojos.

—Hoy tomaremos la *pizza* en casa —explicó, anticipándose a la pregunta de Willow y de Asher—. Pero esta noche cenaremos con Elton. Espero que estéis preparados.

Willow se dio cuenta de que Rosie estaba preparada. Llevaba su camiseta favorita de Elton John. En ella aparecía una imagen saturada, aunque algo desgastada, de Elton sentado al piano, con los ojos cerrados. Willow se imaginó a su madre con una expresión parecida, haciendo *playback* con un plátano a modo de micrófono mientras daba saltos sobre el sofá.

Sonrió y empezó a cantar *Levon* mientras el viento le revolvía el pelo. Miró a Asher, que movía la cabeza al ritmo de la música.

Sí. Rosie, Willow y Asher estaban preparados para cenar con Elton.

En cuanto Lili Von se detuvo en el camino de la entrada, Rosie entró corriendo en casa mientras Willow y Asher recogían sus mochilas. Cuando entraron, se encontraron a su madre apoyada en la pared con un chaleco de lentejuelas plateadas colgando de su índice izquierdo y un enorme collar con un símbolo de dólar brillante colgando del derecho. Le puso a Willow el chaleco y a Asher el collar. Después estiró el brazo hacia el techo y levantó la cabeza como si estuviera en un escenario delante de miles de personas.

—Hay más ropa arriba, en el cajón de los disfraces del armario. ¡Id a completar vuestros trajes y luego bailaremos!

Willow y Asher se miraron emocionados y con la boca abierta antes de darse la vuelta y salir corriendo hacia el dormitorio de su madre.

Se produjo una pausa extraña.

—Pero no abráis el cajón de arriba —les gritó Rosie.

Jamás habían oído a su madre prohibirles algo. Y además ya sabían dónde estaban los disfraces; habían hecho aquello cientos de veces.

—La ropa divertida está abajo —añadió Rosie cuando llegaron al final de la escalera, subiendo los escalones de dos en dos.

Cuando llegaron al armario de su madre, empezaron a sacar camisas de lentejuelas. Se las pegaban al cuerpo y ponían poses en el espejo. Abrieron el cajón de abajo y se intercambiaron gafas de sol, sombreros y boas. Tiraban por el aire los objetos que no les interesaban, que caían suavemente al suelo. A los pocos minutos, Willow estaba absorta en la magia de aquella noche.

Pero entonces, sin que su mente le dijera que lo hiciera, sus dedos agarraron el tirador traslúcido del cajón superior, que su madre le había pedido que no abriese.

Y, mientras Asher intentaba caminar con unos zapatos rojos de tacón de aguja, ella tiró lentamente del cajón. Pero, antes de que pudiera ver lo que había dentro, se oyó un fuerte golpe que los sobresaltó. Rosie tenía agarrada a su hija por la muñeca.

Se miraron la una a la otra, ambas sorprendidas por lo inusual de aquella interacción. Cuando Rosie y Willow se tocaban, siempre era un gesto cariñoso y suave. Pero esa vez no. Aquello era algo incómodo y daba miedo. Se miraron intensamente y todos pudieron oír el ruido de los botes al rodar por el interior del cajón cuando este se cerró de golpe. Pero, antes de que la tensión siguiera invadiendo aquel momento, Rosie miró a ambos lados, sonrió y dijo: «¡Tú la llevas!», como si estuvieran en mitad de un juego.

Willow se rio y empezó a perseguir a su madre.

Pero se le había quedado una marca roja en la muñeca por la fuerza de los dedos de su madre y rondaba por su cabeza la curiosidad de saber qué eran esas cosas que habían rodado por el cajón. Aun así, enseguida todo volvió a ser divertido.

Después de una hora saltando en el sofá al ritmo de *Bennie and the Jets* y comiendo *pizza*, Rosie se quedó sentada en su sitio.

—Creo que es hora de irse a la cama, renacuajos —anunció con languidez.

Pero Willow no quería que terminara la noche. Así que pidió ver *Sillas de montar calientes*. Era la película favorita de su madre. Rosie la miró y se puso en pie para poner la película. No vaciló, pero tampoco se emocionó. Y al ver a su madre encender la televisión sin energía, Willow sintió un vuelco en el estómago.

Centró su atención en la película. Nunca entendía todos los chistes, pero siempre se reía cuando lo hacía su madre. Sin embargo, esa noche Rosie no les indicó cuándo reírse. Se quedaron sentados en el sofá, comiendo helado en silencio.

Aunque Willow estaba segura de que empezarían a bailar en el sofá cuando Lili Von Shtupp cantara *I'm Tired*. Era su parte favorita de la película y se movían como si de verdad estuvieran cansados. Relajaban las piernas y los brazos y se dejaban caer sobre los cojines para volver a levantarse después y tambalearse de nuevo. Y se reían, se reían mucho, hasta terminar tirados unos encima de otros en el sofá. Y, cuando llegaba la mejor parte de la escena, Willow, Asher y Rosie se acurrucaban y gritaban junto con Lili Von cuando esta decía que estaba «reventada». Era su parte favorita y no podían cantarla sin reírse hasta que les dolía la tripa.

Pero aquella noche, cuando llegó la escena y Lili salió de detrás del biombo con el vestido negro, Willow se puso de pie sobre el sofá, pero Rosie parecía cansada de verdad, con la cabeza apoyada en un cojín y los ojos medio cerrados. Aun así, Willow y Asher se dejaron caer sobre el sofá y, cuando Willow giró la cabeza para gritar «Estoy reventada», esperaba que su madre se le uniera. Sin embargo, Rosie tenía los ojos completamente cerrados y el cuerpo flácido sobre los cojines. Sin que Lili Von Shtupp llegase a terminar su canción, Willow apagó la tele y tapó a su madre con una manta. Después llevó a Asher a la cama y regresó abajo para darle un beso a su madre en la mejilla con delicadeza. No quería despertarla.

Después corrió escaleras arriba hasta llegar a su habitación. Y allí se quedó dormida en su cama, con un pijama que no hacía juego con el de su madre.

Willow abrió los ojos sobresaltada y el corazón le dio un vuelco al ver el relámpago, seguido inmediatamente por un fuerte trueno. Se aferró al embozo de la cama y se preparó para el siguiente estruendo. Oía la lluvia gélida golpear el tejado una vez más. Al ver el segundo relámpago, saltó de la cama y corrió escaleras abajo a buscar a su madre, que seguía dormida en el sofá.

—¿Qué sucede, renacuaja? —preguntó Rosie con la voz somnolienta mientras estiraba los brazos hacia su hija, que estaba de pie junto a la pared.

Willow se dio cuenta de que su madre, aunque medio dormida, ya había vuelto a la normalidad. Vibraba de nuevo y centraba toda su atención en las necesidades de su hija.

Ella acudió corriendo a sus brazos y hundió la cabeza en su hombro.

—Ohh, ¿es la tormenta? —preguntó Rosie.

Willow asintió con la cabeza, pero no la apartó del cuerpo caliente de su madre.

—No es más que un montón de agua, cariño. No te hará daño.

Rosie apartó a su hija de su pecho, la agarró por los hombros y la miró a los ojos.

—Tengo una idea. Creo que sé cómo dejar de tenerle miedo a la tormenta. ¿Vale?

—Vale —dijo Willow, que sentía una mezcla de miedo, confianza y emoción.

—Muy bien, pues quédate aquí sentada un momento. Creo que tengo algo que nos ayudará.

Antes de que hubiera otro relámpago fuera, la habitación se llenó con las notas de una canción conocida. Era *Purple Rain*, de Prince.

Willow siguió a su madre hasta su habitación, y allí Rosie empezó a rebuscar en el cajón de los disfraces de su armario. Cuando volvió a salir, llevaba en la mano unas extrañas gafas de sol. Había quitado los cristales de la montura, negra y gruesa, y los había sustituido por papel morado traslúcido, que había pegado toscamente a los bordes. Rosie se agachó junto a la cama y le puso las gafas a su hija. Y de pronto todo se volvió morado. Rosie la tomó en brazos y la llevó junto a la ventana.

Willow era demasiado mayor y Rosie demasiado pequeña para aquello, pero no importó.

Se quedaron juntas mirando por la ventana, contemplando la lluvia helada que caía del cielo.

—Mira, cariño. La lluvia morada —le dijo con un susurro.

Y así era. Del cielo caían enormes gotas moradas. Y las gotas chocaban contra el suelo y formaban enormes charcos de agua morada. Y, cuando volvió a estallar otro relámpago, con el consiguiente trueno, no hizo sino intensificar la belleza de aquella tormenta morada.

Era preciosa. Era mágica. Y Willow se quedó asombrada con aquel cielo morado. Y con su madre por hacerlo posible.

Willow se dejó cautivar por la escena. Se dejó arrastrar por ella en brazos de su madre. Relajó los músculos, se le calmó el corazón y dejó caer los hombros.

Allí, frente a la ventana, su madre volvía a ser su madre, y ella sintió una ola de energía que la invadía mientras la abrazaba.

—Muy bien, renacuaja. Vamos a salir.

Y, antes de que Willow pudiera entender lo que decía su madre, Rosie corrió escaleras abajo con ella en brazos. Willow botaba arriba y abajo sobre su cadera mientras sujetaba con fuerza las gafas contra su cara para que no se le cayeran.

Rosie abrió la puerta de atrás, dejó a Willow en el suelo, se quitó la camiseta de Elton John y los pantalones de chándal y salió corriendo bajo la lluvia helada.

Willow se quedó mirando el trasero desnudo de su madre mientras corría hacia los árboles que rodeaban el jardín. No recordaba haberla visto desnuda nunca. Vio cómo se movían las caderas de su madre de un lado a otro mientras saltaba de un charco a otro. Se fijó en sus pechos, que se agitaban con libertad. Vio su pelo revuelto y mojado y deseó que su cuerpo pudiera moverse así. Deseó que su alma fuese libre también. Así que se quitó el pijama y corrió hacia su madre para bailar desnudas a la luz de la luna bajo la lluvia morada a medianoche.

La lluvia invernal acariciaba su piel de camino al suelo, la bañaba de felicidad.

Allí estaba Willow, con la nariz roja y los dedos blancos, muerta de frío, muerta de miedo, pero feliz. Allí estaba Willow, con sus gafas de cristales morados, sin miedo a la tormenta. Cautivada por su madre. Rodeada de su amor.

Rosie estrechó el cuerpo frío y resbaladizo de su hija para abrazarla con fuerza.

Después la llevó de vuelta a casa, y sus pieles mojadas resbalaban la una contra la otra, pero así se sentían más conectadas. Fueron arriba, Rosie le preparó una ducha caliente a Willow y le dijo que se reuniera con ella en su cama para terminar de ver *Sillas de montar calientes* cuando se hubiera secado y se hubiera puesto el pijama.

—Ponte el pijama rosa con conejitos —le dijo guiñándole un ojo—. Yo me pondré el mío también.

A Willow le encantaban aquellas noches con su madre, acurrucada en su cama, con el tiempo detenido, dándose calor, dándose amor, con el mismo pijama.

Pero, cuando Willow regresó al dormitorio de su madre después de ducharse, Rosie ya estaba profundamente dormida en su cama. Desnuda, con el pelo mojado y pegado a las mejillas, con la ropa empapada tirada por el suelo. Ni siquiera había llegado a meterse bajo las sábanas. Así que Willow zarandeó sus hombros fríos y desnudos.

—Mamá. Mamá —susurró.

No hubo respuesta. Ni movimiento.

—Mamá, levanta.

No hubo respuesta. Ni movimiento.

—Quiero ver la película. —Había empezado a zarandear a su madre de un lado a otro, con energía y rapidez.

Pero seguía sin haber respuesta. Ni movimiento.

—¡MAMÁ!

Willow sentía algo bullir en su interior. Quería que su madre se despertara. Se suponía que iban a ver una película. Y Rosie siempre lo hacía todo por ella a la perfección. Y ya se había quedado dormida una vez esa noche.

—¿Mamá? ¿Qué pasa con la película? —le preguntó mientras le zarandeaba el hombro con más fuerza—. Por favor, despierta. Por favor. —Las lágrimas saladas que resbalaban por su mejilla no sabían como la lluvia que la había empapado hacía solo unos minutos.

Rosie abrió un ojo y la acercó a ella.

—No hay más películas por esta noche —murmuró, todavía medio dormida. O mareada—. Estoy demasiado cansada para ver una película.

Y, aunque Rosie tenía los ojos cerrados y se dio la vuelta, aunque Willow todavía lloraba, se acurrucó junto a su madre como siempre hacía. Le pasó la rodilla por encima del muslo. Apoyó el brazo en su tripa. Apoyó su pecho en el suyo. Y, al notar el pecho de su madre que subía y bajaba, su corazón fue calmándose y se dio cuenta de que nunca había oído a su madre decirle «no» a algo.

Y entonces creyó oírle decir «siempre estoy demasiado cansada», aunque estuviera medio dormida.

Pese a que a Willow ya no le daba miedo la lluvia, le costaba trabajo dormirse. Y, aunque todavía sintiese la magia en el aire, notaba un nudo en el estómago por la promesa incumplida de su madre. Su madre nunca incumplía una promesa. Y nunca se quedaba dormida demasiado temprano. Nunca dejaba de reírse con *Sillas de montar calientes*. Y siempre le hacía cosquillas en el brazo.

Pero las cosas habían cambiado, ahora estaba segura de ello.

Y la idea de que su madre cambiara le daba mucho miedo. Era un miedo que le llegaba hasta los huesos.

No sabía quién era aquella madre que de pronto estaba demasiado cansada. ¿Demasiado cansada para bailar en el sofá? ¿Demasiado cansada para ver una película? ¿Demasiado cansada para ponerse el pijama? ¿Demasiado cansada para ser madre? ¿Para amar?

Las preguntas afloraban en su interior.

¿Su madre estaría realmente cansada? ¿Y qué había sido ese ruido en el cajón que no quería que abriera?

23

Seis años atrás

Cuando Rosie salió al jardín, se sintió abrumada al ver a Rex empujando a Willow en el columpio hecho con un neumático. Abrumada por la perfección de aquella estampa. Abrumada por el amor. Abrumada por la idea de que no quisiera estar en ninguna otra parte en aquel momento.

Antes de conocer a Rex, se había pasado la vida en constante movimiento. Iba de una ciudad a otra sin pensar. Pasaba de un trabajo a otro. Tenía muchos novios, pero jamás se imaginaba un futuro con ninguno de ellos. Pululaba por las librerías, las cafeterías y las tiendas. Exploraba cada rincón de su mundo con un interés pleno. Lo absorbía todo y después lo olvidaba; generalmente con la misma rapidez. Pero aquel momento, viendo a su marido empujar a su hija en el columpio, casi le hizo desear quedarse allí parada el resto de su vida. Allí quieta, en el jardín, con su marido y con su hija, el resto de su vida.

De todas las cosas buenas que Rosie había podido descubrir bajo el exterior severo de Rex hasta el momento, la ternura no era una de ellas. Con el tiempo se había mostrado atento y considerado, pero nunca tierno. Hasta que nació Willow. Entonces sí se mostró muy tierno. Viendo a Rex empujar a Willow con delicadeza en el columpio, se dio cuenta de lo tierno que podía ser. Demostraba la cantidad justa de ternura para empujar a Willow y que la pequeña sintiera que volaba. La niña sonreía con el pelo revuelto, mientras él la sujetaba por la espalda con sus manos grandes.

Rosie tuvo ganas de llorar ante la belleza de aquella imagen, con la enormidad de Rex junto a la pequeñez de Willow. Se dio cuenta de cómo aquel instante desafiaba las leyes del universo, según las cuales lo grande siempre domina a lo pequeño. Pero no en su nuevo mundo.

En su mundo, lo grande podía ser tierno con lo pequeño. Y lo pequeño podía ser feliz en manos de lo grande. Y le dio un vuelco el corazón al ser consciente de aquella nueva verdad. De modo que, aunque su casa siguiese teniendo las paredes blancas, aunque sus pinceles siguiesen guardados en un cajón blanco, Rosie se sintió satisfecha.

Cuando vio que Rex le entregaba a Willow una pajita morada y blanca de azúcar picapica al bajarse del columpio, estuvo segura de las decisiones, los sacrificios y las concesiones que había hecho al mudarse a Virginia. Porque allí todo era perfecto.

Y mejoraría con el tiempo.

Se puso una mano en la tripa y sintió al bebé moverse dentro de ella. Podría volver a vivir aquello con Rex. Podría vivir así con Rex.

Estaba emocionada con la idea.

Pero el nacimiento de su hijo dos meses más tarde trajo consigo una depresión que era todo lo contrario a lo que experimentara con el nacimiento de Willow. Fue algo químico que la consumió de inmediato.

Mientras las enfermeras atendían al recién nacido, Rosie se imaginó el futuro. Sintió un profundo terror ante las noches sin dormir y los pezones descarnados. Se sintió frustrada de antemano con la bolsa de los pañales, llena de cachivaches para satisfacer las necesidades del bebé; chupetes, biberones, leche en polvo, juguetes, toallitas húmedas, pañales, polvos de taco, crema hidratante. Cosas que con Willow no le habían importado, pero que ahora le pesaban. Rosie disfrutaba de las cosas, pero no soportaba verse agobiada por ellas.

Y luego estaba el bebé en sí. Asher. Con sus ojos azules y su pelo rubio, algo que no podían haber formado sus genes. Al mirar a Willow a los ojos por primera vez, recordaba haber visto una extensión de sí misma. Lo vio con claridad en su mirada, en cómo ella se sentía cada vez que la miraba. No se parecía en nada a lo que sentía al mirar a Asher. Asher, con su pelo rubio y sus ojos azules. Sintió que todo su cuerpo se tensó cuando la enfermera intentó ponérselo en brazos por primera vez. Se cruzó de brazos y miró para otro lado hasta que el niño hubo salido de la habitación. Y le gritó a la enfermera al salir que comprobase el nombre de la etiqueta antes de volver a acercárselo.

La doctora Winthrop le dijo que no era raro que las mujeres experimentaran aquellas emociones después del parto.

—Hasta un quince por ciento de las mujeres experimenta depresión posparto —le dijo con el mismo tono con el que describiría una tarde soleada de enero. No había nada por lo que preocuparse.

Pero Rosie estaba muy preocupada. Quería marcharse, abandonar aquella vida. Largarse cuanto antes. Alejarse de Asher, de Willow y de Rex. Su necesidad de escapar bullía con fuerza dentro de ella. Y todos se daban cuenta del calor sofocante que brotaba de su piel. Sobre todo Rex.

Aun así, él se mostró amable con ella tras el nacimiento de Asher.

Cuando Rosie insistía en dormir, su marido se quedaba despierto con el bebé durante toda la noche. Asher no lloraba mucho, pero sí hacía ruido. A través de la puerta del dormitorio, Rosie se daba cuenta de que a Rex le resultaban encantadores los gorjeos del bebé mientras intentaba dormirlo en el pasillo. Y sabía que su marido se daba cuenta a través de la puerta entreabierta de que a ella esos mismos sonidos la volvían loca. Porque, cuando su hijo pataleaba y miraba a su madre, ella miraba hacia otro lado. Cuando Rosie se negaba a darle el pecho, su marido preparaba un biberón y le daba de comer sentado en la mecedora que había construido como regalo a su hijo nonato cinco meses atrás. Y, cuando Rosie no quería salir de casa, su marido llevaba a Asher de paseo por el tranquilo vecindario de vallas blancas, jardines cuidados y ventanas oscuras.

Rosie le daba las gracias a Rex muchas veces. Lo decía con cariño. Incluso le ponía una mano en la espalda y le daba las gracias mirándolo a la cara. Porque nada cambiaba el hecho de que ella quería escapar de allí. A todas horas.

Con frecuencia su hija se metía en la cama con su madre y se acurrucaba junto a ella. Willow acomodaba su cuerpo al de su madre y se quedaba allí, pegada a ella. Y Rosie se obligaba a darle un beso en la coronilla y volvía a quedarse quieta. Aun así, Willow se quedaba a su lado.

Rosie estaba en su posición habitual un domingo por la mañana, tirada en la cama escuchando los sonidos de su hogar. Escuchando todos los sonidos molestos de la maternidad. Asher escupiendo leche del biberón, Willow tropezando por las escaleras, cereales que caían al suelo, Rex rebuscando en la despensa. Esos sonidos hacían que se revolviera por dentro.

Pero, justo cuando estaba a punto de taparse los oídos con la almohada para amortiguar aquellos ruidos, le llegó el sonido de su hija al piano. Una nota tras otra. Y otra más. Willow estaba intentando tocar *Benny and the Jets*, de Elton John. Recordó entonces a Rex en aquel piano bar años atrás. Tan guapo. Con tanto talento. Tan lleno de alma.

Rosie estaba preparando su cuerpo para salir de la cama e ir a ver a Willow cuando comenzaron a sonar otras notas más diestras por la casa.

Y de pronto su hogar se llenó de música. El talento de su marido y los esfuerzos de su hija en un concierto perfecto. Ella se quedó en lo alto de la escalera, escuchando aquellos sonidos. Y sonrió por primera vez en muchos meses. Se preguntó si habría una luz al final del túnel. Se preguntó si, una vez que alcanzara esa luz, podría quedarse allí.

Pero Rosie jamás podría quedarse detenida en un momento indefinidamente. Lo sabía ahora mejor que nadie.

24

Aquel jueves por la tarde, después del colegio, Willow y Asher esperaron a que su madre pasara a buscarlos para ir a comer *pizza*. Rosie, con brillo en la mirada, había prometido que vivirían una aventura.

Cuando salió a la calle, se abrochó el gorro de lana alrededor de la barbilla porque comenzaba a hacer frío. Después ayudó a Asher a ponerse las manoplas. Se sentó en el bordillo con la mochila todavía puesta y las rodillas pegadas al pecho para entrar en calor. Sacó una pajita de azúcar picapica de las que había encontrado en el asiento del autobús aquella mañana, echó la cabeza hacia atrás y vertió los cristales morados en la boca. Después sacó la lengua y bizqueó para intentar ver el azúcar morado mientras se disolvía. Luego abrió su libro de sopas de letras y pulsó el *play* de su reproductor para escuchar las notas de Elton John.

A medida que atardecía y el frío iba colándosele hasta los huesos, Willow sintió un vuelco en el estómago. Miró a Asher, que sonreía con la nariz sonrosada mientras se cronometraba corriendo desde el bordillo hasta las puertas de la escuela.

De pronto el cielo ya se había puesto morado y todo a su alrededor estaba frío y en silencio.

Cuanto más frío tenía, más se preguntaba por qué su madre tardaba tanto. ¿Dónde estaría? Se repetía aquella pregunta sentada en el bordillo.

Y entonces vio aparecer los faros del coche negro de su padre al doblar la esquina del colegio.

—Subid, chicos —les ordenó Rex desde su asiento con la ventanilla medio bajada.

Hubo unos segundos de pausa frente al colegio mientras caía el sol.

—Pero hoy le toca a mamá —comentó Willow desde la acera y dio un pisotón contra el suelo con su Converse negra ante aquel inesperado cambio de planes.

Willow no lo sabía, pero estaba invocando las normas de su padre. El deseo, la necesidad visceral de acatar las normas. Pero a ella solo le gustaban las normas que la llevaban hasta casa de su madre. Hasta el dormitorio de su madre, con pijamas a juego, viendo *La dimensión desconocida* en la tele antes de quedarse dormida. No las normas de las listas de tareas. Las normas que la obligaban a practicar piano cuando preferiría sentarse en su puf escuchando a Prince con los cascos. No le gustaban las normas que Rex estaba invocando en aquel momento para llevarse a sus hijos a su casa cuando se suponía que era el turno de su madre. Cuando se suponía que iban a ir a Lanza Pizza a cenar. Cuando se suponía que beberían refresco y jugarían al *pinball*. Pero, por muy injusto que fuera, por mucho que le fastidiara, las normas de Rex siempre se imponían a las de su hija. La ponía furiosa. Ahora más que nunca.

Asher corrió hacia el coche con la mochila dando botes a su espalda. A él le daba igual en qué coche subirse. Le daba igual en qué casa jugaría después con sus muñecos. Le daba igual lo que cenara. Le daba igual y era feliz.

Pero Willow se negaba a moverse del bordillo, así que se quedó con las rodillas pegadas al pecho, temblando.

—Nos vamos a intercambiar las noches, Willow. Sube.

—Pero mamá no me lo ha dicho.

Willow no estaba dispuesta a abandonar aquel bordillo. No estaba dispuesta a renunciar a la idea de que Rosie y Lili Von pudieran aparecer de un momento a otro para recogerlos. Porque Willow deseaba a su madre. Y quería que su padre supiera que deseaba a su madre. Quería que supiera que estaba rompiendo las normas. Y eso le rompía el corazón. Siempre le rompía el corazón.

—Willow, se está haciendo tarde. ¿Quieres subir al coche?

La exasperación de su padre era evidente, pero Willow se quedó sentada en el bordillo.

—Willow, por favor.

Mientras se mecía hacia delante y hacia atrás en aquel bordillo, mirando a su padre, preguntándose si debía o no subirse al coche, Willow tuvo miedo. Miedo a haber perdido a su madre. Era una sensación que ya había experimentado subida a las ramas de aquel sauce. Y en el sofá mientras veían *Sillas de montar calientes*. Y después de la tormenta. Pero ahora, en el frío bordillo frente al colegio de primaria Robert Kansas, parecía muy real. Y atenazaba todos los músculos de su cuerpo.

No le quedó más remedio que aceptar aquella nueva realidad y se montó apesadumbrada en el asiento trasero del coche de su padre.

Cuando aparcaron frente a la casa de su padre y entraron, Willow dejó una mancha de orina en su asiento.

Según pasaban los segundos, los minutos, las horas y las listas de tareas; el miedo, la preocupación y la incertidumbre de Willow fueron en aumento. Lo único que deseaba era que desaparecieran aquellas horribles sensaciones.

Sacó su libro de sopas de letras para distraerse, pero, al mirar la página, solo vio un reflejo de su propia soledad. Sacó una caja de ceras de colores y estuvo pintando en una cartulina. Pero no había nadie allí que pudiera ver una oveja cuando en realidad había dibujado un garabato. Nadie que le sugiriese añadir más naranja por aquí o más verde por allá.

Se tumbó en la cama, se puso los auriculares y cerró los ojos mientras escuchaba las notas de Prince, de Elton John y después de Fleetwood Mac. Fingió que estaba en casa de su madre, bailando y dejando que el amor inundase su corazón. Pero no le bastaba con imaginarlo. Deseaba que fuese real. Necesitaba que fuese real. Pero, por mucho que Willow deseara que su madre apareciese aquella noche y aquel fin de semana, Rosie no apareció.

Así que cada noche, después de que Rex apagara las luces y le dijese a su hija que se fuese a dormir, Willow se levantaba, se sentaba junto a la ventana de su dormitorio y se quedaba mirando el bosque situado más allá del jardín. Trataba de no parpadear y esperar ver el brillo de la linterna de su madre. Pero el cielo estaba oscuro y quieto.

Agarraba el telescopio que su padre había montado allí y lo orientaba hacia la ventana. Miraba por el visor y escudriñaba el bosque. Después lo orientaba hacia el cielo. Su madre estaba en alguna parte. Tenía que estar en algún lugar. En la tierra o en las estrellas. Tenía que estar.

Y, cuando empezaba a perder la batalla contra el peso de sus propios párpados, volvía a la cama y se metía bajo las sábanas. Se hacía cosquillas en el brazo para intentar que el corazón se le calmase. Se tapaba la boca con la almohada para amortiguar el sonido de su llanto. Trataba de pensar en su madre bailando con un chaleco de lentejuelas y el pelo revuelto. Pero, en cuanto aquella imagen se formaba en su cabeza, volvía a disolverse en la oscuridad.

Aquella oscuridad de su mente, aquel vacío de su cuerpo, dejaban a Willow con una tristeza en las venas cuando se quedaba dormida. De modo que dejaba cada mañana al levantarse una mancha de pis bajo las sábanas.

El domingo por la mañana, cuando la tercera mancha apareció en la cama, Willow fue al cuarto de baño a por una toalla. Se miró en el espejo. Tenía los ojos rojos de tanto llorar. Sus pestañas estaban cubiertas del polvo blanquecino de la sal de las lágrimas secas. Y tenía el pelo más revuelto de lo habitual después de pasarse tres noches dando vueltas en la cama.

Se preguntó si se quedaría con ese aspecto el resto de su vida. Si su cara, su pelo y sus ojos se quedarían así. Si todo su cuerpo, todo su ser, quedaría atrapado en casa de su padre. En el mundo de su padre.

Se preguntó si ahora su padre empezaría a quererla. Se preguntó si podría quererla.

Se preguntó si ella llegaría ahora a querer a su padre. Se preguntó si podría llegar a quererlo.

No sabía las respuestas, pero sabía que tenía que encontrar amor en alguna parte.

Willow empezaba a ser consciente de su nueva realidad. Su madre se había ido y ella empezaba a asumirlo. Pero Asher seguía siendo el mismo Asher. Los mismos ojos brillantes y la misma sonrisa desdentada. El mismo pelo rubio cortado a tazón.

Y, si él también llevaba a rastras su dolor, Willow no se daba cuenta. Al verlo jugar con dos figuritas de acción bajo la mesa de la cocina, se dio cuenta de lo afortunado que era su hermano en su simplicidad. Asher podía encontrar amor y felicidad en cualquier lugar y en cualquier cosa. En los bichos de la acera. En un personaje de dibujos animados. En una habitación llena de juguetes. En una caja vacía. En su madre. En casa de su madre. En su padre. En casa de su padre. En los besos de su madre. En los gestos de aprobación de su padre.

Una parte de ella deseaba poder encontrar la felicidad en cualquier parte también. Deseaba vivir abierta a todo tipo de amor. Deseaba que su corazón se llenara con todo tipo de amor. Pero no funcionaba. No le gustaba el tipo de amor de su padre. No le gustaban las listas de tareas, no le gustaban sus hombros estirados ni la intensidad de su ceño fruncido. Le gustaba el tipo de amor de su madre. Le gustaban los besos, las canciones, los dulces y las pequeñas sorpresas del autobús. No podía evitarlo.

Pero, aun así, cuando su padre se metió bajo la mesa, agarró a su hermano de la mano y lo condujo al jardín para hacer lanzamientos con la pelota, a Willow le dieron ganas de llorar. O quizá de agarrar un guante de béisbol ella también.

Todo parecía perfecto en el jardín bien cuidado de la casa de su padre. Padre e hijo con gorras y cazadoras de béisbol lanzándose una vieja pelota el uno al otro. El enorme guante de cuero de Asher le quedaba grande, hacía que todo su cuerpo pareciera enano. Y, cada vez que su padre le lanzaba la pelota, Asher se tambaleaba de un lado a otro con la fuerza del impacto contra su guante. Pero, en cuanto empezó a controlar la pelota, Asher se llenó de orgullo. Arqueaba la espalda y se doblaba sobre sus pies como si llevara toda la vida atrapando pelotas de béisbol. La naturalidad forzada de aquella escena le resultaba enternecedora incluso a Willow, que estaba temblando de celos.

Asher metió la mano en el guante, sacó la pelota de entre sus zarpas, echó el brazo hacia atrás y miró a su padre. Y Rex repitió el movimiento de lanzamiento una y otra vez. Realizó los pasos muy despacio, acabando con el giro de muñeca necesario para un lanzamiento óptimo. Movía la muñeca arriba y abajo para asegurarse de que a Asher le quedase claro el movimiento. Y después Asher imitó los movimientos y lanzó la pelota directa al guante de su padre.

Rex se llevó el guante a la axila contraria, con la pelota todavía allí metida, y sacudió la mano con dramatismo. Como si le doliese después de haber atrapado la pelota más rápida jamás lanzada. Willow se dio cuenta de que su padre fingía, pero Asher volvió a llenarse de orgullo.

Willow veía con claridad lo que estaba sucediendo en el jardín. Rex había contado una pequeña mentira al fingir que le dolía la mano, pero al mismo tiempo le hacía un regalo a Asher con esa mentira. El regalo de un padre orgulloso impresionado por su hijo.

Y ella se dio cuenta de que la mentira merecía la pena. Era un vínculo. Era amor. Significaba algo. Algo importante.

Y, aunque Willow no oía nada a través de la ventana, vio los labios de su padre moverse mientras impartía algún conocimiento a su hijo. Le costaba un poco respirar. Ella también quería algo. Quería amor. Lo necesitaba. Necesitaba respirar amor. Era su oxígeno. Se ahogaba sin ello y, en cambio, allí estaba su padre, derrochándolo a espuertas con su hermano.

Pero a Willow y a Rex los separaba mucho más que una ventana de cristal. Así que ella se quedó allí sentada, anhelando amor y tratando de respirar con normalidad.

Aquella sensación era algo nuevo.

Porque en esa ocasión, el deseo de amor iba dirigido hacia su padre. A lo largo de su vida, su madre la había querido tanto que no quedaba espacio para nada más. Pero allí sentada, al olvidarse de echar de menos a su madre, viendo aquel momento compartido entre su padre y su hermano, entre Rex y Asher, padre e hijo, se dio cuenta de que también deseaba el amor de su padre.

Lo ansiaba.

Porque, cuando pruebas el primer cristal de azúcar picapica, deseas echarte en la boca el resto de la pajita, incluso aunque no sea de tu sabor favorito.

Cuando Willow se apartó de la ventana, su pecho quedó inmóvil. Volvía a echar de menos a su madre. La echaba de menos hasta los huesos.

Se le agolpaban las preguntas.

¿Dónde estaba?

¿Dónde estaba su madre?

¿Tendría algo que ver con ese sonido que había oído dentro del cajón?

25

Cinco años atrás

Pese a los destellos de esperanza de los últimos meses, con cada nuevo día Rosie sentía que estaba viviendo bajo el agua. Cuando Asher lloraba porque tenía hambre, o cuando Willow le pedía las ceras para pintar, o cuando Rex le preguntaba cómo había ido el día, Rosie solo oía el eco. Le costaba incluso mover las piernas para bajar las escaleras o los brazos para servirse un vaso de agua. No tenía energía ni para parpadear.

Y, aunque por fuera estaba quieta y callada, por dentro sentía pánico. Pánico por el estado de su maternidad, de su matrimonio y de su salud. Sabía que la fealdad que veía ante ella era todo una ilusión, pero no podía escapar de aquella rabia que teñía toda su vida. Su vida y a sus hijos y a su marido.

El cerebro y el corazón se agitaban dentro de su cuerpo. Presionaban bajo su cráneo y bajo sus costillas hasta hacerle sentir dolor. Ella se quedaba tumbada en la cama durante horas, mirando las paredes, escuchando los latidos desbocados de su corazón. Se imaginaba a sí misma tirando todos los marcos de fotos de la cómoda, arrancando las cortinas, arañando las paredes hasta descascarillarlas. No le gustaban aquellas fantasías retorcidas. La torturaban y quería que cesaran, pero siempre estaban presentes. Sabía lo agradable que era su vida, pero no podía detener las visiones oscuras en las que lo hacía todo pedazos. Y, cuanto más intentaba apartar de su mente aquellos pensamientos oscuros, más la aplastaban.

Una tarde en la que estaba sola, cuando no pudo soportar más la palpitación de sus órganos, Rosie sacó el bote de Vicodin que guardaban en el armario del baño desde que Rex se sometiera a una pequeña operación algunos meses antes. Abrió el bote naranja, sacó una pastilla y la sujetó entre el pulgar y el índice. Recordó la paz que había experimentado con aquella pastilla blanca años atrás en su sofá. La relajación. La tranquilidad de sus huesos. La calma en su mente. La clase de calma que ella buscaba. La clase de calma que necesitaba.

Así que, sin pensárselo dos veces, se puso esa pastilla y otra más en la lengua y tragó.

Y, a los pocos minutos, comenzó el cosquilleo.

Por fin sintió que su cuerpo y su mente se relajaban. Allí, tumbada en su cama de matrimonio, Rosie tuvo la impresión de haberse sumergido en un baño caliente. Sintió un cálido abrazo. Con el Vicodin en la sangre, se sintió a salvo en su propio cuerpo y en su propia mente por primera vez en meses.

Aun así, la apatía continuó. Y las horas que pasaba sola en la cama se alargaron. Porque ahora, en vez de la depresión, era el Vicodin el que fundía sus músculos, sus huesos y su mente. Pero al menos estaba tranquila y, aunque fuera producido por los medicamentos, agradecía aquel bienestar.

Y, a escondidas, el Vicodin agradecía también la querencia de Rosie a aquellas sensaciones. El Vicodin la invadía y la abrazaba con tanta fuerza que era incapaz de moverse. Incapaz de ser madre. Incapaz de hacer nada, salvo quedarse allí tumbada, sola, y respirar.

Hasta que ni siquiera eso pudo hacer.

****

A Rex le resultaba duro ver cómo su esposa se ponía nerviosa en presencia de su hijo. Y no lo entendía. No entendía cómo un niño dulce, tierno e indefenso como Asher podía hacer que Rosie se enfureciera. No entendía que su bebé rubio de ojos azules pudiera provocarle tanta tristeza.

¿Cómo podía Rosie encerrarse en su habitación durante horas mirando las paredes cuando sus dos hijos estaban abajo? ¿Cómo podía apartarse de sus hijos cuando la necesitaban? ¿Cómo podía apartarse de su marido cuando la necesitaba?

Rex sabía que su esposa estaba abrumada. Y no era solo por la maternidad. Estaba abrumada por la vida. Y él creía entenderlo. Porque Rosie siempre había respirado cada partícula de vida a su alrededor. Era lo que tanto le gustaba de ella. Ese interés en cada pequeño detalle. Su fijación por las fuerzas invisibles e infinitesimales que circulaban a su alrededor. La necesidad de explorar las cosas en apariencia insignificantes del mundo. Las cosas que el resto de personas pasaba por alto. El dibujo de la camiseta que llevaba un tipo por la calle. Los detalles de la fachada de una casa. El mural oculto en el callejón que asomaba por detrás de una lona. El olor de la lluvia primaveral comparada con la otoñal. El vuelo de dos pájaros que se cruzaban por el cielo. La orientación del lazo que llevaba Willow en el pelo. La suavidad de los calcetines de Asher. Todas esas pequeñas cosas que se amontonaban unas encima de otras hasta que resultaban imposibles de gestionar. Porque los delicados pulmones de Rosie no tenían la capacidad para respirarlo todo. Nadie podía. Y así, cuando Rosie se llenaba de vida, después se veía obligada a vaciarse.

Y ahora mismo Rex tenía delante a una Rosie vacía. Mañana tras mañana. Noche tras noche. Pero ¿cuánto tiempo tardaría en volver a llenarse? ¿Cuánto tiempo tardaría él en recuperar a su esposa? ¿Cuánto tardaría su hija en recuperar a su madre? ¿Cuánto tardaría su hijo en conocer a su madre?

Rex estaba cada vez más cansado. Necesitaba a Rosie. Y necesitaba ayuda. Ayuda para cambiar pañales y cortar el pollo en trocitos pequeños que su hija pudiera pinchar con el tenedor. Necesitaba ayuda para limpiar los cereales del suelo, cuando Asher los tiraba desde lo alto de su trona. Ayuda para acordarse de poner en el congelador el mordedor favorito de Asher. No sabía cómo trenzarle el pelo a Willow. Tampoco sabía que debía llevar siempre encima tres chupetes extra. Ni qué marca de potitos prefería Asher. No sabía que debía colocar las verduras en forma de cara en el plato de Willow para lograr que se las comiera. Ni en qué partes del brazo tenía más cosquillas. No sabía qué aroma debía ponerle al baño de burbujas para que Willow se tranquilizase antes de irse a la cama. Ni qué composición de Mozart calmaba a Asher antes de una siesta.

Esas eran cosas que sabían las madres. Cosas que a Rosie se le daban bien. Durante toda su vida y también con el nacimiento de su hija, cinco años atrás. Y él lo intentaba. Lo intentaba de verdad, pero no era madre. Y no era Rosie. Jamás estaría en sintonía con aquellas cosas. Aquellos pequeños detalles de la vida con los que Rosie siempre conectaba. Aquellos pequeños detalles que hacían que sus hijos se sintieran queridos. Rex no podía hacerlo como ella, por mucho que lo intentase.

Con lo poco que podía ofrecerle a su esposa estando así, Rex le frotaba la espalda con cariño. Le daba un beso de buenas noches. No le pedía ayuda, aunque Willow y Asher estuvieran llorando. No se frustraba cuando ella se negaba a mantener relaciones sexuales. O a hablar. O incluso a parpadear. No protestaba cuando ella le decía otra vez que no iba a bajar a cenar con el resto de la familia.

Pero, cuando vio que Rosie ya se había tomado medio bote de Vicodin, supo que aquello era más importante. Más importante que aquel porro que se fumó delante de él cuando todavía estaban en Manhattan. Más importante que aquella casa con un jardín para que jugaran los niños. Más importante que no bajar a cenar. Más importante que su matrimonio. Más importante que cualquier decisión que hubiera tomado en su vida.

Cada fibra de su cuerpo lloraba por la esposa a la que tal vez hubiera perdido para siempre. Pero, al mismo tiempo, las neuronas de su cerebro apoyaban su determinación de convertirse en el padre que quería ser. Un padre que haría cualquier cosa para proteger a sus hijos.

Rex buscó en su alma antes de sacar del cajón las llaves del 299 de la calle 82 Este. Las apretó en el puño y entró con cuidado en el dormitorio, donde sabía que encontraría a su mujer tirada en la cama, muy quieta. Se arrodilló junto a la cama y llevó la mano de Rosie a su pecho, con la esperanza de que ella reconociera su presencia, de que aceptara su ayuda.

—Rosie —susurró—. Te necesitamos.

Rosie se quedó mirando al techo.

—Sé que aquí estás sufriendo. Hay sitios a los que podemos ir.

Sintió un nudo en la garganta al ponerle en la palma de la mano las llaves del apartamento de Nueva York. Ella cerró la mano lentamente y giró la cabeza hacia él. Lo miró fijamente a los ojos. Tenía lágrimas en las pestañas, reticentes aún a resbalar por sus mejillas. Pero, aun así, su rostro y su cuerpo seguían inertes. Rex quería que Rosie se incorporase y le diese un beso. Quería que dijese: «Vámonos de aquí». Pero ella no dijo nada.

—Me quedé con nuestro apartamento, Rosie. Me lo quedé para nosotros. Para ti.

Ahora las lágrimas ya resbalaban por las mejillas inmóviles de Rosie, pero seguía sin hablar.

—Por favor, Rosie. Podemos irnos. Podemos irnos todos.

Rosie volvió a mirar hacia el techo y lentamente abrió la mano hasta que las llaves cayeron sobre el regazo de Rex.

Rex dejó caer la cabeza al sentir el peso de las llaves en las piernas. Al sentir el peso de las circunstancias en el corazón. Se dio cuenta entonces de que él también había estado llorando.

No quería aceptar que Rosie rechazara su ayuda. Que rechazara el optimismo. Que rechazara la idea de un futuro más feliz.

Recogió las llaves, se levantó y miró a su esposa, su Rosie, a quien apenas reconocía. Su Rosie, que ya no quería las cosas que antes buscaba en la vida.

Colocó las llaves en la mesilla de noche de Rosie, para que supiera que el apartamento, su antigua vida, una vida mejor, siempre estaría disponible para ella. Para que supiera que él siempre estaría disponible para ella.

Caminó hacia la puerta y, sin volverse hacia Rosie, dijo:

—Entonces tendrás que ir a rehabilitación.

Salió del dormitorio, cerró los ojos y suspiró antes de estirar el brazo para cerrar la puerta.

Al hacerlo, oyó la voz de Rosie. Sonaba débil, pero nítida.

—No me iré, Rex. No puedo. Y no quiero —dijo.

Y, al cerrar la puerta, Rex supo que ella tenía razón.

Rex se alejó del dormitorio por el pasillo sintiendo calor en las manos, en las orejas y en la tripa. En su interior crecía un nuevo fuego, una nueva rabia. Quería zarandear a su esposa. Quería agarrarla por los hombros y agitarla hasta despojarla de su dolor. Quería mirarla a los ojos y gritar con todas sus fuerzas. Decirle que se moviera, que hiciera algo, cualquier cosa. Quería agarrarle las muñecas. Quería apretárselas y decirle que debía intentarlo, que debía hacer un sacrificio. Cualquier sacrificio. Hacia cualquier dirección.

Pero Rosie le había dicho con claridad que no podía. Que no quería. Y él no era capaz de obligarla. Nunca había sido capaz.

26

Rosie estaba muy presente en la mente de Willow cada día en el que no aparecía. Cada minuto de cada día durante los últimos cuatro días. La veía con su vestido de estampado floral, agitando los brazos y las caderas y lanzándole besos a su hija. Y después se evaporaba.

Mientras Asher y ella jugaban a «La ciudad de los malvaviscos», Willow se preguntó si su hermano estaría pensando lo mismo. Pero, cuando apartó la mirada de sus manos pringosas para leerle el pensamiento a Asher, se dio cuenta de que no tenía ni idea de lo que estaba pensando su hermano.

La escena en la cocina de su padre era muy habitual. Los dos sentados en el suelo clavando palillos de dientes en los malvaviscos. Después clavaban esos malvaviscos a otros palillos. Y esos palillos a otros malvaviscos. Hasta que levantaban enormes torres de malvaviscos y palillos. Disponían las torres por el suelo de la cocina hasta crear una metrópolis de malvaviscos. Cubrían los baldosines blancos y negros de la cocina con carreteras de malvaviscos, aceras de malvaviscos y pequeñas farolas hechas con palillos.

Era un juego al que solían jugar en la habitación de Asher hasta que su padre descubrió que Asher escondía malvaviscos bajo la almohada y se los comía antes de dormir.

Era un juego al que solían jugar haciendo mucho ruido, con energía. Debatían sobre la orientación correcta y la altura de cada torre. Decidían qué color de palillo utilizar para cada edificio. Colocaban los muñecos de Asher por toda la ciudad para que habitaran sus torres y sus calles. Y Batman saludaba a Hulk cuando paseaba por la acera de malvaviscos. Y Superman compartía habitación de palillos con Rambo.

Pero aquel día, mientras jugaban con los palillos y los malvaviscos, todo estaba en silencio. En la ciudad de los malvaviscos y en la cocina de su padre.

Willow rompió el silencio al levantar la mirada de sus malvaviscos.

—¿Dónde crees que está mamá? —le preguntó a su hermano.

Asher la miró con sus ojos enormes y azules y los mofletes llenos de malvaviscos.

—La veddad ez que no lo ze —respondió. Se le salían los malvaviscos por la boca mientras hablaba.

Mientras Asher intentaba engullir los malvaviscos que tenía en la boca, Willow intentó tragarse aquella respuesta evasiva y siguió levantando torres. Pero no estaba dispuesta a poner fin a la conversación. Quería, necesitaba, hablar más.

—Pero ¿si tuvieras que adivinarlo?

Asher estiró el cuello, agachó la cabeza y cerró los ojos mientras tragaba la masa blanca de malvavisco que tenía en la boca. Se limpió los labios con la mano y estiró la espalda para responder a su hermana.

—A lo mejod ze ha ido de viaje al ezpacio.

A Asher se le iluminó la cara al imaginarse la fantasía que él mismo acababa de crear.

—Zí. Quizá ze haya ido en una nave ezpacial.

Asher comenzó a dejarse llevar por la idea. Sonrió y se metió otro malvavisco en la boca. Willow se dio cuenta de que a su hermano aquella historia sobre el paradero de su madre le parecía una posibilidad real. Y vio que estaba elaborando una lista de preguntas que le haría a su madre cuando esta regresara de su aventura por el espacio exterior. Aquel optimismo ante el hipotético regreso de su madre casi le hizo sonreír un poco. Casi le hizo sonreír lo suficiente como para permitir que aquella idea arraigase también dentro de ella.

No, su madre no estaba en una nave espacial, pero sí, su madre regresaría. Y sí, probablemente estuviera viviendo una aventura. Quizá incluso en Nueva York. Una aventura que les contaría cuando regresara, si regresaba.

Así que Willow clavó otro palillo en un malvavisco y empezó a imaginar cuándo y dónde sucedería aquello.

Aun así no se libraba de aquel nudo en el estómago, de aquel anhelo en los huesos. Pero albergaba la esperanza de que todo acabase pronto.

Cada día que pasaba sin su madre, todas las pequeñas cosas de su vida le dolían un poco más. Las cosas en casa de su padre y también fuera de ella. El autobús 50. Patricia y Amanda. La mesa vacía a la hora de la comida. Las burlas escritas con rotulador en la pared del baño. El llanto. El pis en la cama.

Los días sin su madre. Las noches sin su madre. Todos y cada uno de los días.

Al día siguiente, cuando Willow se montó en el autobús para regresar a casa de su padre, arrancó la cinta aislante del asiento, deseando encontrar azúcar picapica en el relleno. Necesitaba que hubiese azúcar picapica. Necesitaba una señal de que alguien o algo cuidaba de ella, la consolaba, le ofrecía el amor y la atención que había echado en falta todos aquellos días sin su madre. Metió la mano en el hueco, pero no encontró nada. Agachó el hombro y buscó más a fondo por debajo del grueso vinilo de color verde. Nada. Rebuscó hasta que no pudo llegar más lejos. No había nada.

Sacó parte del relleno del asiento y palpó con la mano, pero aun así no encontró nada.

Nada. Nada. Nada.

Sintió la furia explotar de inmediato dentro de ella. Una furia cegadora y asfixiante. Comenzó a arrancar trozos de relleno del asiento y a tirarlos al suelo del autobús. Se retorcía contra el respaldo de su asiento sin dejar de gruñir.

Y nadie en el autobús se dio cuenta. Ni el estudiante de cuarto que iba sentado en el asiento de al lado. Ni el grupo de alumnos de quinto que iban sentados en la parte de atrás. Ni siquiera el conductor del autobús, que iba delante de ella.

Willow se bajó del autobús 50 con un enorme nubarrón gris sobre su cabeza y recorrió el largo camino de entrada hasta la casa de su padre. No quería entrar. No quería ver a su padre. No quería hacer los deberes. No quería poner la mesa con el platito del pan a la izquierda y el vaso a la derecha. No quería hacer las tareas de su lista. No quería subir la escalera de caracol en la que siempre tropezaba. No quería cenar brócoli ni beberse entero su vaso de leche. No quería nada de aquello.

Así que empezó a correr. Pasó corriendo frente a su enorme casa de ladrillo y atravesó el jardín en dirección al bosque. La mochila iba dando botes y ella tropezó varias veces, pero siguió corriendo. Dejó atrás los árboles que empezaban a brotar. Con el aire frío de finales de febrero arañándole las mejillas, cada vez le costaba más trabajo respirar. Sentía la garganta y los pulmones helados, había perdido el control sobre su aliento y sobre sus piernas. No eran más que vehículos que la impulsaban hacia un nuevo lugar, un nuevo estado mental, un nuevo estado corporal que le pertenecía solo a ella. Una nueva presencia. La conciencia aguda de su cuerpo, la sensación de un nuevo «yo», libre de distracciones, libre de todo pensamiento.

Cuando por fin su cuerpo dejó de moverse, miró a su alrededor y vio que estaba en medio del bosque. Y que estaba sola. En un lugar totalmente nuevo. Con nuevos sonidos, nuevos palos, una nueva quietud y un nuevo silencio. Porque había llegado mucho más allá de los treinta y siete pasos y medio hasta la casa del árbol. Se había alejado mucho de cualquier lugar en el que hubiera estado antes.

Sacó su libro de sopas de letras y el bolígrafo morado de la mochila y se apoyó en el tronco de un árbol. Apoyó la espalda en la corteza mientras la respiración y los pulmones volvían a la normalidad. Mientras examinaba la página en busca de palabras para rodearlas con el bolígrafo, sintió una paz y una seguridad que no había sentido en meses. Con la quietud de los árboles y la inmovilidad del bosque, se sintió ella misma por primera vez en mucho tiempo.

Comenzaron a caer algunas gotas del cielo gris y las puntas de sus dedos pasaron de rosa a blanco. Después la nariz y las orejas comenzaron a picarle y un negro amenazante se apoderó del cielo. De pronto Willow sintió la necesidad de estar a cubierto. La necesidad de estar a salvo, protegida. Por cualquiera. Pensó en su padre. Estaría preguntándose dónde se había metido. Pensó en la mesa de la cocina, que seguramente tendría un plato esperando para la cena. Deseó estar sentada a esa mesa, incluso aunque tuviera que comer brócoli.

Se apartó del árbol, se sacudió los restos de corteza de la espalda y desanduvo sus pasos hacia la casa de su padre. Le sorprendió el alivio que sintió al ver la fachada de ladrillos y la puerta de entrada. La misma fachada y la misma puerta que muchas veces hacían que se le pusieran los músculos en tensión.

Retiró con la mano el polvo de escarcha que cubría la ventana delantera y pegó la cara al cristal helado. Vio el interior del salón. En la enorme televisión situada sobre la repisa de la chimenea echaban una película que no reconoció. Vio la nuca de su padre asomando por encima del sofá, y sus hombros moviéndose por la risa. Vio también la nuca de una mujer. Una cabeza rubia. Y vio los dedos de su padre acariciando esa cabeza rubia. Los mismos dedos que a ella nunca la acariciaban.

Los mismos dedos de los que había brotado la sangre cuando su padre rompió aquel jarrón y les dijo que se fueran a sus habitaciones.

Los mismos dedos que señalaban hacia la puerta el día en que Willow intentó contarle a su padre que había tenido un buen día en el colegio.

Y la furia que Willow creyó haber dejado atrás en el autobús 50 cuando salió corriendo hacia el bosque volvió a resurgir en su interior. Se le encendieron las mejillas y comenzaron a pitarle los oídos. Apretó la mandíbula y las sienes. Había imaginado que la echaría de menos, que alguien percibiría su ausencia como ella percibía la de su madre.

Se quedó mirando a través del cristal de la ventana, deseando que su padre se diese la vuelta. Deseando que la viera allí fuera, bajo la lluvia y sin sombrero. Que la viera con la nariz roja. Que se asomase a la ventana y al interior de su hija. Que viera lo enfadada que estaba. Enfadada con él, con su madre, con todos y con todo.

Pero, por mucho que lo deseó, Rex no se dio la vuelta. Así que observó a su padre viendo su película hasta que el frío y el hambre se volvieron insoportables. Entró por la puerta de atrás y subió las escaleras sin pasar por la mesa de la cocina, sin decir una palabra. Se puso de puntillas para subir los escalones. Antes era divertido y emocionante arquear los pies y hacerse invisible mientras subía, pero ahora se sentía sola. Y, cuando llegó a su habitación sin ser vista, se metió bajo la colcha y apretó la almohada con fuerza. Agradecía estar en su cama, aunque nadie supiera que estaba allí.

Puso la oreja derecha contra las sábanas y se llevó la almohada del pecho a la cara. Después estuvo llorando, con la esperanza de que la almohada amortiguara el sonido. El sonido de su propio llanto se había vuelto exasperante y deseaba dormir. Su cuerpo y sus ojos también lo deseaban. Pero, después de pasar dos horas tumbada en su cama, sola y cansada, su corazón seguía despierto, acelerado y sufriendo. Fabricando lágrimas. Y, aunque en algún momento de la noche se le secaron, se quedó con el dolor y con el cansancio de ese dolor constante. No quería ser un fantasma en aquella casa. Quería que la vieran, que la oyeran, que la abrazaran y la quisieran. Y, aunque su padre no pudiera darle todas esas cosas, al menos quería que supiera que estaba allí. Así que salió de la cama y atravesó la casa hacia el dormitorio de su padre.

Oyó un zumbido rítmico al otro lado de la puerta.

«Bien», pensó. «Está aquí».

Así que acercó lentamente la mano al picaporte. Lo giró con cuidado y entró en la habitación oscura. No había nadie en la cama, pero, a juzgar por las sábanas revueltas, supo que su padre había estado allí hacía poco.

—¿Papá? —preguntó en voz baja—. ¿Papá? —repitió en voz más alta mientras la inercia le hacía cruzar el dormitorio—. ¿Papá? —insistió al acercarse a la entrada del cuarto de baño, rodeada de espejos.

Todas las luces estaban encendidas y el zumbido rítmico se había convertido en un gemido constante.

Al llegar al baño, lo primero que vio de su padre fue su trasero desnudo, contrayéndose y relajándose. Y después vio su espalda también desnuda. Y luego vio los brazos de esa mujer estirados frente al espejo, con los dedos pegados a la pared, buscando algo a lo que asirse. Vio la melena rubia y revuelta de esa mujer. Y aquella habitación de espejos reprodujo la escena hasta el infinito.

Willow se quedó petrificada al ver la imagen de su padre desnudo y de aquella mujer repetida una y otra y otra vez. Pegándose y separándose una y otra vez, uno contra el otro. Una infinidad de cuerpos sudorosos ejecutando movimientos acelerados y salvajes. Y daba igual dónde mirase, porque siempre veía más, una nueva perspectiva, un ángulo diferente.

Si miraba a la derecha, veía las caderas de su padre moviéndose.

Si miraba a la izquierda, veía los pechos de la mujer. A la derecha, la mano de él en la cara interna del muslo de ella. A la izquierda, el tobillo de ella enredado al de él. Se extendía indefinidamente en aquel espejo. Y, aunque cerró los ojos, siguió oyendo el sonido de sus cuerpos al chocar, y percibió el olor de algo acético que le hizo reproducir la imagen en su cabeza.

Cuando por fin consiguió despegar los pies del suelo, salió corriendo de la habitación de su padre y cerró la puerta tras ella sin hacer ruido. Cuando regresó al pasillo oscuro y silencioso, se puso en cuclillas, cerró los ojos y respiró profundamente varias veces hasta conseguir calmarse un poco. Regresó a su habitación y se metió bajo la colcha. Apretó la almohada con fuerza y agradeció estar en su cama por segunda vez aquella noche. Aunque, igualmente, nadie supiera que estaba allí. Aunque no hubiera ningún lugar seguro al que pudiera trasladarse su mente.

Así que Willow estuvo dando vueltas en la oscuridad de su dormitorio, con los dedos aferrados a las sábanas. Dio vueltas intentando quedarse dormida, pero la imagen de su padre y aquella mujer, sudorosos y enredados, regresaba una y otra vez a su cabeza.

Tumbada en la cama, oyó pisadas en el pasillo y su cuerpo se tensó más aún. Cerró los ojos y se obligó a quedarse quieta. No estaba preparada para ver a su padre, aunque estuviera vestido, aunque no tuviera pelo rubio enredado en los dedos. Apretó los párpados y oyó una voz que se colaba por la puerta en su habitación.

—Willow, ¿eztáz dezpiedta?

Willow respiró aliviada al oír aquellas palabras mal pronunciadas y se giró hacia la puerta con los ojos abiertos. Incluso en la oscuridad, vio el pelo rubio de su hermano al entrar en la habitación.

—Sí, Ash. ¿Qué haces levantado? —le preguntó mientras se incorporaba y sus músculos por fin liberaban la tensión que habían acumulado a lo largo de la última hora.

Asher se subió a la cama de su hermana y se quedó de rodillas con las manos apoyadas en el cabecero.

—No zé. No me dodmía. ¿Quiedez jugad a algo?

Willow sonrió, salió de la cama y se acercó al telescopio situado junto a la ventana. Abrió la hoja izquierda de su ventana y orientó el aparato hacia las estrellas. Una refrescante brisa invernal entró en la habitación y en sus pulmones.

—Vale, Ash, vamos a jugar. ¿Al juego de las constelaciones?

Asher dio un bote más en el colchón y corrió hacia su hermana.

A Willow le encantaba jugar a aquello con su hermano; buscar patrones en las estrellas, inventarse constelaciones nuevas y sus historias de origen. Le encantaba examinar el cielo en busca de nuevas formas, nuevas historias. Crear un mundo nuevo en aquella inmensidad oscura.

Miró por el telescopio y contempló el cielo plagado de estrellas.

—¡Ya lo tengo! —susurró pasados solo unos segundos. Ayudó a su hermano a encontrar la misma agrupación de estrellas que ella había identificado. Y Asher asintió y ocupó su lugar en el suelo, mirando a su hermana mayor con los ojos, los oídos y el corazón muy abiertos. Así que Willow comenzó a narrar su historia inventada.

—Esa es Labina. Tiene la forma de unos enormes labios rojos —dijo Willow con una voz profunda y tranquilizadora, dispuesta a sumergirse en su fábula.

—A mí me padecía un culo.

—¡Asher! —exclamó Willow con las cejas arqueadas, tratando de contener la sonrisa.

Asher se rio con las manos en la boca mientras su hermana continuaba.

—No es un culo. Son unos labios. Y se llama Labina. Y, una vez al año, todas las constelaciones del cielo hacen cola para que Labina les dé un beso.

—¿Cómo loz bezoz azquedozoz y mojadoz de mamá? —intervino de nuevo Asher—. Zegudo que nadie hadía cola pada ezo.

Willow sonrió y pensó en todas esas veces en las que su madre le daba un beso a Asher en la mejilla con sus enormes labios rojos. Le besuqueaba la cara mientras él se retorcía y se reía. Y, en cuanto su madre se apartaba, Asher se frotaba las mejillas con la palma de la mano en un intento inútil por borrarse la fina capa de saliva y las huellas rojas provocadas por el beso.

—Bueno, no sé si son besos mojados, pero son los besos más especiales de todo el universo. Porque, si Labina te besa, tendrás la felicidad eterna.

—¿«Etedna» zignifica que daz vueltaz y vueltaz? —preguntó Asher, por fin inmerso en la historia de su hermana.

—No. Significa que la tendrás para siempre. Significa que cualquiera que reciba un beso de Labina será feliz para siempre.

Asher asintió lentamente con el pecho hacia delante y los ojos muy abiertos.

—Pero primero, antes de ningún beso, las demás constelaciones tienen que bailar para Labina. Y solo te besa si le gusta tu baile. Y las otras constelaciones solo tienen una oportunidad. Así que tienen que hacerlo perfecto.

Willow estaba absorta en su visión de aquella agrupación de estrellas cuando Asher se levantó, apretó los codos contra las costillas y empezó a girar las caderas.

—¿Creez que a mí me dadía un bezo pod ezte baile?

Willow se rio al ver a su hermano pequeño bailando con su enorme camiseta en mitad de la noche.

—No lo sé, Ash —le respondió con una carcajada—. Tendrás que preguntárselo a Labina si la ves alguna vez.

Asher dejó de bailar súbitamente y agarró el telescopio.

—Vale, me toca —dijo, se plantó frente a ella y pegó su enorme ojo azul al visor del aparato.

Lo orientó hacia el cielo y ella se sentó en su puf. Asher estuvo moviendo el telescopio de un lado a otro, despacio y con deliberación. Otra ráfaga de aire invernal barrió la habitación cuando su hermano se apartó del telescopio.

—Aquí eztá —anunció con una solemnidad sin precedentes.

Willow se puso en pie para mirar por el telescopio y ver qué había encontrado Asher. Eran cuatro manchitas blancas y brillantes agrupadas en el cielo. Volvió a sentarse en el puf y miró a su hermano. Él dejó el cuerpo muy quieto y sus palabras sonaron muy serias mientras elaboraba una historia que explicara la colocación de aquellas cuatro estrellas brillantes. Contó que antes vivían cada una en un lugar diferente del cielo. Y les gustaban cosas diferentes. Todas tenían diferentes colores, libros, películas y dulces favoritos. Vestían ropa diferente y comían cosas diferentes.

—Hazta que un día, cambió la gavedad. Como un vodtex. Como la magia. Y todaz ezaz eztellaz acabadon juntaz. Al pincipio ze llevaban mal. Ze peleaban todo el tiempo. No decidían qué peliculaz ved o qué libdoz leed. Pedo un día, una eztella le dio a ota un dónut pada que lo pobada. Y aunque la eztella no quedía pobadlo, al final le guztó mucho. Y azí todaz empezadon a ved laz mizmaz películaz y a comed laz mizmaz cozaz. Y a todaz lez guztaba.

Asher dejó escapar el aire. Había estado hablando sin parar hasta aquella súbita pausa. Entonces miró a su hermana.

—Y todaz ze quiziedon dezde entonzez —concluyó con un brillo de sabiduría en la mirada.

Y Willow asintió. Asintió y sonrió con la boca cerrada pensando en el mundo que Asher acababa de describir. Un mundo que ella conocía muy bien, y que al mismo tiempo no conocía en absoluto. Un mundo en el que esperaba poder vivir algún día.

—Zí. ¡Y ahoda zon cuato eztellaz juntaz en el cielo, abazándoze! —exclamó Asher al terminar su historia y volver a ser el pícaro de siempre.

Pero, antes de que Willow ocupara su lugar por segunda vez en el telescopio, su hermano y ella oyeron fuertes golpes en el pasillo.

Se miraron a los ojos y entonces Willow se metió bajo las sábanas y Asher se ocultó bajo la cama. Aunque ella tenía los ojos cerrados, sintió la mirada de su padre en la espalda, sospechando.

Willow abrió un ojo, solo un poquito, para ver si Asher había logrado esconderse a tiempo. Vio sus calcetines blancos asomando por debajo de la estructura de la cama. Vio sus pies, que se agitaban nerviosos. O tal vez con miedo.

Volvió a cerrar los ojos al oír el crujido lento y deliberado de un pie y después otro moviéndose despacio sobre la moqueta.

Y entonces Rex rompió el silencio.

—¡Te tengo! —gritó mientras se agachaba.

Willow abrió los ojos de golpe, se incorporó y vio las manos de su padre enganchadas a los tobillos de Asher. Su hermano pataleaba y se retorcía bajo sus dedos fuertes.

Rex sacó a Asher de debajo de la cama y lo estrechó contra su pecho. Entonces comenzó a hacerle cosquillas en la tripa hasta que Asher empezó a reírse sin poder parar.

—No… máz… cozquillaz… —consiguió decir entre carcajadas.

Rex apartó la mano y la colocó en la espalda de su hijo para sacarlo en brazos de la habitación.

—Eso por armar tanto jaleo en mitad de la noche, pequeño torbellino.

Rex le hizo cosquillas por última vez en la tripa y después lo sacó de la habitación.

Lo último que vio Willow antes de volver a cerrar los ojos fue la sombra de su padre dándole un beso a su hermano mientras se disolvían en la oscuridad del pasillo. Y los celos que sintió se le colaron hasta los huesos.

27

Cuatro años atrás

Rosie llevaba más de un año en un estado casi catatónico. Primero fue la depresión, después el Vicodin y más tarde la peligrosa mezcla de ambas cosas. Rex ya ni siquiera distinguía la diferencia.

Durante los primeros meses, Rex hacía lo que le dictaba su sentido del deber: preparaba los biberones de Asher; vestía a Willow por las mañanas; se aseguraba de que ambos tuvieran juguetes con los que jugar y películas que ver; se despedía de su esposa inmóvil con un beso cada vez que salía de casa, pese a que la mayoría de las veces no recibiera ni una sonrisa a cambio; le frotaba la espalda por las noches hasta que se quedaba dormida. Pero entonces cambió la balanza. Rex empezó a desgastarse. Estaba harto y cansado. Primero de su esposa, pero también de sí mismo. Sabía desde hacía años que aquel día llegaría. Sabía que Rosie y él no encajaban. Siempre se provocaban el uno al otro por todo.

Por dónde vivir, por qué comer, por cuándo ir más deprisa o más despacio.

Y, del mismo modo en que Rex se emborrachó de Rosie años atrás, recuperó de nuevo la sobriedad. Podía seguir siendo padre, pero no siendo marido. Y menos en esas circunstancias, con medicación de por medio. Sobre todo después de que Rosie rechazara la ayuda. Estaba seguro de ello. Y, cuando Rex Thorpe estaba seguro de algo, era imposible que cambiara de opinión.

Rosie sentía que Rex se le estaba escapando, pero no podía moverse para hacer algo al respecto. La depresión, después el Vicodin y luego la adictiva mezcla de ambas cosas le habían clavado las uñas. Y aquel dolor la oprimía en cada segundo, en cada interacción y en cada rincón de su mundo.

Y cuando la familia fue a Lanza Pizza una noche de martes a cenar, aquel hecho se había vuelto tan evidente, tan desgarrador y deslumbrante, que ni Rex ni ella podían seguir ignorándolo.

En cuanto entraron por la puerta de su pizzería favorita, Rosie se fue a la mesa situada al fondo y apoyó la cabeza en el brazo. Sin pedir ceras para dibujar. Sin su vaso grande para el refresco de vainilla. Sin el abrazo a John, que trabajaba en la barra. Sin monedas en el bolsillo para la máquina de *pinball*.

Y mientras Rosie hacía girar el pimentero con el dedo corazón e ignoraba su *pizza*, Willow garabateaba en silencio y Asher espachurraba una albóndiga contra la mesa. Y su marido contemplaba la escena allí sentado, sin decir nada.

Rosie recordaba que, en los primeros meses de su depresión, Rex se quedaba mirándola con descaro, instándola a moverse, a que comiera, a que bailara, respirara, hiciera algo. Pero aquella noche se quedó mirando su plato de pasta, derrotado.

En ese momento Rosie supo que su matrimonio había acabado.

Y aun así, cuando se subió al asiento del copiloto del coche para regresar a casa aquella noche, le dieron ganas de volverse hacia Rex y darle un beso profundo. Pero la idea de mover el cuello le resultaba abrumadora. Así que se quedó mirando por la ventanilla. Escuchó la melodía de *Leather and Lace* que inundaba el coche y pensó en aquella tarde en la que Rex entró en la floristería Blooms y la interrumpió mientras bailaba al ritmo de esa misma canción.

Y acto seguido su memoria se trasladó a aquella otra noche en la que Rex y ella bailaron al ritmo de *Leather and Lace* en su apartamento de Nueva York. Recordó el momento en que colgó el relicario dorado en la pared como tributo al amor que existía en aquella habitación. Y después pensó en todo el amor que debían de haber perdido para llegar hasta donde estaban ahora.

A Rosie estaba a punto de rompérsele el corazón cada vez que oía a Willow tararear la melodía de la canción desde el asiento de atrás. Le daba un vuelco el corazón, aunque estuviera a punto de rompérsele.

Rosie estaba llena de amor y al mismo tiempo llena de Vicodin mientras escuchaba a su hija cantar el estribillo. Estaba llena de deseo de abrazar y besar a su hija, pero era incapaz de actuar. Llena de deseo de besar a su marido, pero era incapaz de moverse para hacerlo.

Una lágrima bailó por la cuerda floja de su párpado inferior antes de resbalar por su mejilla. Pero ni Rex ni sus hijos se dieron cuenta. Rosie estaba sola en la isla de su asiento delantero. Rosie, su colocón y su lágrima solitaria.

Era tan simple como cierto. Su matrimonio había acabado.

Rex estiró el brazo, le puso la mano en el regazo y siguió mirando a la carretera cubierta de nieve. Apoyó la mano en su pierna y apretó, como si él también lo supiera.

28

Cuando Willow abrió los ojos a la mañana siguiente en casa de su padre, no pudo evitar pensar que tal vez no volvería a ver a su madre nunca más. Ya había pasado casi una semana. Padeció otro día interminable en el colegio de primaria Robert Kansas. Otra tarde en casa de su padre con sopas de letras y su reproductor de CD. Hasta que aquella tarde sonó el timbre y era su madre. Rosie parecía tan vital como siempre, con un vestido de estampado floral algo ajado y los labios pintados de rojo.

Asher pasó corriendo junto a Willow y se abrazó a la pierna de su madre sin perder un segundo.

—¡Hola, mami! —exclamó.

Ella estiró los brazos hacia su hija sin que Asher se soltara de su pierna.

Pero Willow todavía sentía tristeza, confusión, rabia, desesperanza, frustración y anhelo en el corazón y en las venas. Y no estaba dispuesta a renunciar a esa tristeza. A aquella rabia. A aquella confusión. A aquella desesperanza. A aquella frustración. A aquel anhelo. A todos aquellos horribles sentimientos que llevaban rondando por su cabeza casi una semana.

Se quedó parada, en la puerta de la casa de su padre, tratando de asimilar lo que significaba que su madre estuviera allí, frente a ella, como si nada hubiera ocurrido. Tratando de decidir cómo sentirse, qué decir. Deseaba dar rienda suelta a las preguntas que se alojaban en su garganta, expulsarlas todas de una vez. Quería preguntar muchas cosas. Cosas importantes.

¿Dónde has estado?

¿Por qué nos dejaste aquí?

¿Por qué no nos lo dijiste?

¿Por qué te quedaste dormida en el sofá?

¿Qué intentabas decirme aquel día en el sauce?

¿Dónde estaba mi azúcar picapica cuando lo necesitaba en el colegio?

¿Qué son esas cosas que hay en tu cajón que no querías que encontrara?

Pero las preguntas se le quedaron atascadas en la garganta y Willow guardó silencio.

De modo que fue Rosie quien habló.

—Ven aquí, renacuaja —le dijo a su hija. Y ladeó la cabeza y la miró a los ojos mientras hablaba.

Y eso hizo Willow. Abrazó a su madre como ella le había pedido, pero lo hizo con los ojos abiertos. Y, cuando se subió al asiento trasero del coche de su madre, la asaltaron los miedos. Miedos que llevaba consigo desde hacía tiempo, pero que ahora salían a la luz. Miedo a la vida sin su madre. Miedo a una existencia donde nadie la entendiese. Miedo a una vida sin el amor de su madre. Miedos que la hacían zambullirse de nuevo en el amor de su madre mientras Prince sonaba a todo volumen en el coche.

Pero, cuando su madre giró a la izquierda en vez de a la derecha al salir de la calle de Rex, Willow sintió que se acercaba una aventura y no pudo evitar dejarse llevar por la emoción. Una emoción que permitió que el amor se apoderase de todas esas cosas oscuras que rondaban su interior. Y, cuando el amor se apoderó de todo, cuando Rosie se apoderó de todo, la tristeza, la rabia, la confusión, la desesperanza, la frustración y el anhelo desaparecieron. Fue muy sencillo.

Willow miró a Asher para ver si él también había anticipado la aventura, pero su hermano estaba chocando los pies y viendo cómo se le iluminaban los zapatos.

Miró a su madre, pero solo vio sus ojos en el espejo retrovisor. Estaban muy abiertos y llenos de energía. Entonces supo con total seguridad que se acercaba una aventura.

—Mamá, ¿dónde vamos? —preguntó, gritando por encima de la música.

Y Rosie orientó el espejo para mirar a su hija a los ojos, para ver mejor a sus hijos, priorizando las caras de los niños por encima de los coches que circulaban tras ella por la carretera.

—Sí, mamá, ¿dónde vamoz? —preguntó Asher, aun sin saber por qué.

Cuando Rosie bajó las ventanillas y aceleró sin responder, tanto Asher como Willow se emocionaron, convencidos de que iban a vivir una aventura. Empezaron a dar botes en el asiento trasero de Lili Von y dejaron que su madre los aceptara de nuevo en su vida.

—¿Dónde vamos? ¿Dónde vamos? —preguntaban al unísono a medida que el coche ganaba velocidad—. ¿Dónde vamos? ¿Dónde vamos? —insistían, dando palmadas sobre los asientos de cuero al ritmo de sus gritos.

—Yo sé dónde vamos —respondió Rosie con el mismo ritmo agitado—. Yo sé dónde vamos. —Tocaba el claxon al mismo ritmo.

—¡DINOZLOOOO! —exclamó entre risas Asher con un grito agudo y prolongado que sorprendió a todos.

Rosie detuvo el coche a un lado de la carretera, se dio la vuelta y los miró con los ojos muy abiertos.

—Abrochaos los cinturones. Vamos a la playa.

—¡¡¡VIVA!!! —exclamaron Willow y Asher al unísono por las ventanillas bajadas, mientras tragaban aire, agitaban las manos por encima de la cabeza al ritmo de *1999* y saboreaban la sal que iba impregnando el aire frío.

Y, cuando llegaron a la arena, Rosie detuvo su ruidoso coche azul. Antes de que los ojos saltones del capó de Lili Von pudieran dejar de moverse, Willow y Asher salieron rápidamente del coche y corrieron hacia la orilla. Parecían dos juguetes de cuerda, agitando las piernas bajo sus caderas. Rex los había agobiado mucho con deberes y listas de tareas en su ausencia, y ahora por fin podían liberarse de todo mientras corrían por la arena de la playa de Sandbridge.

Willow y Asher se persiguieron el uno al otro hasta llegar a lo alto de las dunas y allí cayeron al suelo con los brazos extendidos. Cuando vieron a su madre caminando hacia el agua, se dejaron caer rodando por las dunas sin importarles la arena en el pelo ni en los zapatos. Corrieron por la playa y alcanzaron a Rosie. Y Willow se situó junto a su madre y observó sus uñas de los pies pintadas de rojo, que se hundían en la arena fría y volvían a salir según se aproximaban al agua. Cada vez más y más lejos de todo lo demás.

Rosie les entregó una cometa a cada uno, mirándolos a los ojos con una sonrisa. Les explicó que debían sujetar el carrete con la mano derecha y la cuerda con la izquierda, y después correr, correr todo lo rápido que pudieran. Que corrieran y se sintieran libres. Ella saltaba y los animaba mientras corrían por la playa vacía.

Y, cuando Asher salió corriendo, el viento se coló sin esfuerzo bajo su cometa y la elevó por el cielo al atardecer. Pero el tropezón de Willow hizo que su cometa morada cayera sobre la arena. Se quedó tirada en el suelo, frustrada, viendo cómo la cometa de Asher volaba por el cielo. Después miró a su madre, que la miraba a ella con cariño.

En cuanto a Asher se le cansaron las piernas, después de que Willow enterrara por completo su cometa bajo la arena, Rosie enseñó a sus hijos a escoger las mejores piedras para lanzarlas al agua.

—Planas y alargadas —les dijo mientras acariciaba con los dedos la superficie plana de la piedra que había sacado del bolso.

Willow observó que acariciaba esa piedra del mismo modo en que le hacía cosquillas a ella en el brazo. Con ternura. Con cariño. Con determinación. Advirtió que su madre tocaba esa piedra, algo sin sentimientos, algo que acababa de descubrir, algo que no debería significar nada para ella, del mismo modo en que tocaba a su hija.

Pero, aun así, Willow fue recorriendo la playa, dejando que el agua le mojase los dedos de los pies antes de volver al mar. Se agachó, buscó una piedra, se la guardó, dio dos pasos, se agachó, buscó otra piedra y la añadió a su montón, dio dos pasos más, se agachó, buscó otra piedra. Le gustaba y le relajaba aquella monotonía. Le gustaba y le relajaba la presencia de su madre. Pero, cuando levantó la cabeza para volver junto a su madre y Asher, solo vio cielo, arena y océano. No estaban ni Asher ni su madre.

Su madre no estaba.

Su madre no estaba.

Su madre no estaba.

Dejó caer todas las piedras lisas que llevaba en la mano y corrió en la misma dirección de la que había venido. Tropezaba cada pocos pasos y el agua le salpicaba. Y, cuando llegó al aparcamiento, siguió sin ver a su madre, ni a Asher. Su madre no estaba. Su madre no estaba. Solo había cielo, arena y océano.

Se quedó paralizada, con los dedos hundidos en la arena fría. Con el pelo revuelto por la brisa marina. Con el corazón en un puño. Y sintió un charco caliente que se formaba a sus pies mientras contemplaba la playa vacía.

Su madre no estaba.

Su madre no estaba.

Su madre no estaba.

Pero, transcurridos solo unos segundos, Asher y su madre salieron de detrás de la duna donde estaban buscando piedras ellos también. Willow y Rosie se miraron a los ojos y, por un segundo, se quedaron las dos clavadas al suelo, hasta que Rosie vio los *leggings* mojados de Willow, le guiñó un ojo y se dirigió hacia el coche.

Cuando volvió a salir de detrás del maletero, llevaba en la mano unos *leggings* limpios, unos cuantos leños y una bolsa de papel con los ingredientes para preparar sándwiches de galleta y malvaviscos tostados. Y entonces, como por arte de magia, Willow llevaba puestos unos *leggings* morados secos y estaba sentada frente a una hoguera tostando un malvavisco clavado a un palo. Rosie sacó su ingrediente secreto para preparar sándwiches de malvavisco, trocitos de beicon, y los tres estuvieron chupándose los dedos pegajosos mientras el sol se ocultaba en el horizonte.

Y luego, cuando el crepúsculo morado casi había sucumbido a la oscuridad, Willow miró a su madre y le dijo con la mirada: «Vámonos a casa».

Y así lo hicieron. Regresaron directos a casa. A casa de Rosie, que Willow tanto extrañaba.

En cuanto Willow entró por la puerta, aspiró el olor de las paredes. Los dibujos del papel de las paredes. El brillo de las luces que colgaban de las ventanas. Se sintió a salvo, protegida, al regresar a casa de su madre. Y, cuando su madre le dio un beso en la boca antes de subir los tres juntos las escaleras, Willow sintió que la invadía de nuevo todo ese amor que tanto le había faltado aquellos días. Sintió de nuevo todo aquel amor puro, salvaje, concentrado, rejuvenecedor y específico. Esa clase de amor que su madre, y solo su madre, podía darle.

Y aunque Willow se quitó la arena de los dedos de los pies ella sola en la bañera, aunque su madre no la invitó a meterse en la cama con ella, se quedó dormida sintiéndose casi feliz. Feliz porque estaba otra vez en casa de su madre. Pero no del todo feliz porque todo estaba en silencio a su alrededor. No del todo feliz porque estaba sola en su cama sin saber qué pijama llevaría puesto su madre.

29

Cuatro años atrás

Fue idea de Rex contarles a Willow y a Asher lo del divorcio una soleada mañana de sábado. Rosie habría preferido disfrutar primero del día; dar un paseo, ir de pícnic, lanzar piedras. Pero Rex ya había decidido que no sacrificaría más cosas por ella. Así que, con Rosie llorosa, invitó a los niños a su dormitorio para hablar.

Y, cuando los niños estuvieron sentados al borde de la cama, Rex les dijo que Rosie y él iban a divorciarse. Sacó su cuaderno y repasó la lista de cosas que recomendaban en los libros sobre paternidad. La lista de cosas que garantizaría que sus hijos entendieran y digirieran bien la noticia. Les aseguró que seguirían pasando mucho tiempo con su madre y con su padre. Que seguían siendo una familia, aunque diferente. Que querían mucho a sus hijos. Que nada cambiaría eso. Que mamá ya había encontrado una casa nueva en la que vivir. Que ellos se turnarían en cada casa. Que todo saldría bien.

Y cuando Rex por fin apartó la mirada de su cuaderno de papel amarillo, vio que sus hijos se habían quedado muy quietos. Salvo por los ríos de lágrimas que salían de sus ojos. Se quedaron completamente quietos hasta que se levantaron de la cama y se echaron en brazos de Rosie. Rosie, Willow y Asher se quedaron abrazados en un mar de lágrimas, amor y tristeza. Y Rex se quedó solo, sin lágrimas y con cuaderno.

Willow tenía solo seis años y Asher dos, pero Willow entendía que las cosas estaban cambiando. Que todo se había roto. Que le dolería. Que ya le dolía. Mientras Rosie les frotaba la espalda a sus hijos, Rex vio que Willow lo miraba por encima del hombro de su futura exmujer. Había algo distante en su mirada, algo más allá de la tristeza o la confusión. Algo opuesto al amor. Algo odioso mientras lo miraba y levantaba un muro invisible de ladrillos alrededor de su padre. Ladrillo tras ladrillo, hasta construir una pared sólida. Una pared que mantuviese dentro a su madre y fuera a su padre.

Rex sabía lo que era encontrarse en un mundo protegido por ladrillos donde solo existía el amor de Rosie. Sabía que se estaba muy bien allí, pero también sabía lo horrible que era cuando ese amor cesaba. Lo difícil que era salir de allí una vez que se levantaban los altísimos muros de ladrillo. Sabía que era inevitable que aquel amor se acabara, pero aun así su hija iba poniendo un ladrillo tras otro. Y a él se le rompió el corazón.

Al final Rosie se despegó de sus hijos y los niños regresaron a sentarse al borde de la cama. Rex pasó a la siguiente página de su cuaderno, la ojeó y comenzó a explicarles la logística de la nueva situación. Los lunes, los miércoles y dos fines de semana al mes con su padre. Los martes, los jueves y los otros dos fines de semana al mes con su madre. Y, mientras Rex repasaba la lista para Willow y Asher, Rosie, con lágrimas en los ojos, no paraba de repetir de fondo: «Os queremos mucho, chicos». Willow asentía lentamente y Asher miraba al suelo y retorcía los dedos de los pies.

Cuando Rex terminó con la lista y los niños abandonaron el dormitorio, advirtió una mancha húmeda donde Willow había estado sentada. Recordó que los libros sobre paternidad decían algo al respecto también. Al parecer, la pérdida del control de la vejiga era frecuente en niños que sentían que habían perdido el control en otros terrenos de su vida. Era algo que Rex entendía. Algo que comprendía y solucionaría con más libros y más disciplina. Rex entendía que Willow había perdido el control sobre muchas cosas sentada en aquella cama. Su vejiga y su corazón. Su corazón partido en dos.

Pero los libros sobre paternidad no decían nada de una niña de seis años con el corazón roto como el de Willow. Con un corazón arrebatado ya por su madre. Los libros sobre paternidad no le decían cómo recoger las piezas de ese corazón antes de perderlo. Y a Rosie no le hacía falta leer ningún libro para saber que debía recoger todos los pedazos que pudiera del corazón de su hija en ese mismo dormitorio. Porque, tanto en los momentos felices como en los tristes, aquella era su naturaleza. Recoger el corazón de Willow y guardarlo junto al suyo en todo momento.

30

La madre de Willow les guiñó un ojo cuando les dijo que los recogería al terminar el colegio aunque esa noche le tocara a su padre.

—Quiero compensar el tiempo perdido con mis renacuajos —dijo mientras se despedía con la mano a través de la ventanilla.

La idea de pasar otra noche en casa de su madre fue lo único que ayudó a Willow a sobrellevar el día en el colegio de primaria Robert Kansas. Fue contando las horas que quedaban hasta volver a estar con su madre. Y no pudo evitar sonreír cuando se reunió con Asher en la zona de recogida y ocupó su lugar en el bordillo con el libro de sopas de letras para esperar a su madre. Vio primero a Amy, después a Sarah, a Greg, a Erin y a Annelise subirse al coche de sus padres cuando pasaron a buscarlos, mientras su hermano y ella esperaban y esperaban. Asher se entretenía con un hormiguero y Willow dividía su atención entre la sopa de letras y la entrada del recinto. Pero, cuando su hermano se aburrió y se sentó a su lado con la barbilla apoyada en las palmas de las manos y los codos en el regazo, Willow comenzó a preocuparse. Y notó el nudo en el estómago. Y la presión en la vejiga. Hacía frío y empezaba a oscurecer.

—Por favor, otra vez no —murmuró para sus adentros, y vio salir el vaho de sus labios al hablar.

Pero entonces oyó ese ruido tan familiar del coche de su madre acercándose justo cuando el nudo de ansiedad que sentía en la tripa empezaba a llegarle al pecho. Vio los enormes ojos saltones de Lili Von cuando el coche dobló la esquina. ¡Allí estaba! Sabía que su madre aparecería. No pudo evitar sonreír al ponerse de pie sin soltar su libro de sopas de letras y esperar a que el coche se detuviera frente a ellos. Pero el coche de Rosie siguió avanzando a toda velocidad hacia ellos, girando bruscamente entre un bordillo y el de enfrente. Y, sin aminorar la velocidad, las dos ruedas delanteras se subieron al bordillo y el coche por fin se detuvo con un chirrido de los frenos. Por un instante todo quedó paralizado. El atardecer, la escuela, el coche, la calle. Willow y Asher. Con los ojos muy abiertos. Todo quedó paralizado, salvo el pequeño trol de pelo rosa que colgaba oscilante del espejo retrovisor.

Rosie levantó un brazo pesado y los saludó solo con los dedos a través del parabrisas, hasta que ellos estuvieron listos para moverse. Se subieron al asiento trasero sin que los ayudara con las mochilas, sin que les diera un beso o les preguntara cómo había ido el día. Cuando sus hijos se subieron al coche, Rosie se masajeó las sienes. Y el inquietante silencio que la rodeaba duró hasta que volvió a encender el motor. Puso el coche en movimiento y siguió dando bandazos de un lado a otro de la carretera. Cuando salió del aparcamiento, la brusquedad del giro lanzó a Willow y a Asher contra la ventanilla derecha. Sus cinturones de seguridad apenas tuvieron tiempo de tensarse contra su pecho.

Cuando Willow recuperó su posición en el asiento, buscó la mano de su hermano y se la estrechó. Se la estrechó con fuerza mientras miraba la carretera a través del parabrisas. Veía los árboles, los coches y las líneas amarillas de la carretera pasar a toda velocidad mientras el miedo iba atenazando todos y cada uno de sus órganos en dirección al corazón.

Cuando Rosie detuvo el coche frente a su casa, arrastró los pies hasta la entrada sin darles un beso, ni abrazarlos, ni proponerles un plan para la cena. Subió los escalones de la entrada y dejó que la puerta se cerrara lentamente a su espalda.

Willow ayudó a Asher con su mochila y entraron en la casa, que estaba en silencio. Sirvió un tazón de cereales para su hermano y después otro para ella, pero ninguno de los dos dijo una sola palabra, pese a que ambos estaban pensando en los colores de las ceras mientras contemplaban los colores mezclados de la leche.

El mismo miedo que había sentido en el coche, el mismo miedo que su madre casi había logrado ahuyentar en la playa con las cometas y las piedras, se había alojado de nuevo en su corazón. Se preguntaba si podría solucionarlo subiendo a buscar a su madre para pedirle que bajara a hacerles la cena, o a bailar el *Time Warp*, o a pintar las paredes, o a aplastar tomates, o a poner colorante en el helado de vainilla. Esperaba que todo fuera tan fácil.

De modo que subió las escaleras con el corazón presa del miedo, un escalón tras otro, hasta llegar a la puerta cerrada del dormitorio de su madre. Pegó la oreja a la madera antes de entrar. No se oía nada, pero sentía la respiración de su madre allí dentro. Sentía a su madre inhalando y exhalando. Pero, al entrar, se encontró con una habitación vacía, una cama deshecha y una vela encendida. Atravesó despacio el dormitorio hasta llegar al armario. Y, cuando asomó la cabeza por esa puerta, se encontró a su madre.

Se encontró a su madre tirada en el suelo con un brazo retorcido de manera extraña a la altura del hombro y las piernas dobladas. Encontró a su madre en ropa interior y con el flequillo revuelto en la frente.

Encontró a su madre con los ojos cerrados y el pecho subiendo y bajando lentamente al ritmo de su respiración. Willow intentó tragarse el miedo que le oprimía la garganta. Se puso en marcha y fue a buscar dos almohadas de la cama de su madre. Después le colocó una debajo de la oreja y la otra en el hueco que había en el suelo junto a su cabeza. Luego arrastró la pesada colcha desde la cama hasta el armario y tapó con ella a su madre.

Regresó a buscar a Asher y estuvieron viendo la tele hasta que acostó a su hermano y lo arropó de manera similar a como había hecho con su madre. Después regresó al armario de su madre y se acurrucó a su lado hasta sentir su corazón latiendo junto al suyo. Fue quedándose dormida, pero ya no podía seguir ignorando el miedo que recorría todos los rincones de su cuerpo.

31

Cuatro años atrás

Aunque fue Rex el primero en verbalizar el deseo, la necesidad, del divorcio, se quedó destrozado cuando Rosie se marchó de casa. Se le rompió el corazón al verla guardar sus vestidos en una caja etiquetada como «*ropa*». Aunque lo hacía sin doblarlos primero. Y se le rompió cuando Rosie metió sus pinceles en esa misma caja. Se le rompió al verla menear el trasero cuando metió esa caja en el asiento trasero de su peculiar coche azul. Se le rompió al ver alejarse el coche y a Rosie despedirse con la mano asomando la rodilla izquierda por la ventanilla.

Se le rompió de nuevo cuando se volvió hacia su hogar, que ahora no era más que una casa. Se le rompió al darse cuenta de que, sin los cuadros de Rosie, se había quedado con unas paredes vacías. Y que, sin la colección de discos de Rosie, se había quedado con una casa en silencio. Se dio cuenta de que, sin Rosie, era menos.

Era casi como si Rosie se hubiera llevado todo lo bueno que había en Rex al marcharse de casa. Porque, durante todo ese tiempo, sin que Rex se diera cuenta, Rosie había estado sentada en el extremo de un balancín. Estaba allí sentada, permitiendo que él ascendiera en el otro extremo. Pero, cuando Rosie se levantó del balancín, Rex cayó al suelo. Lo golpeó con tanta fuerza que no supo si sería capaz de volver a levantarse.

Llamó a su viejo amigo Roy, sentado al pie de su cama, ya vacía.

—¿Recuerdas cuando te dije que Rosie me traería problemas? —le preguntó—. Creo que es ahora cuando tengo problemas.

Y Rex tenía razón, porque, sin Rosie, se endureció. Tensó los hombros. Frunció el ceño y arrugó el labio superior. Se le torcieron los dientes inferiores y empezó a sobresalirle la mandíbula. Mascaba chicle con tanta fuerza que se le hinchaban las sienes.

Todo su desengaño, su pérdida, su tristeza y su rabia comenzaron a brotar de él mientras se marchitaba en el suelo. Sufriendo sin Rosie. Todo aquello brotaba de él y le envolvía en un nubarrón oscuro y tormentoso.

Cualquiera se daba cuenta cuando lo veía. Sobre todo Willow.

Pero a Rex no se le ocurrió otra cosa que recurrir a los libros sobre paternidad y a los mecanismos de defensa demostrados. «Sé grande y fuerte», le decían los libros. Eso podía hacerlo. Siempre. «Tus hijos sentirán una pérdida de control y de estructura», leyó. «Tienes que restaurar la estructura, aunque sea de manera artificial», decía el libro. Y Rex obedeció.

A la mañana siguiente, cuando se levantó, pegó una lista de actividades para hacer durante la mañana en la puerta de su hija y en la de su hijo. Incluía cepillarse los dientes y lavarse la cara. Hacer la cama y doblar el pijama. Cepillarse el pelo y ponerse ropa limpia. Cosas que cualquier niño podría hacer. Se quedó mirando el hueco situado en la página al final de la lista. *Desayuno en familia*, añadió. Se quedó mirando la lista unos segundos más, entonces dio la vuelta al lápiz y borró las palabras «en familia». Pero las muescas del lápiz seguían en la página.

Así que volvió a escribirlo. Al fin y al cabo seguían siendo una familia. Rex, Willow y Asher. Una familia. Parte de una familia. Y una familia en sí mismos.

***

Mientras Rex sufría tras la separación, Rosie floreció. Porque, sin tener que permanecer sentada en el extremo de ese balancín, se sintió libre de nuevo. Y, en el instante en que se alejó con el coche y dejó atrás la aburrida valla blanca que a Rex tanto le gustaba, en cuanto abandonó el vecindario que él había escogido, sintió que podía recuperar el control de su vida. Recrear un mundo que le gustara. Recrear un amor donde pudiera amar. Recrear un mundo donde pudiera amarse a sí misma. Y a Willow. Y a Asher. Aunque tuviera que ser en un pueblo de Virginia.

Guardó todos los botes de pastillas que había adquirido durante años en un cajón de su armario y se desenganchó del Vicodin inmediatamente.

Al verse liberada de su marido, de aquella casa y de aquella valla blanca, sintió que respiraba de nuevo. Profundamente. Con alegría.

Sin darse cuenta, Rex le había privado de oxígeno durante mucho tiempo. Él deseaba vivir una vida con normas. Muchas normas. Quería horarios para irse a dormir, leer libros clásicos y nada de televisión. Se había leído todos los libros sobre paternidad de la biblioteca mientras ella estaba embarazada, y eso era lo que le decían que necesitaban sus hijos. Estructura, rutina, persistencia. Y ella dejó que Rex hiciera todas aquellas cosas aunque, en el fondo, no estuviera de acuerdo con él.

Estaba convencida de que no existía una misma cosa que necesitaran todos los niños. Había confiado en Rex y en sus libros de paternidad hasta el punto de no expresar su creencia de que cada niño, cada persona, era diferente y que, por tanto, necesitaba un amor diferente. Así que Rosie se preparó en silencio para ser una madre que escuchara y actuara siguiendo unas peculiaridades y preferencias individuales. Había hecho aquello de manera natural con todo el mundo, pero lo haría con especial atención y cuidado por sus hijos. Quería que se lo pasaran bien y se sintieran libres. Libres para ser ellos mismos y ser felices. Y ella quería sentirse libre y pasárselo bien con ellos. Quería pintar, cantar y desordenar. Quería ver películas y escuchar discos. Quería disfrazarse y maquillarse. Sí, quería ser ella misma. Con sus hijos al lado. Quería que estuvieran juntos todo el tiempo. Quería que se dieran amor los unos a los otros. Un amor específico, único y mucho más real. Y estaba exultante de felicidad y de energía cuando llevó a sus hijos a su nueva casita, con hiedra que crecía por la fachada y papel pintado en todas las paredes. Era muy feliz y sentía que había recuperado la energía.

Le salía a borbotones y le hacía mucha ilusión compartirla con sus hijos.

Así que, cuando sus hijos fueron a ver su nueva casa por primera vez, la llenó de dulces y de álbumes de Prince. Y permitió que todas esas cosas fluyeran libres por su hogar. Permitió que sus hijos vieran e hicieran de todo en esa casa. Les mostró todas las cosas que amaba. Elton John y Fleetwood Mac. *Sillas de montar calientes* y *Rocky Horror Picture Show*. Les permitió cantar, bailar y sentirse libres. Les dio purpurina y pintura para la cara, maquillaje y disfraces.

Los abrazó y los besó todo lo que pudo. Les dio mucho amor. El tipo de amor que solo Rosie podía ofrecer.

Cuando percibió que los cuerpos de sus hijos estaban exhaustos de diversión, los invitó a su cama y los besó y abrazó un poco más mientras se quedaban dormidos. Aquella noche, en su cama, enredada y feliz con sus hijos allí, se le ocurrió que el divorcio de Rex era lo mejor que le había ocurrido en la vida. Volvía a ser ella misma. Bailaba, cantaba, reía, creaba y, sobre todo, amaba a sus hijos de nuevo. Los amaba con todo su corazón y toda su mente. Con los huesos. Sentía el amor moverse a su alrededor. Y, después de muchos años sin nada de aquello, se alegraba de haberlo recuperado.

Pero, cuando empezaron a pesarle los párpados por el sueño, se preguntó si aquellos sentimientos perdurarían. Porque incluso ella se daba cuenta de que no era más que una bailarina de *ballet* haciendo piruetas en el escenario. A todo el mundo le gustaba verla bailar, pero, cuando se bajaba del escenario, tenía los pies llenos de ampollas. Y, por mucho que a Rosie le encantase bailar, esas ampollas dolían. Le dolían tanto que tal vez tuviera que dejar de bailar algún día.

32

Cuando Rosie recogió a Willow y a Asher de casa de su padre, ni siquiera se bajó del coche para recibirlos con besos y abrazos. No sonaba música y las ventanillas estaban subidas. Willow tuvo que tirar dos veces de la puerta del coche para lograr cerrarla sin ayuda de su madre.

Cuando Willow sintió que el coche circulaba por el asfalto, las garras del miedo atenazaron de nuevo su corazón. Miró por la ventanilla, contempló la nieve de la carretera y volvió a estrecharle la mano a su hermano en el asiento trasero de Lili Von.

Cuando llegaron a casa de su madre, le preguntaron si podían jugar fuera aunque hiciera frío. Los condujo hasta la entrada una mujer apagada y sin pintalabios que apenas se parecía a su madre. Willow se limpió el pintalabios rojo con el dobladillo de la camiseta en cuanto advirtió los labios sin pintar de su madre. Después Rosie sacó un cubo lleno de tizas del armario del recibidor y volcó el contenido a los pies de sus hijos, sobre el frío asfalto.

—¿Por qué no dibujáis algo para mamá? —murmuró antes de darse la vuelta y entrar en casa arrastrando los pies. El sonido que hacían sus zapatos contra el suelo se le metió a Willow por los oídos y le rompió el corazón. Su madre antes flotaba, pero aquella mujer que arrastraba los pies no se parecía en nada a ella. Vio a una desconocida en bata entrar en su casa dando pasos lentos y pesados.

Para cuando Willow centró su atención en el asfalto, Asher ya tenía la cara y las manos cubiertas de tiza azul. Se puso en cuclillas, agarró un trozo de tiza morada y empezó a escribir su nombre en letras grandes. Mientras arrastraba la tiza por el asfalto, un polvo morado iba depositándose con delicadeza en el suelo. Aunque el frío le entumecía la nariz, se sentía tranquila estando allí fuera con la tiza en la mano. Repitiendo una y otra vez las letras de su nombre. Con aquella suave vibración en la mano. El aire frío que le llenaba los pulmones. La paz a su alrededor.

Pero el sonido lejano de un coche que se acercaba a toda velocidad hacia ella interrumpió aquella tranquilidad. Levantó la cabeza y vio que Asher había hecho lo mismo. Era el coche de su padre al tomar la curva.

El coche negro de Rex se detuvo justo delante de los dibujos de Willow y Asher, y Willow comenzó a temblar. Algo pasaba.

—¡Hola, papá! —exclamó Asher, pero Willow se quedó helada.

«¡Vete! ¡Lárgate! ¡Fuera de aquí!», le dijo con el pensamiento y se quedó clavada en su sitio.

Rex se bajó del coche con determinación y el ceño fruncido.

—Subid —dijo sin más, con firmeza y cierto temblor en las palabras.

Asher ladeó la cabeza, perplejo, pero Willow ya estaba a punto de explotar.

—¡No! —gritó dando un pisotón sobre el asfalto con el pie derecho.

—Willow, sube al coche. Asher, tú también —insistió su padre.

Asher dio un paso vacilante hacia el coche, pero Willow se negó.

—¡NO! —exclamó estirando los brazos contra el cuerpo. Todas las cosas malas que sentía brotaban de su voz y de su cuerpo. El miedo, la confusión, la rabia, la tristeza, la vulnerabilidad.

La sensación de ser pequeña. Muy pequeña.

Sin perder un segundo, Rex tomó en brazos a Asher y tiró del hombro derecho de Willow, pero ella se negó a moverse.

—¡NO, NO! —gritaba mientras su padre arrastraba su cuerpo rígido tirándole de la mano. Tensó el brazo de manera visceral, pero su cuerpo no era rival para la fuerza de Rex. Para su enorme tamaño—. ¡Mamá, mamá! —siguió gritando. Las palabras le arañaban la garganta y chocaban contra el aire frío—. ¡Suéltame! —Trataba de zafarse de su padre—. ¡Suéltame!

Rex ya había obligado a su hija a sentarse en el asiento trasero del coche y le había puesto el cinturón, pero Willow seguía pataleando, gritando y retorciéndose. Intentó quitarse el cinturón.

—¡Suéltame! —gritaba una y otra vez. Pataleó un poco más y tiró del manillar de la puerta, que tenía el seguro echado—. ¡Mamá! —gritó contra la ventana cerrada. Pero nadie respondió a su llamada—. ¡Mamá! —insistió contra el cristal helado—. ¡Mamá!

Cuando el coche de Rex arrancó, Willow vio a su madre apoyar la palma de la mano en la puerta de entrada para abrirla.

—¡¡¡Mami!!! —gritó una vez más, presionando ella también la mano contra el cristal.

Vio que su madre observaba la escena desde la entrada de la casa. Vio que digería todo lo que estaba sucediendo sobre sus dibujos de tiza. Vio que su madre intentaba, aunque demasiado despacio, encajar todas las piezas. Y entonces vio que por fin sus ojos grandes y marrones se llenaban. De vida. De miedo. De rabia. De horror.

Rosie miró a su hija a los ojos. Vio a su hija agitando la cabeza. Vio a su hija con el cinturón de seguridad puesto mientras retorcía su cuerpo de un lado a otro. Y entonces echó a correr detrás del coche.

Pero fue demasiado tarde.

Willow se dio la vuelta y apoyó la mano contra el cristal de la luna trasera. Por fin se quedó quieta viendo a su madre perseguir el coche por la calle. Vio a su madre correr y correr hasta que sus piernas no pudieron más.

Para cuando llegaron a casa de su padre, se había quedado sin voz y sin lágrimas. Y se quedó dormida en su cama con el sabor del vacío en las sábanas.

Mientras Willow llevaba a cabo su lista de tareas a la mañana siguiente, nadie mencionó ni una palabra sobre Rosie. Nadie mencionó nada en general. Ayudó a su hermano a ponerse el gorro y las manoplas, salió por la puerta, recorrió el camino serpenteante de la entrada y subió al autobús 50 sin dejar de pensar en su madre.

En cuanto ocupó su asiento tras el conductor, arrancó la cinta aislante del respaldo y metió la mano en el agujero, esperando encontrar un regalo de su madre en las profundidades de aquella cueva de vinilo verde. Y allí estaban. Dos pajitas de azúcar picapica. Dos pajitas moradas de alegría. Las aferró contra su pecho y después las guardó con cuidado en la mochila. Las quería para el recreo. Sí. Azúcar picapica, Prince y una sopa de letras mientras pensaba en su madre.

Todo saldría bien.

Y, cuando llegó la hora del recreo, Willow hizo lo que hacía siempre: ignorar al resto de niños del colegio de primaria Robert Kansas, que corrían, se columpiaban y jugaban. Ignoró al resto de sus compañeros, que jugaban al fútbol o al baloncesto. Ignoró al resto de compañeros con sus amigos. Muchos amigos. Porque las únicas cosas que ella tenía en el recreo eran su reproductor de CD y su libro de sopas de letras. Y normalmente eso bastaba para llenarle la cabeza y el corazón. Tenía los sonidos que le gustaban. Los sonidos que le recordaban la casa de su madre. Los sonidos que le recordaban los bailes, los disfraces y la felicidad. Los sonidos del amor. Y con aquellos auriculares lograba ahogar los sonidos del patio. Ahogaba los sonidos mientras buscaba palabras en su sopa de letras. Se quedaba mirando la página hasta que encontraba una palabra.

Pero aquel día, cuando apoyó la espalda contra la pared de ladrillo del colegio y estiró las piernas sobre el asfalto, se dio cuenta de que no llevaba su libro de sopas de letras. Se lo había dejado en casa de su madre porque no tuvo tiempo de recoger nada cuando su padre apareció para llevársela. Y, cuando se puso los auriculares y le dio al *play*, no sonó nada. Retorció el cable de los auriculares. Pulsó repetidas veces el botón. Dio la vuelta al aparato plateado y vio el indicador de «batería baja» brillando amenazante. No sonaría nada en absoluto. Así que estampó el reproductor contra el pavimento. Lo golpeó varias veces hasta que se hizo pedazos. Hasta que quedó tan destrozado como ella.

Abrió su azúcar picapica y se metió los cristales morados en la boca mientras el corazón se le aceleraba en el pecho. Pero después siguió sintiéndose igual de triste, igual de sola e igual de confusa que antes. El azúcar picapica no podía hacer milagros con un corazón roto.

Cerró los ojos y trató de controlar su respiración. Dejó suelta la mandíbula e intentó no pensar, pero no podía ahogar los sonidos de la risa a su alrededor. Los pies correteando por la hierba. El ruido de una pelota botando contra el suelo. Y, por encima de todos esos sonidos, el suave chirriar de la tiza sobre el asfalto.

En cuanto oyó aquel sonido tan familiar, su mente se trasladó al momento en el que estaba dibujando letras moradas en la entrada de la casa de su madre el día anterior. Sentía los gránulos en las yemas de los dedos. Saboreaba el polvo en la lengua. Y de pronto volvió a estar en la entrada de la casa de su madre, con el coche de su padre que aparecía doblando la esquina. Con su padre tirándole del brazo. Con el cinturón de seguridad oprimiéndole el pecho. Con la puerta del coche, que se negaba a abrirse cuando intentaba salir. Con las lágrimas de Asher. Con sus palabras arañándole la garganta. Con su madre corriendo por la calle detrás del coche hasta quedar rendida.

Pero, antes de que pudiera controlarlo, antes de que pudiera regresar a la realidad y darse cuenta de que estaba sentada en el asfalto del colegio, el miedo de Willow se alojó en su garganta y fue subiéndole hacia la boca.

—¡Suéltame! —exclamó sin dirigirse a nadie en concreto—. ¡Suéltame! —Tenía los ojos cerrados y mecía su cuerpo hacia delante y hacia atrás—. ¡¡¡Mami!!! —gritó y gritó allí sentada, sobre el asfalto del colegio de primaria Robert Kansas.

Se estremeció de pronto al sentir una mano en el hombro. Pero, cuando abrió los ojos, vio que se trataba de la señora McAllister. Y tenía delante a un grupo de alumnos de quinto con las manos en la boca por la sorpresa. Mientras la señora McAllister la acompañaba dentro, el pis resbaló por sus piernas y le mojó los calcetines, pero Willow solo podía pensar en cenar *pizza* con su madre aquella noche. Ignoró la orina caliente y se centró en la *pizza*. Sí, eso estaría bien. Sería perfecto. Sería como siempre. Con refresco, dientes de queso, pendientes de queso y monedas de veinticinco centavos para la máquina de *pinball*.

Y pensando en la noche con su madre, después de ponerse los *leggings* limpios que tenía en el casillero, se le tranquilizó el corazón y comenzó a latirle al ritmo del segundero del reloj que había en la clase de la señora McAllister. Y vio moverse el minutero hasta que dieron las cuatro menos veinte. Y, al llegar esa hora, hizo lo que siempre hacía. Sonrió, fue a buscar a Asher a su clase y se dispuso a esperar a su madre en la zona de recogida.

Y, por primera vez que ella recordara, su madre y Lili Von estaban esperando allí mismo cuando Asher y ella salieron del colegio. No tuvieron que esperar. No sintió miedo. Su madre estaba allí, así que todo iría bien.

Y, sin mediar explicación de lo ocurrido el día anterior, Rosie se llevó a sus hijos a Lanza Pizza después de clase. Incluso se mantuvo en su carril de la carretera.

Al atravesar la puerta de cristal bajo el cartel de neón en forma de *pizza*, Willow saludó a John y Rosie se acercó a la barra a por las ceras de colores y los tres vasos de papel. Pero, al acudir a la máquina de refrescos y poner su vaso bajo el dispensador de refresco de vainilla, no salió nada. Rosie giró la cabeza hacia John y preguntó:

—¿Dónde está?

—Oh, Rosie, hemos tenido que dejar de traer refresco de vainilla. ¡Tú eras la única que lo bebía! —respondió John entre risas y con una mano en la tripa, esperando alguna respuesta simpática de su clienta más fiel.

—¿Me tomas el pelo? —preguntó Rosie con agresividad.

Mientras decía aquello, Asher le tiró de la falda y formó un cuenco con las manos para que le diese monedas para la máquina.

Rosie miró a su hijo y frunció los labios.

—Asher, no tengo monedas de veinticinco centavos. Ve a sentarte.

—¡Jopé! —murmuró Asher y se alejó con los hombros caídos. Rosie volvió a centrar su atención en John.

—En serio, ¿me tomas el pelo?

John se quedó mirándola, perplejo con su respuesta, con la rabia que escondían sus palabras. Sorprendido al ver que Rosie Collins, la mujer alegre a la que conocía desde hacía tantos años, pudiera ser tan desagradable.

Rosie giró la cabeza una segunda vez, en esa ocasión hacia sus hijos, que estaban sentados de rodillas en el asiento jugando con el salero y el pimentero sobre la mesa.

Los agarró de la mano y los sacó a rastras del establecimiento, dejando los vasos vacíos sobre la mesa y el pimentero tirado.

—Mamá necesita su refresco de vainilla —les dijo mientras los llevaba hacia el aparcamiento. Asher se dio la vuelta y se despidió de John con la mano, pese a que su madre lo llevaba a rastras por el asfalto.

Aquella noche, Willow y Asher consiguieron su *pizza* y Rosie su refresco. Pero fue una *pizza* de queso congelada sin ingredientes extra y se la comieron sentados en el sofá y en silencio. Y el refresco fue de lata, y se lo bebieron con una pajita sin hacer ruido hasta que Rosie anunció que era hora de irse a la cama. Arrastró los pies escaleras arriba y ellos la siguieron.

Cuando casi habían llegado arriba, Rosie levantó la rodilla perezosamente para rebasar el último escalón, pero en su lugar tropezó con la moqueta. Su diminuto cuerpo cayó al suelo y le siguió la cabeza. Willow y Asher se detuvieron y se quedaron mirándola con miedo a moverse. Con miedo a no moverse. Con miedo a hablar. Con miedo a no decir nada.

Pero entonces Rosie liberó la tensión que había en el aire al levantar la cabeza y comenzar a reírse. Se rio tanto que soltó un pequeño ronquido. Y ese ronquido hizo que Asher se riese, lo que provocó la risa también en Willow. Y así, como en los viejos tiempos, Willow, Asher y Rosie acabaron tirados en el suelo muertos de risa. Y, entre carcajadas, con las manos en la tripa, Willow advirtió que su madre tenía lágrimas en las mejillas, pero no supo si eran lágrimas de felicidad o de tristeza.

Se quedó dormida muy rápido aquella noche, escuchando el eco de la risa de su madre en la cabeza.

Pero, al despertarse a la mañana siguiente, Willow vio paredes azules en vez de rosas. Y una cómoda de mimbre en vez de la de madera, que su madre y ella habían decorado con rotuladores de colores. Y no olía a la casa de su madre, ni los sonidos eran los de la casa de su madre. Porque estaba en la casa de su padre. Eran las sábanas de su padre, las paredes azules de su padre y su moqueta fría. Se levantó de la cama, bajó las escaleras medio dormida y encontró a su padre sentado a la mesa de la cocina.

—Me alegro mucho de que estés en casa —le dijo Rex a su hija sin parpadear.

«¡Sí, claro!», pensó ella, pero no dijo nada y se sirvió un tazón de cereales.

Sí, claro que se alegraba. Ni siquiera le caía bien. ¿Cómo iba a alegrarse de que estuviese en casa? ¿Y qué significaba estar en casa? Aquella no era su casa. Su casa era, y siempre sería, la de su madre.

Mientras masticaba los cereales en silencio, se preguntó si alguien mencionaría lo de los secuestros. Si alguien le explicaría por qué sucedía aquello, o cuántas veces estaría en casa de su madre y acabaría en la de su padre.

Se preguntaba si estaría a salvo en alguna parte.

A salvo para dormir o para vivir.

Decidió no enjuagar el tazón de cereales ni meterlo en el lavavajillas antes de salir de casa para ir al colegio.

Estaba harta de las normas de su padre.

33

Seis meses atrás

Rosie estaba sentada con las piernas cruzadas en el suelo de su armario con la cabeza en las manos. No podía creer que estuviera ocurriendo otra vez. Que encontrase sus dedos agarrados al tirador de aquel cajón en innumerables ocasiones a lo largo de los últimos meses.

Había estado bien durante mucho tiempo. Hasta hacía unos meses, había estado convencida de haber dejado atrás la depresión. Y lo había celebrado. Había arrastrado a sus hijos a su tornado de amor. Los había arrastrado a su tornado de amor, pintura y juguetes. De caramelos y refrescos. De ceras de colores, de bailes y de canciones. De ruidos tontos y de disfraces. De excursiones improvisadas a la playa para ver el amanecer, o el atardecer. De levantarse en mitad de la noche, mirar las estrellas e inventar historias sobre ellas. De acurrucarse juntos en pijama antes de dormir. De abrazarse y besarse. De todo. Mucho de todo. Le encantaba. Le gustaba todo.

Pero, como le pasaba siempre, todo se le hacía demasiado. Y, aunque Rosie disfrutaba enloquecidamente de ver, oír, oler, sentir y amar con pasión, allí estaba, con los dedos aferrados a ese cajón, agotada de todo.

En su vida había demasiados dulces, demasiado refresco, demasiada pintura y demasiados juguetes. Demasiado baile y demasiadas canciones. Demasiada Willow y demasiado Asher. Demasiadas excursiones a la playa, demasiado despertarse en mitad de la noche. Demasiado acurrucarse y demasiado abrazarse.

Había hecho todo lo posible por controlar esos sentimientos en los últimos meses. Y al principio era solo algún momento aislado. Una pastilla por aquí, otra por allá. Un minuto extra en el cuarto de baño con el grifo abierto, sentada en la taza del váter mientras lloraba. Un par de pastillas más. Cinco minutos extra en la ducha, aclarando su piel cansada mientras los niños veían una película en el piso de abajo. Un par de pastillas más. Una hora extra en la cama al oír a su hija husmeando en la cocina. Pero últimamente había ido a más. Mucho más.

Se sentía aliviada cuando dejaba a los niños en casa de Rex los domingos por la noche. Regresaba a su casa, con la cabeza todavía dándole vueltas, y hacía lo posible por descansar sus huesos en el sofá. Necesitaba exhalar después de inspirar toda esa vida. Pero su cuerpo no podía descansar. Y tampoco su mente. Otro puñado de pastillas para eso también.

Le entró el pánico, tirada allí, en el suelo de su armario. Le entró el pánico al pensar en otra recaída. Eso hacía que sus sentimientos volvieran a desbordarse dentro de su cuerpo y de su mente.

Soltó el tirador del cajón y empezó a mecerse hacia delante y hacia atrás. Pero las pastillitas blancas comenzaron a chillar desde el cajón del armario. Ella se tapó los oídos y respiró profundamente, pero seguía oyendo el grito de las pastillas, que le ofrecían su consuelo. Y seguía sintiendo la tristeza en la tripa y en la garganta. Y aquello hacía que las pastillas gritaran con más fuerza. Con más y más fuerza.

Hasta que abrió el cajón y se metió una pastilla en la boca, y después otra, y otra. Lloró mientras lo hacía. Lloró porque sabía lo que aquello significaría para sus hijos.

No era apta para ser madre. Era incapaz de redactar notas que dejarle a Willow en la bolsa de la comida. Incapaz de columpiar a Asher levantándolo por los brazos. Incapaz de bailar viendo *Rocky Horror Picture Show*. Incapaz de reunirse con Willow en la casa del árbol. Incapaz de mantenerse despierta mientras hacían sopas de letras o veían *Sillas de montar calientes*. No soportaba quedarse dormida demasiado pronto. Odiaba no darles un abrazo. Odiaba no prepararles la cena. Le entristecía que la fuerza de su amor no pudiera volar libre y envolver a sus hijos con su abrazo.

Pero todo aquello desaparecía cuando el cosquilleo del Vicodin comenzaba a filtrarse en su sangre.

34

Durante todo el día en el colegio, Willow estuvo temiendo la idea de volver a casa de su padre. Porque, por muy triste o distante que hubiera estado su madre los últimos dos meses, su padre había estado así, o peor, durante años. Se había portado mal cuando ella le decía que quería ver su programa favorito de la tele, y él le decía que solo podía verlo durante quince minutos. Se había portado mal cuando rompió aquel jarrón de la chimenea. Se había portado mal cuando le mostraba sus calcetines morados los domingos por la noche, cuando sacaba los objetos de la caja. Se había portado mal cuando apagaba la luz sin darle un beso de buenas noches. Se había portado mal al no verla allí de pie, mientras empotraba su cuerpo desnudo contra el de aquella mujer. Se había portado mal al llevársela de casa de su madre sin preguntar. Se había portado mal cuando aquella mañana ella se despertó en la cama y no le explicó cómo había llegado hasta allí. Se había portado mal cuando, al marcharse al colegio esa mañana, no le dijo una sola palabra de su madre.

Y le daba miedo pensar en lo mal que podría portarse esa tarde cuando ella llegara del colegio.

Pero, cuando Willow y Asher entraron en la cocina al regresar del colegio esa tarde, su padre llevaba puesto un delantal y, sobre la encimera, había cuencos, especias, verduras y todo tipo de ollas y sartenes. Estaban esparcidas por todas partes.

Asher se detuvo en seco al ver aquella escena tan distinta en casa de su padre.

—¿Vamoz a apendez ciencia? —preguntó mientras examinaba con sus ojos azules la encimera y toqueteaba todos los cuencos.

Rex se quedó plantado con su delantal impoluto y su gorro de cocinero y miró a su hijo con una ceja levantada.

—¿Qué? —aclaró Asher entre risas—. ¡Padece un expedimento!

—Pensé que esta noche podríamos cocinar juntos, niños —les explicó Rex con una sonrisa forzada—. Puede ser divertido. Ya han abierto el mercado de agricultores este año y he comprado algunas verduras. ¿Qué os parece? ¿Lo intentamos?

Ahora estaba mirando a Willow. Rogándole con la mirada que dijera que sí. Que lo intentara. Que intentara cocinar con su padre, que intentara perdonarle por lo que estaba ocurriendo, que intentara quererlo. Willow ya había mirado antes a su padre con los mismos ojos suplicantes. Cuando montaba en bici. Cuando intentaba dar una patada al balón de fútbol. Cuando removía la leche azul y morada en el tazón de los cereales. Sabía lo que era desear amor hasta el punto de pedirlo con la mirada. Miró a su padre y dejó que respondieran sus ojos. «Vale, papá».

Así que se puso el delantal que había sobre la encimera y dejó que su padre le atara los cordones a la espalda. Porque pensaba lo mismo que su hermano: que se trataba de un experimento. Un experimento para intentar recrear en aquella casa el tipo de amor que ofrecía Rosie. Un experimento para imitar el amor creativo, emocionante y libre que Rosie les transmitía todo el tiempo. Un experimento diseñado para ver si podía darles él también esa clase de amor a sus hijos. La clase de amor que sabía que a ellos les gustaba. Un experimento diseñado para ver si Willow y Asher eran capaces de absorber de su padre ese tipo de amor.

Pero allí, sobre la encimera, se hallaba el tipo de experimento de Rex. Con todos los ingredientes medidos con precisión, colocados en diferentes recipientes. El libro de cocina abierto por la página de una receta concreta. Todo estéril y organizado. Pero, cuando Willow vio que Rex había retirado de la mesa el cartel de *No tocar*, decidió sonreír y leer el primer paso del libro de cocina situado en el otro extremo de la encimera.

Y Rex guio su mano colocando en una sartén cebollas, champiñones y pimientos ya cortados. Willow mezcló exactamente dos tazas de queso ricota, dos tazas de *mozzarella* y dos huevos grandes en un cuenco. Y luego vieron cómo Rex colocaba meticulosamente una capa de pasta, otra de queso, otra de verdura, y después otra de pasta y más queso. Dijo que no quería que alterasen las proporciones. Después colocó la bandeja de lasaña en el horno y programó el temporizador cuarenta minutos exactos.

Asher tuvo la cara pegada a la puerta del horno durante al menos veinte de esos cuarenta minutos. Y estuvo relamiéndose mientras Rex limpiaba los cacharros y Willow ponía la mesa en silencio.

Willow no sabía que la cocina pudiera ser algo tan estructurado, tan serio y tan silencioso, pero aquella noche superó a sus sopas de letras solitarias sentada en el puf de su habitación.

Y, cuando sonó la alarma del horno, Asher levantó un tenedor y abrió mucho los ojos. Rex ladeó la cabeza, miró a su hijo y señaló con el dedo el último paso de la receta.

—Tenemos que dejar que se enfríe durante quince minutos, Ash. Lo dice justo aquí.

Asher frunció el ceño con dramatismo, bajó el tenedor y se quedó alicaído sobre su plato.

Y, cuando pasaron exactamente quince minutos, Rex cortó la lasaña en trozos perfectos e idénticos y sirvió a cada uno de sus hijos la cena que habían preparado con su padre.

—¡Qué azco! —exclamó Asher y escupió su trozo de lasaña sobre el plato. Se dirigió hacia la despensa, sacó un paquete de galletitas de queso y se llevó el contenido a la boca.

Willow esperó a que Rex explotara, a que obligara a Asher a terminarse la cena, pero no lo hizo. Se quedó mirando su plato y siguió comiéndose la lasaña pinchada a pinchada. La pasta no estaba buena.

Y los tres lo sabían.

Con un rugido en el estómago, Willow pinchó un trozo de lasaña y deseó que llegara el siguiente domingo de espaguetis.

Cuando llegó el domingo de espaguetis, Willow hubo de afrontar la verdad de lo que tenía ante sus ojos, porque, hasta aquel momento, el muro de negación que había levantado era tan alto que casi no podía ver por encima. Pero, aquella noche, se enfrentó cara a cara con el vacío de su madre, mirándola por encima de varios envases intactos de comida china para llevar del restaurante situado a la vuelta de la esquina.

Aquella tarde, espontáneamente, Willow se había puesto su delantal favorito y había ayudado a Asher a ponerse el suyo. Corrieron escaleras arriba, dándose codazos y riéndose hasta llegar a la habitación de su madre.

—¡Hoda de loz ezpaguetiz! —gritó Asher cuando llegó a la habitación de Rosie. Pero la puerta estaba cerrada. Otra vez. Willow intentó abrirla, pero el picaporte no giraba. Otra vez.

—He pedido comida china —contestó Rosie desde el otro lado. Pero hablaba con una voz gutural, demasiado cansada para utilizar el diafragma—. Llegará enseguida. Id a jugar. Os veré abajo en un minuto.

Asher se deslizó escaleras abajo por la barandilla como si no pasara nada, pero Willow se quedó allí y pegó la oreja a la puerta. No distinguía ningún sonido, pero percibía las lágrimas de su madre saturando el aire. Percibía la depresión húmeda de la habitación tras aquella puerta cerrada. Había sucedido. El miedo se había apoderado de su corazón. Y ahora, frente a aquella puerta cerrada, ese corazón quedó hecho pedazos por las garras que habían ido clavándose progresivamente en ella.

Rosie se reunió con sus hijos a la mesa para cenar, pero solo estaba presente su cuerpo. Removió su salsa de soja con un palillo chino y la cabeza apoyada en el brazo. No quedaba nada de la madre que antes vivía dentro de ella.

Asher hundió la cara en un montón de arroz blanco y, al volver a levantarla, tenía varios granos pegados.

—¡Pecaz de adoz! —gritó. Willow miró a su madre, porque aquello era lo típico que a su madre le encantaba. Al menos antes. Lo típico por lo que se reiría y respondería haciendo su propia cara. Lo típico que haría a partir de entonces siempre que tuviera arroz delante.

Pero Rosie no reaccionó. Hasta Willow se dio cuenta de que no había nada en el mundo capaz de provocar una sonrisa en ella.

Y, sin pretenderlo, absorbió la tristeza de su madre desde el otro lado de la mesa. Y se quedó allí, sentada a la mesa de la cocina de la casa de su madre, empujando con un palillo los granos de arroz de un lado a otro de su plato. Una y otra vez, hasta que se fue a su habitación y se metió bajo las sábanas vacías.

Willow se quedó dormida en su cama lentamente, llorando, pero se despertó de golpe al oír el repiqueteo de la primera lluvia primaveral sobre el tejado. Sintió que tenía la vejiga a punto de explotar.

—Ahora no —rogó en voz baja—. Por favor, ahora no. —Pero, antes de que el miedo a la tormenta le hiciese mojar de nuevo la cama, se levantó y corrió a la habitación de su madre. Las gafas moradas la ayudarían. Entró en el dormitorio de su madre, pero la cama estaba vacía y extrañamente fría. Las sábanas seguían revueltas y las almohadas desperdigadas, pero no había signos de que hubiera habido un cuerpo allí tumbado. La almohada no estaba hundida como si hubiera reposado en ella una cabeza. Todo estaba frío. No se parecía en nada a la cama en la que Willow solía acurrucarse antes con su madre. Pero, al oír otra ráfaga de lluvia sobre el tejado, corrió a meterse bajo las sábanas de su madre y cerró los ojos. Aunque estuviera allí sola.

Sus pensamientos comenzaron a dispersarse y a dar vueltas tan rápido por su cabeza que se sintió mareada. Mareada al saber que las cosas con su madre nunca volverían a ser como antes.

«Necesito esas gafas».

«Necesito a mamá».

«Necesito esas gafas».

«Necesito algo».

«Lo que sea».

«De alguien».

«De quien sea».

«Necesito esas gafas».

«Necesito a mamá».

«Necesito algo».

«De alguien».

«Lo que sea».

«De quien sea».

Su vejiga volvió a contraerse y ella se quedó muy quieta, por miedo a que cualquier movimiento pudiera desencadenar el pis.

—Ahora no —dijo en voz baja—. Por favor, ahora no. —Y siguió pensando en su madre hasta que se quedó dormida.

Pero, antes de poder soñar otra vez con su madre, como solía hacer, se despertó a medias al notar unas manos fuertes en la espalda. Se obligó a abrir un ojo. Era su padre, que la llevaba en brazos. Le puso las muñecas sobre los hombros para rodearle el cuello y apoyó la mejilla en su pecho. Estaba aún medio dormida, así que dejó que su padre la llevara. Subía y bajaba al ritmo de sus pasos firmes.

Rex llevó en brazos a Willow con mucho cuidado y amor desde

el dormitorio de Rosie hasta su coche, aparcado fuera. Y Willow se dejó llevar todo el camino. Sintiendo aquel cuidado y aquel amor.

Cuando Rex la dejó en el asiento trasero de su coche, ella sintió sus labios en la coronilla. Un besito. Un besito tierno y lleno de amor. Sonrió y volvió a quedarse dormida con el cinturón de seguridad cruzándole el pecho y la cabeza apoyada en el cuero caliente del asiento del coche.

35

Tres meses atrás

No había ocurrido nada especial el día en que Rosie decidió que quería empezar de nuevo. Pero decidió que deseaba volver a ser la antigua Rosie. La antigua Rosie con Willow y Asher al lado.

E ideó un plan para lograrlo que no incluyera aquella casa, ni a Rex, ni nada que estuviera en Virginia. Un plan que la llevaría de vuelta a aquel apartamento de Manhattan donde una vez fue feliz. Donde sintió amor en brazos de Rex. Donde sintió amor con Willow en su vientre. Donde se imaginó cómo sería su familia. Donde colgó aquel relicario en la pared y esperó ser feliz para siempre.

Estaba tan emocionada con la idea, tan decidida a hacerla realidad, que se fue directa al colegio Robert Kansas para compartirla con su hija, para hablarle a Willow de la nueva vida que tendrían. Por fin utilizaría la llave del 299 de la calle 82 Este. La que Rex había dejado en su mesilla de noche dos años antes. La llave que Rex dejó junto a ella en sus momentos más tristes. La llave que prometía momentos más felices cuando tuviera el valor de empezar de nuevo.

Pero, cuando Rosie vio las piernas enclenques de su hija corriendo hacia ella a través del patio de la escuela, el corazón le dio un vuelco y su decisión se vino abajo. Sabía que la antigua Rosie ya no existía. Sabía que nunca podría regresar al 299 de la calle 82

Este, por mucho que lo deseara. Lo sabía incluso cuando subió a su hija a las ramas de aquel sauce y le contó que se la llevaría a ese apartamento. No pudo evitar que aquellas palabras salieran de su cuerpo y entraran en Willow. No pudo evitar desear que fuera cierto. Lo decía y lo deseaba, lo deseaba y lo decía. Deseaba que todo lo que había dicho se quedara allí arriba, en aquel árbol con su hija. Deseaba poder mantener escondidas entre las hojas a Willow y sus palabras.

Rosie sabía que su fantasía era irresponsable. Y sabía que compartir su fantasía con su hija era aún más irresponsable, pero echaba de menos a la Rosie de aquella fantasía. Y decirlo en voz alta hacía que pareciera más real, más factible. Sin embargo, la fantasía no era más que eso, una fantasía. Por muy irresponsable que fuera decirle esas cosas a su hija, le alegraba el corazón compartirlas con ella en aquel árbol.

Y le alegró el corazón ver que su hija se lo creía. Ver que su hija deseaba irse con ella, que su hija la escuchaba, la abrazaba y le decía que le gustaba estar allí arriba con su madre.

Rosie sabía que no debería haberle dicho esas cosas, pero deseaba tener otra oportunidad de vibrar. Deseaba otra oportunidad para ser inmortal. Y, aunque tal vez no pudiera recuperar su espíritu en este mundo, Willow podría celebrarlo de algún modo, en algún lugar.

Pero, cuando Rosie regresó a casa un par de horas más tarde, su fantasía se convirtió en culpa. Y esa culpa se convirtió en otras tres pastillas blancas, aunque solo le quedaba una hora para tener que recoger a sus hijos del colegio. Y, una vez que el Vicodin invadió su sangre, su cerebro confuso no pudo impedirle conducir hasta subirse al bordillo del colegio de primaria Robert Kansas.

Ella sabía que estaba mal. Sabía que estaba perdiendo el control.

Al día siguiente, mientras esperaba en casa a que llegara la hora de recoger a los niños de casa de Rex, se prometió a sí misma que jamás volvería a conducir bajo los efectos de las pastillas, sobre todo si sus hijos iban en el coche con ella. Y se prometió a sí misma que jamás se relacionaría con sus hijos bajo los efectos de las pastillas. Y se levantó del sofá y subió las escaleras con la intención de tirar el resto de pastillas por el retrete.

Abrió el cajón superior del armario, destapó el bote naranja y se echó un puñado de pastillas en la palma de la mano. Las apretó con fuerza y se dirigió hacia el cuarto de baño para tirarlas. Apretaba la mano con rabia, pensando en el daño que aquellas pastillas le habían causado. En el daño que habían causado a su matrimonio y a su marido. En el daño que ya habían causado a sus hijos.

Pero, al pasar por delante del espejo, se miró a los ojos. A los ojos cansados y vacíos.

Y entonces vio que aquellos ojos cansados y vacíos se llenaban de lágrimas, y se llevó cuatro pastillas a la boca. Se tiró en la cama y dejó que el cosquilleo comenzase por los brazos, después las piernas, hasta llegar a los párpados. Y después se levantó, arrastró los pies por la moqueta de la habitación, luego por las tablas de madera de la escalera, salió al asfalto de la entrada y se montó en el coche.

Pese a que iba colocada.

Pese a que se había prometido a sí misma que no volvería a hacer aquello.

Pese a que deseara que no ocurriera nada de aquello.

Pese a todo eso, Rosie se fue a casa de Rex a recoger a sus hijos.

Rex ya se había asegurado de que Willow y Asher tuvieran sus mochilas preparadas para irse a casa de su madre cuando Rosie detuvo el coche en la entrada y tocó el claxon dos veces.

—Portaos bien con mamá —les dijo antes de dejarlos salir por la puerta, con la esperanza de que su madre se portara bien con ellos.

Rex esperaba que Rosie le saludara con la mano desde el asiento de su coche, como hacía siempre. Esperaba que se pusiera las enormes gafas de sol en la punta de la nariz y dijera: «Hola, Rex». Esperaba que se bajara del coche para abrazar a sus hijos. Esperaba que les dejase las mejillas manchadas de carmín al darles un beso. Esperaba que agarrara sus mochilas y las metiera en el maletero antes de alejarse con Prince sonando a todo volumen por los altavoces.

Cuando Willow y Asher se subieron solos al coche, Rex tuvo la sensación de que algo no iba bien. Algo le pasaba a Rosie.

Vio que Willow tiraba dos veces de la puerta del coche hasta lograr cerrarla. Y entonces Rosie arrancó. Y, al hacerlo, un neumático se subió a la fila de adoquines que bordeaba el camino de la entrada antes de volver a la carretera.

Rex supo lo que significaba aquello cuando vio el coche de su exmujer moverse así. Sabía cómo hablaba, cómo andaba y cómo conducía Rosie cuando había tomado esas pastillas blancas. Y era aquello lo que estaba sucediendo.

Sintió una presión en el pecho y se quedó sin respiración, notó el calor en las orejas y el cosquilleo en los dedos. Apretó la mandíbula y estiró la espalda. El divorcio ya le había provocado demasiada rabia y tristeza. Pero, al ver a Rosie alejarse conduciendo colocada con sus hijos en el coche, se puso furioso. Fue una sensación que invadió todo su cuerpo.

Haría cualquier cosa para evitar que sus hijos se hundieran con Rosie, para evitar que sufrieran un ápice más. Haría cualquier cosa por salvarlos.

Y, para Rex, hacer cualquier cosa implicaba la fuerza bruta. Ya fuera física o mental.

36

Cuando Willow abrió los ojos, le consoló la idea de saber lo que vería. Aquellas paredes azules. La cómoda de mimbre. La moqueta gris. Los cojines tirados en el suelo junto a la cama.

Pero aquel día, cuando separó los párpados y tomó aire, sus sentidos se llenaron de algo nuevo. Percibió algo diferente a su alrededor. Paredes amarillas y suelos de madera clara. Una suave brisa salada que entraba por la ventana y agitaba las cortinas blancas y finas.

Se frotó los ojos en un esfuerzo por entender aquella escena, pero las paredes amarillas, el sabor salado del aire y la cama de madera seguían allí. Asomó la cabeza por la ventana y vio el océano. Azul e hipnótico. Bajó las escaleras con cautela. Se le dobló la rodilla izquierda y se agarró a la barandilla de madera para no perder el equilibrio.

Allí estaba su padre, sentado a la mesa de la cocina con su café humeante. Con la pierna derecha cruzada sobre la izquierda. Era una escena familiar, pero, cuando examinó la estancia, percibió de inmediato todas las diferencias. Por un lado estaba la claridad de las paredes. Pero además había una pila de huevos y un tablero de Candy Land dispuesto sobre la mesa para jugar. Willow se frotó de nuevo los ojos cansados y, al apartar las manos, Asher ya había asomado la cabeza por debajo de la mesa.

—¡Pod fin! —exclamó, se metió una pinchada de huevos en la boca y colocó la ficha naranja del Candy Land en la casilla de salida. Willow se sentó a la mesa y miró a su padre, después a Asher, luego otra vez a su padre y, sin hacer preguntas, colocó la ficha morada junto a la de Asher y se zambulló en aquella mañana con su padre. Aquella mañana de miércoles con su padre en camiseta sentado a la mesa de la cocina. Con juegos de mesa y ventanas abiertas. Con la brisa de abril entrando por la ventana. Con el sonido de las olas al romper sobre la arena.

Había muchas preguntas que quería hacer. ¿Dónde estamos? ¿Cómo hemos llegado aquí? ¿Por qué estamos aquí? ¿No vamos a clase? ¿Dónde está mamá? ¿Cuánto tiempo nos quedaremos aquí?

Pero, al levantar la primera tarjeta del mazo situado en medio del tablero, dejó que todas aquellas preguntas salieran por la ventana y se perdieran en el mar. No quería que nada alterase aquel momento, y tenía la impresión de que el más mínimo movimiento por su parte podría destruir aquella mágica escena creada por su padre.

Estuvieron los tres jugando hasta que Asher llegó a la casilla final del tablero. Y estuvieron riéndose sin parar durante toda la partida, mientras avanzaban, retrocedían y se saltaban casillas.

Rex, Willow y Asher se vieron envueltos en aquella atmósfera de risas y felicidad. Se permitieron absorber toda esa alegría y vivir el presente. Y, cuando terminó la partida, antes de que todo volviese a quedar en silencio, su padre siguió con la diversión. Siguió dándoles amor.

—¿Queréis ir a la playa? —les preguntó esperanzado—. Normalmente en abril ya hace calor.

Willow asintió vehementemente con la cabeza y Asher sonrió y dejó al descubierto el hueco entre sus dientes.

—Pero no he traído el bañador —recordó Willow con pesar.

Su padre siempre se sentía decepcionado cuando no estaban preparados.

Pero aquel día fue diferente.

—Los tengo yo aquí —le dijo Rex a su hija. Y Willow vio que sacaba pecho al decirlo. Vio que sacaba pecho al ver lo que podía ser la paternidad si se mostraba un poco menos exigente y estricto. Si se abría un poco más a la diversión. Si estaba dispuesto a amar libremente.

Asher y Willow gritaron de alegría, se pusieron el bañador y salieron corriendo hacia la playa. El agua aún conservaba parte del frío invernal, pero fue agradable sentir su abrazo frío en la piel. Jugaron y chapotearon en la orilla. Se deslizaron con las tablas y compitieron para ver quién aguantaba la respiración por más tiempo. Lo pasaron bien. Sin ataduras ni restricciones.

Y, cuando Willow y Asher tuvieron los dedos arrugados y el pelo lleno de sal, Rex los envolvió en una toalla a cada uno y los secó con cuidado. Atravesaron la playa para regresar a la casa y, cuando llegaron a la puerta de madera azul con la pintura descascarillada, tanto Willow como Asher tenían los pies rebozados de arena.

Rex se quedó junto a la puerta mirando los dedos de sus hijos. Willow miró a su padre y esperó a que le ordenara que se limpiase los pies antes de entrar, para no poner perdida la moqueta. Pero, en su lugar, la sentó cuidadosamente en los escalones de la entrada y se agachó para sacudirle la arena con una toalla mojada. Le sujetó el tobillo y sacudió la arena con cuidado hasta que tuvo los pies limpios. Lo hizo con gran concentración y precisión. Eran rasgos que Willow siempre había visto en su padre, pero jamás había percibido el amor en ellos. Sin embargo, allí, frente a aquella casa en la playa, vio que su padre podía cuidar de ella. Que podía ser tierno y cariñoso. Amable y atento. Vio que podía limpiarle la arena de los pies.

Y, cuando no quedó un solo grano en sus dedos, Rex juntó los pies de su hija y les dio un beso. Después levantó la cabeza y sus miradas se encontraron. Y, solo por un instante, sus corazones se encontraron también.

Durante aquel día, y otros seis más que pasaron en aquella casa de la playa, Willow, Asher y Rex crearon un mundo nuevo y mágico. En la casa de la playa, a Asher no se le caía nada ni se olvidaba de atarse los zapatos. Y Willow no tropezaba ni mojaba la cama. Y Rex no gritaba cuando hablaba por teléfono ni les pedía a sus hijos que guardaran silencio.

En aquella casa de la playa, fueron siete días de mar, de playa y de maíz asado. De castillos de arena y de hacer el pino. De juegos de mesa y de cristales pulidos por el mar. De sudaderas en la parte de arriba y toallas enrolladas en la parte de abajo.

En aquella vieja casa fueron todos versiones renovadas de sí mismos. Y, mientras regresaban de la playa, resultaba imposible saber si Willow, Asher y Rex podrían seguir siendo esas versiones renovadas cuando estuvieran de vuelta en casa, pero al menos durante esos siete días habían podido imaginarse viviendo en armonía, los tres felices para siempre.

37

Un mes atrás

Rex echaba humo cuando agarró el teléfono para llamar a su exmujer. Para llamarla y decirle que aquello tenía que terminar. Llamarla y decirle que tenía que parar. Decirle que no permitiría que se acercara a sus hijos mientras estuviese así. Drogada.

Le partía el corazón imaginarse a Rosie sin sus hijos. A sus hijos sin su madre. Pero aquella no era su madre.

Rex le dijo todo aquello a Rosie con toda la delicadeza que pudo.

—Cuando estén en mi mundo, yo pongo las normas —le respondió ella, cortante, antes de que Rex pudiera terminar su petición. Pero en su voz percibió una ligereza y un distanciamiento que no reconoció. Rex había visto a Rosie agotada, incluso desconectada, algunas veces a lo largo de su relación. Y, cuando se agotaba o se desconectaba, lo hacía del mismo modo que hacía todo en la vida. De manera plena y absoluta. Pero ahora no. En sus palabras no percibió aquello. Era algo nuevo. Sonaba muy lejana.

—Rosie, tus normas no pueden consistir en que no haya normas. No es justo para ellos —le dijo él con amabilidad, pero su decepción, su desesperación y su enfado eran más que evidentes en su tono.

Se quedaron los dos callados.

—No es justo, Rosie. Tienes que hacerlo mejor. Es necesario que lo hagas.

Más silencio.

—Tienes que hacerlo.

Se lo dijo con toda la amabilidad que logró encontrar en su interior.

Y entonces Rosie se echó a llorar.

—Yo los quiero, Rex. Los quiero mucho.

Toda su angustia, su pena y su desesperanza brotaban de sus ojos y se filtraban por el teléfono. Su sufrimiento se le coló en las venas y se alojó en su corazón.

—¿No es eso suficiente? —le preguntó entonces su exmujer con ingenuidad e inocencia. Y volvió a deshacerse en llanto—. ¿Por qué no puede ser suficiente?

En ese momento Rex invocó todo el amor que aún sentía por Rosie y le dijo algo muy simple y muy cierto, pero también muy difícil.

—No, cariño. No es suficiente. Necesitas ayuda, Rosie —le dijo con calma—. Pero tiene que salir de ti. Tienes que buscar ayuda tú.

Hubo un momento de silencio, denso y pegajoso.

—¿De acuerdo? ¿Puedes hacerlo, Rosie? —le preguntó.

Se quedó varios segundos con la oreja pegada al teléfono, y entonces oyó la respuesta de Rosie entre lloriqueos.

—Necesito alejarme un tiempo de todo. Lo siento.

Cuando Rex abrió la boca para preguntarle a qué se refería, oyó el tono de la línea al otro lado del teléfono. Esperaba que su súplica hubiera sido suficiente.

—Yo también lo siento —murmuró.

Cuando Rosie colgó el teléfono, supo que todo lo que le había dicho su exmarido era cierto. Lo saboreaba en sus lágrimas y lo notaba en el corazón. Porque, desde hacía meses, la tristeza había estado desangrando su cuerpo. A cada momento del día.

Y era implacable.

Y salpicaba a todos los que la rodeaban.

Era demasiado para sus hijos. Sabía que ya habían sufrido bastante su tristeza. Sobre todo Willow. Y Rex tenía razón, no era justo. Tenía que hacerlo mejor, pero no podía.

Porque, cuando empezó a sentirse triste, tuvo la impresión de que, si lloraba lo suficiente, al final se quedaría sin lágrimas y superaría el dolor. Así que se pasaba días enteros llorando en su habitación. A veces, cuando Willow y Asher le sonreían, aparentaba ser feliz. Se secaba los ojos y se pintaba los labios de rojo. Se ponía un chaleco de lentejuelas y ponía *Little Red Corvette* a todo volumen. Pero, pese a todo, volvía a estar triste. Sin energías.

Ella sabía, igual que sus hijos, que su tristeza era un pozo sin fondo. Volvía a crecer en su interior antes de que pudiera deshacerse de ella. Y, cuanta más tristeza expulsaba, más tristeza se generaba dentro de ella. Se ahogaba con la tristeza. Y sus hijos se ahogaban también.

Cuanto más triste se ponía, más se escondía en su habitación. Y, cuanto más se escondía en su habitación, más pastillas de Vicodin se tomaba. Y, cuantas más pastillas se tomaba, más culpable se sentía. Y, cuanto más culpable se sentía, más triste se ponía. Y así en un círculo vicioso.

Rosie sabía que Rex tenía razón. Necesitaba ayuda. La necesitaba si quería sobrevivir a aquello.

Así que, al ingresar voluntariamente en el centro de rehabilitación de Clareton, pensaba en las vicisitudes de su vida. En las pastillas blancas y en todo lo demás. Y quería librarse de ello.

Reunión tras reunión, sesión tras sesión, fue explicando que había mucho amor y a la vez ninguno. Mucha vida y a la vez ninguna. Explicó que había hecho mucho daño a Rex con sus altibajos. Que no podía soportar la idea de hacer daño también a sus hijos. Que no podía seguir colmando a sus hijos de amor para después arrebatárselo. Que no podía permitir que absorbieran su amor. Y después su tristeza. Y luego otra vez su amor. Y más tarde su tristeza de nuevo. Les haría demasiado daño.

Explicó que nunca fue su intención que ocurriera aquello, pero así fue. Que imaginó un futuro para sus hijos en el que los colmaba de amor y después los ahogaba con su tristeza una y otra vez. Que era injusto para ellos. Muy injusto. Se suponía que las madres debían gestionar los altibajos de sus hijos, no provocarlos.

Pidió, rogó, suplicó ayuda para librarse de esos altibajos. Pero fue en el centro de rehabilitación de Clareton, reunión tras reunión, sesión tras sesión, donde se dio cuenta de que siempre sería así. Deseaba que no fuera así, pero así era.

Deseaba no haberse pasado la vida entera amando algo y después odiándolo. Poniéndose una misma prenda todos los sábados por la noche para después dejarla abandonada en el fondo del armario. Comiendo lo mismo todos los días para después no volver a probarlo. Acudiendo al mismo sitio cada tarde para después evitar pasar por allí. Queriendo tanto a Rex y después alejándose de él. Llenando de vida a sus hijos para después dejarlos secos.

Deseaba no haber probado nunca aquellas pastillas. Deseaba no volver a tenerlas jamás. Deseaba tener la fuerza para regresar a Nueva York. Deseaba poder resistir la tentación de llamar al contacto que le facilitaba comprar más pastillas cada vez que pensaba que había decidido parar. Una y otra y otra vez.

Rosie deseaba poder recuperar su vida para ser una mejor madre.

Deseaba poder recibir ayuda, pero sabía que aquello formaba parte de la dinámica. Una dinámica en la que hacía rehabilitación o se tomaba pastillas tras la puerta cerrada del dormitorio. Una y otra vez. Una dinámica de altibajos. Tomaba las pastillas y después dejaba de tomarlas. Se sentía feliz y después triste. Acudía a rehabilitación y después salía de ella.

Sus hijos necesitaban amor de manera estable. Estable y sostenible. Necesitaban un amor mejor que el que ella podía darles. Necesitaban el amor de Rex. Y solo el de Rex. Tuvo la certeza de que Rex estaría ahora con Willow y con Asher. Protegiéndolos, cuidando de ellos, haciéndolos felices. Sus hijos sentirían un gran alivio al encontrar esa paz sin ella.

Rosie sabía que tenía que salir de aquel círculo vicioso.

Sabía que todas esas cosas eran ciertas.

Así que se puso en pie, llena de energía y convicción, más de la que había sentido en meses. Salió del centro de rehabilitación de Clareton y volvió a encerrarse en su dormitorio.

38

Cuando Willow y Asher regresaron de la playa y volvieron a casa de su madre, todo estaba en silencio siempre. A veces se oía el ruido de las cucharas contra los tazones de cereales. En ocasiones Asher tiraba galletas de la caja o Willow se apoyaba contra la pared después de tropezar. Pero, por lo demás, todo era silencio.

Mientras Asher jugaba con sus muñecos bajo la mesa del desayuno, Willow contemplaba el mundo silencioso a su alrededor. La cocina silenciosa sin su madre allí.

Antes nunca le había parecido que la cocina estuviese desordenada, pero ahora sí. Los armarios tenían las puertas abiertas. Había envases vacíos en la encimera. En mitad del suelo se hallaba una bolsa de basura mal cerrada. Había manchas en las baldosas y platos sucios en el fregadero.

Estaba todo hecho un desastre.

En la cocina y en cualquier otra parte.

Willow metió la mano en el tarro de las galletas donde solían guardar el dinero para la comida, pero estaba vacío. Así que untó unas rebanadas de pan blanco con mantequilla de cacahuete y mermelada para Asher y para ella. Envolvió los sándwiches con papel de aluminio y los metió en sendas bolsas de papel. Entonces llamó a su madre.

—¡Mamá! —gritó desde el pie de la escalera para que su madre bajara y los llevara al colegio.

—¡¡¡¡Mamá!!!! —añadió Asher dando saltos entre risas.

Pero Willow sabía que su madre no iba a bajar.

—Quédate aquí —le dijo Willow a su hermano antes de subir lentamente las escaleras, sin soltarse de la barandilla.

La puerta de su madre estaba cerrada, pero ella agarró el picaporte de todos modos. Sin embargo, no pudo girarlo.

—¿Mamá? —susurró con la boca contra la puerta.

No sabía si el sonido traspasaría la puerta, pero creía que debía hablar en voz baja.

—Mamá, ¿estás ahí?

Silencio.

—Si estás ahí, por favor, sal.

Willow cerró los ojos y deseó que sucediera. Deseó que su madre abriera la puerta con su camiseta de Elton John y los labios pintados de rojo. Dispuesta a divertirse. Dispuesta a amar. Dispuesta a llevarlos al colegio. Lo deseó con todo su cuerpo. Lo deseó desde las plantas de los pies hasta el último rizo de su cabeza.

Giró la cabeza para pegar la oreja a la puerta y, aunque no oyó nada, supo que su madre estaba allí dentro. La sentía respirar. Respirar entre las sábanas revueltas.

Podría haber aporreado la puerta, tirado del picaporte o gritado con más fuerza, pero no lo hizo. Había cierta solemnidad en el ambiente. Una calma extraña. La del ojo del huracán.

Willow se dio la vuelta, bajó las escaleras, le dio la mano a su hermano y juntos se fueron andando al colegio.

39

Rosie oyó los pasos de su hija acercándose a la puerta.

—Mamá —susurró Willow con inocencia—. Mamá, ¿estás ahí? —le oyó decir, pero no tenía fuerzas para responder—. Si estás ahí, por favor, sal.

A Rosie se le rompía el corazón imaginándose a Willow frente a su puerta cerrada con sus *leggings* morados. Se le hacía un nudo en las entrañas al pensar en Willow con la oreja contra la puerta y una mochila llena de CD. Le oprimía el corazón visualizar a Asher abajo, dando saltos con la mochila ya puesta.

Pero, aun así, Rosie permaneció inmóvil. Inmóvil y enredada en las sábanas de su cama. Se quedó tumbada allí hasta oír que su hija se alejaba.

Cuando oyó que la puerta de la entrada se cerraba tras sus hijos, se sintió preparada para poner fin al dolor de su fracaso como madre.

Se sintió preparada para dar a Willow y a Asher el amor estable y saludable que merecían. El amor bueno e íntegro que sabía que Rex podría darles. Porque Rex era listo, auténtico y amable cuando importaba. Era disciplinado y decidido. Era considerado y dispuesto. Y era todas esas cosas en todo momento.

Rosie sabía que le había robado el amor de sus hijos con sus caramelos y su efervescencia. Con sus canciones y sus dibujos. Pero deseaba devolvérselo. Deseaba devolvérselo al hombre que podía amar a sus hijos como merecían ser amados. Por completo y con regularidad. Con responsabilidad y estabilidad.

Agarró el bolígrafo morado que tenía junto a ella y, en letra cursiva, escribió una nota para las tres personas que más quería en el mundo.

Mi Willow. Mi Asher. Y también mi Rex.
Os quiero muchísimo, mis pequeños renacuajos.
Lo siento mucho, por todo.
Mamá.

Dejó la nota en la mesilla y permitió que una avalancha de pastillas se deslizara desde su mano hasta su boca.

Se tragó las pastillas… y después estas se la tragaron a ella.

Hubo un momento de calma antes de que sus músculos se contrajesen.

Rosie dejó escapar un suspiro que nadie pudo oír.

Y lo hizo mientras todo el amor de su corazón —pasado y presente— quedaba libre por el universo.

40

Después del colegio, Willow y Asher estuvieron esperando y esperando a que su madre llegara para recogerlos. Otra vez. Willow estuvo haciendo sopas de letras mientras Asher daba saltos por el pavimento tratando de no pisar ninguna grieta. Otra vez.

Salvo por el chirrido esporádico de los zapatos de Asher contra el asfalto, la escuela ya llevaba en silencio casi una hora cuando Rex apareció en su coche negro. Otra vez.

Willow sintió el miedo burbujeando en su interior. Se tensó al ver el coche de su padre, pensando en tener que subirse a él. Pensando en su madre corriendo por la calle tras él. Recordaba que le había costado respirar en ese coche, con el cinturón de seguridad apretado contra el pecho, el corazón golpeando bajo las costillas y los pulmones tratando de seguir el ritmo de sus lágrimas.

Cuando vio a su padre a través de la ventanilla cerrada del coche, descubrió que de nuevo le costaba trabajo respirar.

Esperó a que su padre bajara la ventanilla y le dijera: «Sube». Pero, en su lugar, Rex se quedó mirando hacia el parabrisas con la mirada perdida. Era una mirada que no le había visto nunca. Y, entre la mirada perdida y la palidez de sus mejillas, supo que algo pasaba.

Asher se subió al coche de un salto y ella lo hizo con reticencia. Asher se abrochó el cinturón y activó sus deportivas de luz chocando una contra la otra, y preguntó:

—¿Dónde eztá mamá?

Willow se estiró en el asiento y se preparó para la respuesta de su padre.

Pero Rex no dijo una sola palabra y se concentró en las líneas amarillas de la carretera que iba tragándose el coche.

El silencio se había vuelto denso y viscoso, pero Willow lo vadeó.

—Sí —dijo—. ¿Dónde está mamá?

Aun así, Rex no respondía.

Y se prolongó el silencio. Silencio denso, espeso, pegajoso y asfixiante.

Pero Willow no soportaba ese silencio que se le pegaba a la piel. Se le colaba por dentro y le impregnaba las costillas. Le envolvía los pulmones y el corazón hasta no dejarle respirar.

Necesitaba una respuesta. Necesitaba una explicación. Necesitaba palabras. Necesitaba sonidos. Si aquel silencio espeso permanecía en sus pulmones durante más tiempo, acabaría por ahogarse. Si aquel silencio viscoso le rodeaba el corazón por más tiempo, dejaría de latir.

—Papá —insistió con severidad—, te he preguntado dónde está mamá.

Apretó las palmas de las manos contra el asiento de cuero. Le exigía una respuesta. Deseaba que su padre le respondiera. Lo deseó tanto que al final lo hizo.

—No va a venir —dijo Rex, e hizo una pausa—. Ha muerto.

El mundo pareció darse la vuelta y entonces todo se detuvo.

Y regresó el silencio. El silencio pegajoso y asfixiante. El silencio viscoso e inabordable. Y, como imaginaba que sucedería, sus pulmones dejaron de inhalar oxígeno, su corazón dejó de latir y ella se quedó allí sentada, ahogándose en el silencio.

Ahogándose en la tristeza. Ahogándose en la pena.

Willow estiró el brazo y le estrechó la mano a Asher sin mirarlo. Ambos lloraron en silencio, sentados en el asiento trasero del coche de su padre.

Sin sonido. Sin mirarse a los ojos.

Sin amor. Sin cariño.

Sin permiso para lamentarse.

41

Los días posteriores a la muerte de Rosie fueron como un torbellino para Willow. Un torbellino doloroso y confuso. Le había destrozado ver a su madre sin los labios pintados. Ver a su madre sin ideas. Sin energía. Encontrarla dormida cuando deseaba ver una película, o hacer una sopa de letras, o que le hiciera cosquillas en el brazo. Le había destrozado mirar a su madre y ver un fantasma. Ver un cuerpo, pero nada real o verdadero en su interior.

Pero, cuando se acostaba por las noches en su cama, en la casa de su padre, la pérdida física de su madre se hacía insoportable. Porque, hasta el momento, Willow había tenido algo junto a lo que acurrucarse. Algo que sentir contra su pecho, contra sus brazos y sus piernas. Pero ahora no había nada. Solo huecos vacíos y huesos doloridos. Agujeros y rincones oscuros.

Y, aunque aquello era el vacío, su peso era profundo. Le oprimía el pecho y la garganta. Le apretaba las costillas y los hombros.

Lo sentía en el colegio y en casa de su padre. Sentada a la mesa de la cafetería y a la mesa de la cocina. En su dormitorio y en clase. Lo sentía cuando salía el sol y cuando se ponía. Lo sentía en todas partes. En todo. En el interior de su cuerpo y en el mundo que la rodeaba.

En todas partes.

A todas horas.

A todas horas.

En todas partes.

Pero, aun así, la noche era el peor momento.

Se quedaba tumbada en la cama con las rodillas dobladas contra el pecho. Apretaba la oreja contra las sábanas y se tapaba la boca con una almohada para amortiguar el sonido de su llanto. No soportaba el sonido de su propia tristeza.

Pero, por mucho que deseara poner fin a las lágrimas, brotaban de sus ojos sin detenerse. Goteaban y se derramaban, fluían y se le caían en la oscuridad de la habitación. Su pecho se expandía y después se contraía con exhalaciones sincopadas. Y después más y más lágrimas.

Se despertaba por la mañana sin recordar cómo había conseguido dormirse, y arrastraba los pies escaleras abajo con la cara salada por las lágrimas secas.

Rex estaba sentado allí con su café, como siempre. Giraba la cabeza al oír a su hija entrar en la cocina arrastrando los pies. Y entonces la miraba. Miraba a través de ella.

Y, cuando Willow lo miraba a los ojos, el vacío y la soledad volvían a invadirla.

¿Cómo sería vivir con su padre? Siempre. Con todas las cosas malas.

¿Cómo sería vivir sin su madre? Sin amor. Sin todas las cosas buenas.

Se hacía esas mismas preguntas una y otra y otra vez.

<h1 style="text-align:center">42</h1>

Rex pensaba que el peor día de su vida ya había pasado cuando recibió la llamada y supo que Rosie había muerto, pero hoy en el funeral fue mucho peor. El mar de ropa negra. Las lágrimas y los suspiros. Los abrazos, los lamentos y los corazones rotos por Rosie. Los corazones rotos también por Willow y por Asher.

Rex se sentía mareado.

Pensaba en sus hijos mientras los amigos de Rosie, muchos amigos de Rosie, se acercaban en parejas, agarrados del brazo, a su ataúd. Mientras se agachaban y le daban un beso a Rosie en la mejilla. Mientras pasaban las manos por su flequillo, todavía rizado. Mientras lloraban sobre su cuerpo.

A Rex le mareaba eso también.

Dio tres pasos cortos hacia el ataúd y no supo si podría llegar hasta allí. No supo si podría soportar ver su cuerpo vacío de vida, cuando antes tenía tanta.

Sintió una mano amable en la espalda y siguió caminando hacia la madre de sus hijos. Deslizó un dedo por la caoba del ataúd y miró a Rosie. La Rosie pura y torturada. Se quedó mirando sus párpados, deseando que los abriera. Que los abriera y pusiera fin al dolor de aquella habitación. Que los abriera y lo mirase. Que los abriera y le dijese cómo ser un padre para sus hijos. Cómo ser un padre y una madre para sus hijos. Cómo hacerlo mejor. Pero solo hubo silencio. Mucho silencio. Silencio duro y áspero.

Se quedó allí parado, mirándola, y recordó que antes deseaba que Rosie pudiera encontrar la paz. Que pudiera dejar de girar y de vibrar y se relajara. Y allí estaba Rosie, por fin en paz. Y a él se le rompía el corazón.

Al darse la vuelta para regresar a su asiento, deseó que hubiera alguien allí esperando para abrazarlo. Deseó que ese alguien fuera Rosie. Y después deseó que fueran Willow y Asher. Deseó poder estrechar a su hija entre sus brazos. Deseó poder encontrar la calma en las mejillas sonrojadas y en los ojos grandes de Asher. Se preguntó si sus hijos podrían abrazarlo.

Pero entonces recordó por qué no estaban allí. Él no quería que Willow y Asher tuvieran que ver a su madre sin vida. No quería que vieran a alguien que antes estaba llena de vida tan fría e inerte. Que vieran muerta a una mujer que antes estaba tan viva. No quería que tuvieran que llevar a cuestas aquella terrible imagen.

No quería que vieran a su padre con los ojos rojos. No quería que vieran a su padre tan impotente.

No quería que tuvieran que volver a ver y a sentir todas las cosas que ya sabían que habían perdido.

En su lugar, llamó a Roy y le preguntó si podría ir desde Nueva York y quedarse con Willow y con Asher. Y Roy dijo que lo haría sin dudar.

Rex creía que sabía lo que estaba haciendo. Creía que estaba haciendo lo correcto.

43

Cuando Willow se despertó, bajó las escaleras y encontró a Roy en el sofá, supo que no era un día corriente.

—Hola, Willow —le dijo él de manera informal, aunque con cierta tensión en los hombros—. Tu padre me ha pedido que os cuide a Asher y a ti mientras él está fuera.

—Ah —respondió ella con la misma informalidad forzada, y después fue a buscar a Asher, que estaba jugando en la habitación de al lado—. ¿Dónde crees que ha ido papá? —le preguntó a su hermano, sabiendo que él tampoco lo sabría, pero quizá fuese capaz de consolarla de alguna manera.

—Zegudo que ha ido a compadnoz un degalo —respondió Asher sin levantar la mirada de sus muñecos. Y Willow sonrió.

Pero cuando, algunas horas más tarde, Rex entró por la puerta de casa con un traje negro de raya diplomática y corbata de seda negra, Willow confirmó que no era un día corriente. Rex nunca llevaba traje y corbata los fines de semana. ¿Y por qué había ido Roy desde Nueva York?

Willow vio que su padre se iba directo a su despacho con la cabeza gacha y la mirada clavada en el suelo. Luego vio que Roy lo seguía con una mano apoyada en el hombro.

Willow los siguió varios pasos por detrás y pegó la oreja a la puerta corredera del despacho.

—Roy, ha sido horrible. Todo ha sido horroroso.

—Lo siento, Rex. Lo siento mucho.

—Ni siquiera sé cómo hablar de ello… Todas esas personas, todas jóvenes como nosotros, llorando y abrazándose. Un funeral para una mujer de treinta y seis años es algo muy difícil. Es algo que nunca esperas tener que experimentar. Ojalá no hubiera tenido que verlo. Ha sido horrible. Rosie, el amor de mi vida. Mi exmujer. La madre de mis hijos. La madre de mis hijos, Roy. Muerta a los treinta y seis años.

Hubo una breve pausa. Willow no podía verlo, pero se imaginaba a su padre con la cabeza apoyada en las manos.

—Maldita sea, Roy. No puedo creerlo. Es imposible.

Otro momento de silencio.

—Gracias por venir a cuidar de los niños —dijo su padre con la voz rasgada—. Gracias por estar aquí.

Willow se imaginó a Roy junto a su padre, con esa misma mano sobre su hombro.

—Por supuesto, amigo —respondió Roy.

Lo que Willow acababa de oír era absolutamente intolerable.

Su padre no les había contado a Asher y a ella lo del funeral de su madre. Era su madre. Era el funeral de su madre. Ella quería estar allí. Merecía estar allí. Lo necesitaba.

Descubrió que le temblaban las manos y la cabeza le daba vueltas. Sintió el calor en las orejas y la presión en la garganta. Y de pronto se le humedeció la entrepierna. Se quedó de pie frente al despacho de su padre con el pis resbalando por sus piernas hasta ser absorbido por los calcetines.

Deseaba haber estado allí para despedirse de su madre.

Deseaba haberla visto con los labios pintados de rojo una vez más. Aunque esos labios pertenecieran a un cuerpo rígido y frío, metido en un ataúd.

Aunque no se pareciera en nada a la madre que ella recordaba.

44

Rex les dijo a Willow y a Asher que podían quedarse en casa sin ir al colegio durante dos semanas tras la muerte de Rosie. Y después les dijo a sus hijos que lo mejor sería que «volvieran a la normalidad».

Pero aquella explicación no significó nada para ellos. Para Asher, «normalidad» era una palabra que todavía no había entrado en su vocabulario. Y, cuando su padre lo miró esperando una reacción, él se limitó a sonreír y siguió jugando con sus muñecos. Para Willow, la normalidad no era algo a lo que pudiera volver. Nunca había sido normal, y tampoco lo había sido el mundo que la rodeaba. Jamás había aspirado a ser normal. Rex miró a Willow esperando una reacción, pero ella se limitó a darse la vuelta y marcharse. Su padre no la entendía. En absoluto. Ni antes ni ahora.

Cuando la semana acabó y Rex dejó a sus hijos en el colegio aquella mañana, Willow advirtió la incomodidad en el aire a su alrededor. Sabía que la gente había oído la noticia de la muerte de su madre. Sabía que todos hablarían de ello por los pasillos.

Aquello fue innegable cuando entró por la puerta del colegio y Patricia y Amanda, con su mismo pelo rubio y sus faldas rosas a juego, la señalaron con el dedo.

A Willow se le dobló la rodilla y su Converse negra rechinó contra el linóleo verde. Pero se recolocó la mochila y siguió caminando mientras las cabezas se giraban a su paso como nunca antes. Porque la niña de la madre muerta había vuelto a clase.

A medida que pasaba el tiempo, Willow advirtió que había principalmente dos reacciones a la niña de la madre muerta: compasión y miedo. Y ella tenía que lidiar con los compasivos y los miedosos una y otra y otra vez.

Los compasivos eran el grupo de madres con coches negros y camisetas blancas. Y también algunos profesores, que antes la ignoraban, incluso cuando tenía la mano levantada y la respuesta correcta en la punta de la lengua. También la mujer del comedor, que antes se negaba a darle una galleta extra, aunque sí que le daba una a Jackie Milham, que estaba dos niñas más adelante en la fila.

Los compasivos se acercaban a Willow con los brazos abiertos y el ceño fruncido. Se agachaban frente a ella con arrugas en la frente y muecas de tristeza, aunque sin un rastro de empatía en la mirada.

—Sentimos mucho lo de tu madre —le decían—. Si alguna vez necesitas algo, llámame, ¿de acuerdo? —Después le daban un abrazo y le frotaban la espalda en círculos.

Era todo una mierda.

Willow veía cómo aquellas mujeres miraban a su madre cuando Rosie doblaba la esquina con Lili Von. Sabía lo que pensaban del coche azul brillante y de sus ojos saltones. Veía cómo sacudían la cabeza con desdén cuando su madre subía el volumen de la música y bajaba las ventanillas. Veía cómo ponían los ojos en blanco cuando su madre llamaba a la puerta de clase y decía: «Necesito llevarme a Willow para… una cita médica».

La compasión provocaba aquel histrionismo con los brazos y el ceño fruncido, pero Willow habría preferido la verdadera empatía. Unos ojos que verdaderamente transmitieran tristeza. Un abrazo que significara que de verdad podía llamar si necesitaba algo. De alguien. De cualquiera.

Y luego estaban todos los demás. Y todos los demás eran los miedosos.

Eran el resto de profesores y empleados del colegio. El resto de alumnos de su clase. Incluso Alexandra, a quien consideraba su amiga después de haberla ayudado con su collar. Willow sentía sus miradas a todas horas. Cuando estaba sentada, o haciendo sopas de letras, o comiendo. O incluso respirando.

Y, cuando se daba la vuelta, pillaba a los miedosos mirándola, incapaces de parpadear. Y tal vez fuera porque nunca habían conocido a nadie que hubiera estado tan unido a alguien que ahora había muerto. Tal vez fuera porque esperaban algún tipo de manifestación física del dolor. Una cara compungida, un enorme brazalete negro en el brazo para manifestar el luto. Y, aunque Willow sabía que esas cosas no existían, los miedosos la observaban con atención.

El miedo había hecho que la mirasen con intensidad cuando realizaba las actividades banales que siempre había realizado. Pero ella habría preferido la empatía. Que alguien le preguntara: «¿Cómo estás?». O «¿Estás pensando hoy en tu madre?».

O cualquier cosa.

Más que nada, Willow deseaba que los compasivos y los miedosos la dejaran en paz. Quería que se fueran todos, pero, cuando lo pensó mejor, llegó a la conclusión de que los abrazos de las madres con coleta y camiseta blanca resultaban reconfortantes de todos modos. Era agradable recibir un abrazo, aunque fuera un segundo. Era agradable que le frotaran la espalda. Era agradable, aunque ella no les devolviera el abrazo. Aunque en realidad a aquellas madres nunca les hubiera caído bien su madre.

45

Pasado un mes, los abrazos de las otras madres se terminaron y nadie volvió a tocar a Willow. Nadie le hacía cosquillas en el brazo antes de dormir, ni le dejaba sentarse en su regazo. Nadie le pasaba los dedos por el pelo ni le daba la mano al cruzar la calle. Nadie la abrazaba ni la besaba. Nadie se rozaba con ella por los pasillos del colegio.

Aquello dejó un anhelo insaciable sobre su piel.

Y, sin pensarlo de forma deliberada, comenzó a alimentar ella misma ese anhelo. Se succionaba los brazos mientras los profesores escribían en la pizarra. Doblaba el brazo y apoyaba la cara en el hueco del codo, situaba los labios sobre la piel y empezaba a succionar, como un bebé lactante. Y succionaba tan deprisa y con tanta frecuencia que empezaron a quedársele manchas rojas en los brazos.

Y luego estaba el trenzado y el destrenzado del pelo. Todos los días. Incesantemente. Hasta ahora, sus rizos habían sido mullidos y suaves. Pero ahora, el roce constante había hecho que cobraran vida propia. Cada mechón salía de su cuero cabelludo en direcciones diferentes, como si trataran de escapar. Cada bucle desarrolló una red protectora de pelo encrespado. Con tanto trenzado y destrenzado, tanto retorcer y estirar, empezaron a formársele nudos en la cabeza.

Y luego estaban los arañazos del omóplato izquierdo. Rex se

dio cuenta antes incluso que ella. Vio que su hija pasaba la muñeca derecha por encima del hombro izquierdo y comenzaba a rascarse la espalda. Arriba y abajo, arriba y abajo, hasta que comenzó a sangrarle el hombro. E incluso cuando se le formaban costras en las heridas, Willow seguía rascándose y rascándose hasta que se le caían y comenzaban a sangrarle de nuevo.

Entre el daño colateral de la piel succionada, los tirones de pelo, los arañazos en el hombro, los ojos rojos de las noches sin dormir y el leve olor a orina que la seguía a todas partes, Willow Thorpe se había convertido en una especie de monstruo apenas reconocible.

Cuando pasaba junto a sus compañeros, sus profesores o incluso algunos desconocidos, veía que fruncían el ceño al verla rascarse y succionarse la piel sin control.

Mientras recorría el camino de la entrada tras otro día primaveral en el colegio de primaria Robert Kansas, Willow advirtió que su hermano llevaba los bolsillos inusualmente llenos. No era extraño que Asher se guardase cosas en los bolsillos. Siempre encontraba objetos que quería llevarse consigo, cosas con las que estaba seguro de que jugaría más tarde, aunque en raras ocasiones lo hacía. Palos con formas raras, un centavo aplanado, flores extrañas, paquetitos de kétchup.

Pero aquel día llevaba los bolsillos más llenos que de costumbres. Al entrar por la puerta, Willow abrió la boca para preguntarle por ello, pero acto seguido decidió guardar silencio. No le apetecía hablar. Así que siguió su habitual camino a través del recibidor, escaleras arriba hasta llegar a su habitación. Sus huesos la trasladaron de manera natural hasta la cama, con el nuevo libro de sopas de letras que su padre le había comprado. Y después comenzó a escudriñar la página como hacía todas las tardes. Apoyó la cabeza en su enorme cojín de encaje azul con la esperanza de encontrar paz en la monotonía de rodear letras con un bolígrafo.

Pero entonces llamaron a la puerta y oyó la voz de Asher al otro lado.

—Willow, ¿eztáz ahí?

—Sí, Ash. Pasa.

Ash empujó la puerta de su hermana y se quedó allí de pie, con su abrigo verde de capucha y los bolsillos llenos.

Willow se rio un poco. Parecía tan pequeño, tan tonto, con esas manitas y esos bolsillos tan grandes.

—Ash, ya no estamos fuera. Puedes quitarte el abrigo.

Asher se metió las manos en los bolsillos y comenzó a rebuscar.

—He tenido que id a la enfedmedía del colegio podque me he hecho daño en el dedo dudante el dequeo. Y he vizto que la enfedmeda tenía muchaz tiditaz. Y cuando no midaba me he llevado muchaz pada ti.

—¿Tiritas?

—Zí. Pada tuz bazoz. Laz manchaz. Padece que te duelen y quizá quiedaz tiditaz.

Willow sintió que los ojos se le llenaban de lágrimas. Eran lágrimas de vergüenza. Vergüenza por no poder contener su dolor.

Eran lágrimas de amor. Amor hacia su hermano pequeño, que quería cuidar de ella.

Eran lágrimas de alivio. Alivio al ver que alguien se preocupaba por ella.

Se quedó callada mirando a su hermano e intentó tragarse el nudo que tenía en la garganta.

Entonces Asher siguió hablando.

—Bueno, ez que no zabía zi teníamoz en caza o no.

Willow se quedó con la mente en blanco y todo su cuerpo se relajó. Miró a su hermano a los ojos, azules y cercanos. Y él la miró también a los ojos, marrones, tristes y apagados.

—Aquí tienez, Willow —le dijo, y empezó a sacar tiritas del bolsillo, una detrás de otra. Formó una gran sonrisa con ellas en el suelo, después sacó la última que le quedaba y retiró el papel adhesivo.

Willow estiró el brazo sin decir nada; el brazo delgado y lleno de moratones. El brazo delgado y necesitado. Y dejó que su hermano fuese poniéndole tiritas sobre la piel.

Le observó en silencio mientras lo hacía. Con tanta ternura, con tanto cariño.

Se preguntó qué clase de tiritas necesitaría él. Se preguntó qué le dolería a él.

Debía de dolerle algo también.

Pero, cuando le hubo puesto todas las tiritas en los brazos y el suelo de su habitación quedó lleno de papelitos adhesivos, Asher sonrió y salió dando saltos del dormitorio con el abrigo verde en la mano. Sus deportivas con luz se iluminaban mientras se alejaba por el pasillo.

Willow se fue al cuarto de baño para ver reflejada en el espejo su nueva armadura de tiritas. Estaba ridícula, con los brazos llenos de tiritas beis que no hacían juego con el color de la piel. Tiritas que Asher le había pegado azarosamente. Y se rio. Se rio y se rio hasta que empezó a llorar. Lloró lágrimas de tristeza, pero también de felicidad. Lágrimas de angustia, pero también de esperanza.

Era la primera vez que permitía que alguien que no fuera su madre la quisiera tan abiertamente. La primera vez que permitía que alguien cuidara de ella, que la consolara y la mimara.

Y era agradable.

Porque durante mucho tiempo había ahuyentado a todo aquel que no jugara con ella, que no hablara con ella y que no la quisiera como a ella le gustaba. No cedería ante nadie. Pero eso era un grave error. Un error que muchas personas a su alrededor también cometían.

Sin embargo, parte de aquello comenzaba a diluirse y dejaba al descubierto algo puro y hermoso.

46

Cuando Rex miraba a su hija, se sentía perdido. Deseaba ayudarla, curarla, pero no sabía cómo. Veía los moratones, los arañazos y los ojos inyectados en sangre. Le lavaba las sábanas por las mañanas, cuando amanecían empapadas de orina.

Creía saber qué cosas la ayudarían. Unas palabras de ánimo por una buena puntuación en un concurso de deletreo. Una caricia en la espalda al bajarse del escenario tras una representación perfecta en su recital de piano. Un beso de buenas noches. Un abrazo paterno. Cualquiera de esas cosas podría haber acabado con el pelo encrespado y las marcas rojas sobre la piel. Cualquiera de esas cosas podría haber derribado aquel muro invisible de ladrillo entre Rex y su hija. Pero ¿cómo iba a hacer aquellas cosas después de todo lo que había ocurrido? Después del enorme espacio que él había creado entre ellos.

Rex se había preparado exhaustivamente para la paternidad, pero nada podía prepararle para gestionar aquello. La mujer adicta a las pastillas. El divorcio. La exmujer adicta a las pastillas. La exmujer a la que sus hijos adoraban. A la que él había adorado y a la que todavía echaba de menos. La súbita y trágica muerte de su exmujer. El hijo, pequeño e inocente, que no mostraba signos de haber interiorizado nada de lo que estaba sucediendo. La hija que no le quería y que quizá nunca le quisiera. La hija de once años que todavía mojaba la cama y que todavía debía llevar un cambio de ropa al colegio. La hija cuyo cambio de ropa era una prenda exactamente igual a la anterior.

¿Cómo iba a saber decirles a sus hijos que su madre había muerto? Recordó aquel momento en el coche, cuando les dijo simplemente que había muerto. Recordó el silencio, la densidad del aire, después el sonido de las lágrimas. Se le rompía el corazón por sus hijos. Ni siquiera pudo darse la vuelta y mirarlos. Enfrentarse cara a cara con su tristeza. Enfrentarse cara a cara con sus fracasos.

¿Cómo iba a saber qué hacer? ¿Cómo actuaba un padre en un momento así? ¿Cómo se perdonaría a sí mismo por haberles dado la noticia de esa manera tan tajante?

¿Y cómo iba a saber que un padre debería permitir a sus hijos llorar en el funeral de su madre? Deseaba ahorrarles ese dolor. Ahorrarles ver a su madre en un ataúd. Pero, al encontrar aquel charco de orina donde supo que había estado Willow, se dio cuenta de que su decisión de protegerlos era errónea. Supo entonces, cuando ya era demasiado tarde, que había cometido un error colosal.

Pero ¿cómo iba a saber ser padre en esos momentos? ¿Cómo se perdonaría por privar a sus hijos de la oportunidad de despedirse?

¿Cómo iba a ser un padre para sus hijos, que querían tanto a su madre? ¿Cómo iba a ser un padre para sus hijos, que no debían exponerse a los defectos de su madre? ¿Cómo se perdonaría a sí mismo por no haber hecho más para salvar a sus hijos y a su madre?

Rex se dio cuenta de lo que sucedía aquella mañana en la que encontró a sus hijos acurrucados en la cama de Rosie, con la cara pintada y ropa de lentejuelas tras pasar la noche bailando con *Rocky Horror Picture Show*. Recordaba que él también se había visto arrastrado a esa ridiculez cuando vivía con Rosie en Manhattan; y le había encantado. Recordaba haber llevado esmalte de uñas, lápiz de ojos y a veces una boa, se sentía incómodo con su traje, pero era feliz con Rosie tumbada encima. Se daba cuenta con claridad de que sus hijos estaban experimentando aquella misma sensación de verse arrastrados por el tornado de amor de Rosie.

Él conocía bien aquel tornado. Sabía que primero vendrían las medias de rejilla y la sombra de ojos azul, los besos y el amor. Y después vendría el dolor, cuando ella se retirase y se llevase consigo su amor. Porque aquel ritmo de medias de rejilla, sombra de ojos, besos y amor no era sostenible. Su tornado de amor siempre dejaba secuelas. Destrozos a su paso.

Lo sabía porque él mismo había sufrido esos destrozos. Aún se sentía destrozado. Y le daba miedo pensar en lo que les ocurriría a sus hijos cuando el tornado de Rosie cobrara fuerza, porque sabía lo que ocurriría. Debería haberlos protegido. Pero ¿cómo ser un padre que alejara a sus hijos del amor de su madre? Y, al mismo tiempo, ¿cómo no hacerlo?

Había muchos abismos. Muchos puentes que tendría que construir desde cero.

—¿Cómo? —se preguntó mientras apretaba la barbilla contra el pecho—. ¿Cómo?

Mientras, una empatía desconocida hasta entonces recorría su cuerpo. En parte aquella sensación le dolió, pero también le reconfortó. Era un comienzo.

Rex empezó a prestar más atención a su hija en las semanas posteriores a la muerte de Rosie, y advirtió en ella un fuego que nunca antes había visto. Vio la intensidad en sus ojos. La determinación de su barbilla. La firmeza en sus pasos.

También veía tristeza y rabia en todos sus gestos, pero eso ya lo conocía. Eso se lo esperaba. Pero el fuego y la intensidad que presenciaba eran algo nuevo y sorprendente. Aunque sabía que su hija estaba sufriendo, se sintió orgulloso al ver que Willow poseía también aquellos rasgos. Rasgos que él valoraba. Rasgos que él mismo poseía también. Jamás había experimentado esa conexión con su hija.

Willow y él se habían dejado invadir por Rosie. Ambos dependían sin darse cuenta de su amor especial y único. Y entonces se lo arrebataron. Lenta y dolorosamente. Se lo arrebataron cuando más lo necesitaban. Y, al perder a Rosie, ambos se habían endurecido. Con la tristeza, la rabia y el dolor. Mucha tristeza. Mucha rabia. Mucho dolor.

Aun así, ahora compartían algo. Algo visceral y muy real.

Y entonces un torrente de culpa lo inundó por dentro. Culpa por haber descuidado a Willow durante los últimos años. Culpa por habérsela dejado a Rosie poco después de que naciera. Era ingenuo pensar que su hija no tuviera espacio para su amor. Claro que lo tenía. Él era su padre. Solo hacía falta buscar ese espacio. Tenía mucho amor que darle y debería haberse esforzado más en dárselo. Su hija era muy pequeña y lo habría absorbido sin problemas. Habrían sido todos mucho más felices. Todavía podían serlo.

Y entonces Rex se llenó de esperanza. Esperanza de poder tener un futuro en el cual fueran mucho más felices. Juntos y por separado.

Tendrían que cambiar algunas cosas, tanto Rex como su hija. Pero él era su padre y el primer paso sería suyo. Estaba decidido. Convencido. Lo sentía con fuerza en el corazón y en todo su cuerpo.

Siempre había estado claro que, cuando Rex Thorpe quería algo, se aseguraba de conseguirlo.

Y quería ser mejor. Necesitaba ser mejor. Mucho mejor.

Mejor que el hombre que daba la espalda a su hija en vez de enseñarle a dar una patada a un balón.

Mejor que el hombre que miraba hacia otro lado cuando su hija aparecía en la cocina con su ropa favorita.

Mejor que el hombre que se mostró frío al decirles a sus hijos que su madre había muerto. Mejor que el hombre que no los invitó al funeral de su madre.

Mejor que el hombre que no daba a sus hijos suficientes besos. Suficientes abrazos. Suficiente amor.

Sí, sería mucho mejor.

Estaría más disponible, más abierto y más libre para amar.

Como Rosie.

Por primera vez en muchos meses, volvió a pensar en su exmujer con cariño. Deseaba conectar con Willow y nadie sabía cómo hacerlo mejor que Rosie. Era cierto cuando Willow era pequeña y seguía siendo cierto ahora, incluso tras la muerte de Rosie.

Cerró los ojos y pensó en Rosie. Admiró a Rosie. Con sus rarezas y sus vestidos de estampados florales. Con sus tonterías y sus labios rojos. Con su piel de terciopelo. Con su melena libre y rizada. Con su amor único, que ofrecía a todo aquel que la rodeaba. Con su amor único, que supo inculcar en el corazón y en los huesos de sus hijos. Sobre todo en Willow.

Cerró los ojos con más fuerza y se comunicó con Rosie.

Aunque no pudiera ser su esposa, aunque ya no pudiera ser la madre de Willow y de Asher, y aunque ya no pudiera estar allí, Rex todavía deseaba sentir una parte de ella en su interior. Todavía necesitaba sentirla dentro de él. Con ella era mejor. Más ligero. Más feliz. Aunque fuera por accidente.

Y podría volver a ser mejor. Solo necesitaba un poco de Rosie. Y Willow también.

47

Cuando Rex detuvo el coche frente a la casa de Rosie, a Willow le dio un vuelco el estómago. La fachada de la casa estaba como siempre: con los parterres rebeldes, la hiedra que trepaba por los ladrillos y la puerta roja con la pintura descascarillada.

Rex se volvió hacia sus hijos, sentados en el asiento trasero, y les entregó dos cajas de cartón vacías a cada uno.

—Podéis llenar esas dos cajas y llevároslas a casa. Yo me encargaré del resto de cosas.

Aquellas dos sencillas frases hicieron que a Willow le hirviera la sangre. Y le hirvió la sangre con tanta fuerza que tuvo que aferrarse a la puerta del coche para no gritar. Se quedó allí sentada, en silencio, mientras en su cabeza explotaba un sinfín de pensamientos.

«¿Poner mis cosas en dos cajas? ¿DOS CAJAS? ¿Quieres que lo meta todo en dos cajas, papá? Yo tenía una vida en esa casa. Tenía juguetes con los que jugaba. Tenía cuadros en las paredes. Libros en los que anotaba cosas. Cartas que guardé de mamá. Tenía cosas en esa casa. Muchas cosas. Y sé que piensas que las cosas que nos gustan a mamá y a mí son estúpidas, pero a mí me gustan. Me gusta mi colección de piedras para lanzar y me gustan los cuencos deformes que hice con arcilla y pinté de colores. Tengo muchas cosas que quiero llevarme conmigo. Dos cajas no son suficientes cajas para todas esas cosas.

¿Llevárnoslas a casa? ¿A CASA? ¿Crees que la tuya es una casa? Tu casa no es un hogar. Tu casa no es más que una construcción. Porque el aire acondicionado siempre está demasiado alto y no haces más que decir «shh». Porque a veces llevas a desconocidas, cuando crees que estoy durmiendo. La casa de mamá es mi casa. Porque ahí el amor y la risa cobran vida. Y allí se canta, se baila, se cocina y se crea. La vida era emocionante en esa casa. En ese hogar. Y, aunque mamá ya no esté ahí, sigue habiendo vida en ese hogar. No se parece en nada a tu casa.

¿Te encargarás del resto? ¿ENCARGARTE?

¿Qué es para ti encargarte de algo, papá? ¿Obligar a tu hija a vaciar el lavavajillas todas las noches?

¿Exigirle a tu hija que meta veinticinco centavos en un bote cada vez que diga «o sea» o «jopé»?

¿Es apagar las luces del dormitorio de tu hija sin darle un beso de buenas noches? ¿A veces sin ni siquiera dar las buenas noches?

¿Te parece que encargarte de las cosas es empujar una y otra vez tu cuerpo desnudo contra el cuerpo desnudo de una mujer en medio de tu cuarto de baño sin darte cuenta de que tu hija está allí de pie viéndolo todo? No creo que tú sepas encargarte de nada, papá.

No creo que puedas encargarte de las cosas de mamá. Y no creo que puedas encargarte de mí.

Quiero a mi madre. La necesito».

Todo su cuerpo se tensó en el asiento trasero de aquel coche y después se derritió al pensar en lo mucho que echaba de menos a su madre. Al ver su casa por la ventanilla del coche. Entonces los latidos de su corazón se tranquilizaron, sus pulmones se relajaron y ella soltó al fin la puerta. Rex se quedó sentado al volante mientras sus hijos arrastraban los pies hacia la entrada y cruzaban la puerta delantera.

En cuanto Willow abrió la puerta, le invadió el aroma floral de su madre. Aunque Rosie se hubiera ido, ella aún la sentía en cada rincón de su hogar. En los suelos de madera gastados. En los pinceles desperdigados por el suelo del salón. En el mural abstracto de la pared de la entrada. En los libros a medio leer y con anotaciones que había sobre la mesa de la cocina. Fue casi como si su madre fuese a entrar en cualquier momento y a terminar de pintar, de leer o de cocinar. Y entonces se imaginó que sucedía. Se imaginó a su madre entrando por la puerta y agarrando un pincel como si nada hubiese ocurrido. Se la imaginó leyéndole un libro. Entregándole una cuchara de madera para que removiera la masa.

Willow pasó una hora metiendo cosas de la casa en sus dos cajas y después sacando cosas de las que pensaba que podría desprenderse. Luego metía algo nuevo en su lugar y al final volvía a meter el objeto original. Para luego volver a sacarlo para dejar sitio a otras cosas. Después intentó recolocar el maquillaje, las joyas, los libros, los juguetes, los rotuladores, las fotos, los *leggings* morados y las Converses negras en sus dos cajas para dejar sitio para más maquillaje, más joyas, más libros, más juguetes, más rotuladores, más fotos, más *leggings* morados y más Converses negras.

Pero ninguna combinación de objetos en esas cajas satisfaría a Willow. Y ella lo sabía. Así que, transcurrida otra hora, se agachó, agarró los bordes de cada caja y arrastró por el pasillo las pocas reliquias de su madre que le permitían quedarse. Al pasar frente a la puerta blanca del dormitorio de su madre, no pudo resistir la tentación de entrar una última vez.

La enorme cama de matrimonio en la que se había quedado dormida tantas veces seguía sin hacer. Había envoltorios de caramelos en la mesita de noche. Y dos pajitas abiertas de azúcar picapica encima. Al ver aquellas pajitas moradas y blancas, sintió un nudo en la garganta y presión en el corazón. Notó que empezaban a formarse lágrimas, a la espera de poder salir.

Pero ¿qué ocurriría si seguía llorando? Si seguía sintiéndose triste, o asustada, o enfadada. ¿Quién le haría caso? ¿Quién la abrazaría?

Sin su madre, Willow sabía que la respuesta era «nadie».

Así que, por pura fuerza de voluntad, deshizo el nudo que sentía en el estómago, esperó unos segundos a que las lágrimas se evaporasen de sus ojos y siguió arrastrando las cajas por el pasillo. Aquella determinación de independencia era algo nuevo para Willow Thorpe. Le resultaba extraña mientras circulaba por sus venas, fortalecía sus músculos y reforzaba su alma. Pero sabía que lo necesitaba. Sabía que seguiría necesitándola. Así que dejó que le impregnara los huesos mientras arrastraba las cajas hasta sacarlas por la puerta.

Cuando salió de la casa, Rex agarró sus dos cajas y las dos de Asher y las metió en el maletero del coche. Se fueron de allí sin decir una palabra.

Willow fue sentada en silencio, sin llorar, haciendo inventario de todas las cosas que le habría gustado que fueran en el maletero de su padre con sus dos cajas. El viejo baúl lleno de chaquetas de lentejuelas. Las pelucas rosas y los tocados de flores. Los sombreros de vaqueros, las gafas falsas y las boas de plumas del cajón inferior del armario de su madre. El dibujo a carboncillo que colgaba de la pared del salón y que habían hecho Asher, su madre y ella un día en que nevaba tanto que solo se veía blanco al mirar por la ventana. La escultura del pasillo que ella escogió en una feria de manualidades celebrada en un almacén al que tardaron una hora en llegar una tarde en la que debería haber estado en clase. La cámara que guardaba todas las fotos que hizo de las olas rompiendo contra las rocas al amanecer, de cuando su madre la despertó antes de que saliera el sol y la llevó al océano. Los cortapastas con formas raras con los que elaboraban postres que se comían antes de terminarse las verduras.

Willow deseó haber podido llevarse su colcha morada, que olía al perfume de su madre. O el globo de nieve casero con versiones diminutas de arcilla de su madre, de su hermano y de ella, con el bañador puesto, saludando bajo una tormenta de copos brillantes.

Deseaba haber podido arrancar la pintura de las paredes de Asher y haber creado un escondite secreto en el bosque, detrás de la casa de su padre.

Deseaba haber podido guardar la casa entera en el maletero de su padre. Cada centímetro de aquella casa, cada cosa que contenía, era un recuerdo. Era parte de su madre, parte de sí misma. Deseaba vivir para siempre rodeada por el abrazo mágico de todas esas cosas. Pero, a cada kilómetro que avanzaban, a cada árbol que veía pasar por la ventanilla, Willow se alejaba más y más de todas aquellas cosas. Se alejaba de su madre.

Y entonces Asher rompió el silencio con algo simple y profundo a la vez.

—Papá, ¿cómo ocudió? ¿Cómo mudió mamá? —preguntó mientras chocaba sus deportivas de luz.

Rex estiró la espalda y apretó el volante con las manos. Se quedó callado unos segundos.

—Fue un accidente —respondió. Y entonces se quedó callado durante demasiado tiempo—. Un accidente de coche.

Otra larga pausa. Suspiró.

Y volvió a callarse.

48

En cuanto sus hijos se marcharon al colegio al día siguiente, Rex sacó las viejas llaves del cajón de los calcetines, llamó a Roy y le preguntó si podía ir desde Nueva York y cuidar de los niños otra vez durante un par de días. Era un gran favor, pero sabía que era importante. Y Roy era la clase de persona que siempre le hacía un favor a un amigo que lo necesitaba. Roy había estado manteniendo regularmente el 299 de la calle 82 Este durante esos años, pero Rex sabía que había llegado el momento de ir a verlo en persona.

—Sabes que te ayudaré siempre en todo lo que pueda, Rex —respondió Roy con sinceridad—. Puedo estar allí antes de que los niños vuelvan a casa del colegio.

Nada más oír aquellas palabras, Rex se montó en el coche y condujo hasta el 299 de la calle 82 Este sin detenerse. Condujo pensando en Willow, en Asher y en Rosie, con *Leather and Lace* sonando por los altavoces. Condujo hasta el apartamento que no había visitado desde hacía años. El apartamento al que a veces se trasladaba su mente. El lugar donde Rosie era perfecta. El lugar donde él era mejor.

Durante esos años, Rex nunca había querido renunciar a ese apartamento. Sobre todo sabiendo que le había dado una llave a

Rosie por si quería refugiarse allí. Y ahora, más que nunca, se alegraba de haberlo hecho. Necesitaba ese lugar. Quizá tanto como Rosie necesitaba saber que era una alternativa, una vía de escape.

Él sabía que tal vez Rosie no pudiera ser Rosie en un tranquilo pueblo de Virginia. Igual que sabía que tal vez Rosie no pudiera ser esposa sin la energía de la ciudad. Sin las cosas, la gente y el movimiento de la ciudad. Igual que sabía que tal vez Rosie no pudiera ser madre sin la vibración del mundo que giraba a su alrededor.

Y no podía saberse con certeza si fueron la ausencia de la vida en la ciudad, las hormonas que se descontrolaron tras el nacimiento de su hijo o las vicisitudes naturales de la química de Rosie, pero la verdad era que Rosie dejó de ser ella misma poco después de mudarse. Sucedió de un modo que Rex sabía que no tendría remedio. No podría dar marcha atrás recurriendo a sus abrazos, ni a sus hijos, ni a la oferta de regresar todos juntos al apartamento del 299.

Rex no quiso deshacerse de él ni siquiera cuando Rosie le devolvió la llave y supo que jamás volverían a vivir allí juntos. Sabía que tenía que mantenerlo, aunque fuera en un sueño lejano.

Y, en cuanto atravesó el umbral de la puerta, recordó con claridad por qué se lo había quedado. Se lo había quedado porque allí había restos de la Rosie de la que se había enamorado. Restos de ella que estarían allí para siempre. Restos de ella en el papel pintado de las paredes y en los picaportes desparejados de las puertas. En las molduras del techo y en el viejo radiador. Restos de ella en el polvo que saturaba el aire después de tanto tiempo vacío. Había restos de Rosie en cada rincón del 299 de la calle 82 Este. Y conservar el apartamento significaba conservar restos de ella. Y estar en aquel apartamento ahora significaba estar con ella.

Lamentaba no haber tenido la capacidad de darse cuenta antes; la fuerza para insistir en que regresaran con los niños de vez en cuando…

Rex fue de una habitación a otra con los ojos medio cerrados, palpando las paredes con las yemas de los dedos. Buscaba a Rosie en las paredes. Quería que su energía, su recuerdo y su amor recorrieran su cuerpo. Quería que esa energía tuviera la fuerza necesaria para entrar en su corazón. Que fuese lo suficientemente fuerte como para traspasársela a Willow.

Y entonces abrió los ojos cuando sus dedos palparon una irregularidad en la suavidad de la pared. Era el relicario que le había regalado a Rosie aquel primer día en el apartamento. El primer día en el apartamento, cuando Rosie le dijo que estaba embarazada. Aquel día colgó el relicario en la pared como manifiesto al amor. A su amor improbable y hermoso. A su amor único, especial y complementario.

Tomó el relicario entre sus manos y lo examinó. Le dio la vuelta una y otra vez para inspeccionar cada arañazo. Cada desconchón. Cada borde deslucido. Enredó la cadena entre sus dedos y pasó las yemas por la inscripción de la parte de atrás.

Calle 82 Este, 299. Nueva York, Nueva York. Apartamento 5.

Siempre era especial estar allí. Seguía siéndolo. Porque cualquier lugar en el que estuviera Rosie era especial. Y Rosie dejaba restos de sí misma allí donde iba. Rosie dejaba restos de Rosie en todos aquellos a los que amaba. Aunque ya no estuviera.

Rex apretó el relicario con fuerza y se lo llevó al corazón. Sentía a Rosie en aquel relicario. Lo sentía palpitar contra su pecho. Sentía la vida de Rosie, dándole amor, dándole vida.

Era justo lo que necesitaba. Y sabía que era lo que necesitaba Willow también. Con Rosie en el corazón, y con el corazón como única guía, se sintió preparado para querer a su hija como se merecía. Como tal vez no había podido querer a Rosie en los últimos tiempos.

Darle a Willow el amor de Rosie, el amor que Rosie guardaba en aquel relicario, sería el primer paso.

Al día siguiente, cuando regresaba de Manhattan, justo antes de llegar a casa, Rex se detuvo en la terminal de autobuses donde guardaban todos los autobuses amarillos del colegio de primaria Robert Kansas. Se detuvo allí como había hecho tantas veces durante aquel año. Se dirigió al encargado, Chris, que le estrechó la mano y le mostró dónde estaba el autobús 50, como había hecho tantas veces durante aquel año.

Y así Rex metió dos pajitas más de azúcar picapica con sabor a uva en las profundidades del asiento delantero izquierdo, como había hecho tantas veces durante aquel año. Adjuntó la nota para Willow y también el relicario de Rosie.

Sonrió al pensar en su regalo. Sí, Willow tendría un pedacito de Rosie al que aferrarse. Y podría comenzar el proceso de recuperación. Willow y él podrían reencontrarse a través del recuerdo de Rosie. A través del amor de Rosie. El reencuentro de un padre y su hija a través del azúcar picapica y un viejo relicario de oro.

49

Willow se había convertido en un goteo permanente de tristeza. Goteaba, goteaba y goteaba. Nunca salpicaba ni mojaba a quienes la rodeaban. Simplemente goteaba, goteaba, goteaba. A todas horas. No sucedía en forma de lágrimas ni de marcas rojas ni de pis en la cama. Simplemente goteaba, goteaba y goteaba por sus poros.

Y, al ocupar su asiento habitual en el autobús 50, justo detrás del conductor, su tristeza goteó y goteó un poco más al fijarse en la cinta aislante del respaldo. Deseaba arrancarla y descubrir una nueva remesa de azúcar picapica. Deseaba que su madre estuviera de nuevo en su vida. Echaba de menos el amor en su vida. Y, aunque sabía que era imposible, no pudo evitar pellizcar el extremo de la cinta con el pulgar y el índice hasta despegarla. Se asomó al agujero y metió la mano sin dejar de gotear y gotear con la expectativa de la desilusión.

Pero, sin más, el goteo cesó. Palpó de nuevo las finas pajitas de azúcar picapica dentro del asiento. Y aquella sensación detuvo el goteo. Lo secó de golpe.

Dos pajitas más de azúcar picapica.

¡Dos pajitas más de azúcar picapica!

Su madre le había dejado más azúcar picapica.

Pero ¿cómo lo habría logrado?

¿Seguía viva?

Seguía viva.

¡Su madre seguía viva!

Un torrente de felicidad, emoción, alivio y amor recorrió todo su cuerpo. Le llenó los huesos y el corazón. Le rodeó los pulmones y el cerebro tan deprisa que incluso se mareó. El mundo se dio la vuelta y todo volvió a estar bien.

Los recuerdos que Willow tenía de su madre se proyectaron hacia el futuro. Los bailes, las canciones, las películas, los caramelos y los pintalabios que había congelado en el pasado se proyectaron de nuevo en la pantalla de su futuro. Apenas pudo contener un grito al pensar que volvería a tener todas esas cosas.

Pero ¿dónde estaba? ¿Dónde estaba su madre?

Willow sacó la mano y el azúcar picapica del agujero del asiento. Junto a las pajitas salió un viejo relicario dorado en forma de corazón. Colgaba de una cadena de oro también gastada y entrelazada con las dos pajitas. Se llevó el relicario al corazón. Sintió a su madre en aquel objeto. Lo sintió palpitar. Dándole amor. Dándole vida.

Sintió el mismo cosquilleo que sentía cuando tenía la cabeza apoyada en el regazo de su madre en la casa del árbol. El mismo cosquilleo de satisfacción. Y de alivio. Y de felicidad absoluta.

«¿Dónde estás, mamá?», preguntó para sus adentros. «¿Dónde estás?».

Cerró los ojos y volvió a apretar el relicario contra su corazón. «Dime dónde estás».

Entonces abrió los ojos y se quedó mirando el relicario. Le dio vueltas y examinó cada arañazo. Cada desconchón. Cada borde deslucido. Enredó la cadena entre sus dedos y le dio la vuelta. Pasó los dedos lentamente por la inscripción de detrás. Pasó los dedos y percibió las hendiduras vacías de cada letra.

Calle 82 Este, 299. Nueva York, Nueva York. Apartamento 5.

Y entonces supo cuál era la respuesta a su pregunta.

Allí era donde estaba su madre. Estaba a salvo, feliz en aquel apartamento de Manhattan que tanto le gustaba. Y quería que Willow estuviese a salvo y feliz con ella allí también. Como le dijo en aquel sauce.

Por primera vez en meses, todo volvió a tener sentido.

Su madre se había mostrado distante porque estaba planeando su huida. La había dejado sentada en el bordillo de la escuela tantas veces porque había vuelto a su apartamento. Estaba preparándolo. Pintando las paredes y seleccionando la música. Buscando sus películas favoritas y llenando la cocina de sus aperitivos favoritos. Sí, todo tenía sentido. Por eso su padre no la había llevado al funeral. No había habido ningún funeral. La llamada de teléfono a Roy. Lo había fingido todo. Lo había fingido para que ella se quedara con él en esa casa de Virginia. Pero ahora sabía la verdad. Y su madre la había sabido desde el principio.

Iría a buscarla a Manhattan lo antes posible.

Apretó las pajitas de azúcar con los dedos y se las guardó en la mochila. Después besó el relicario y se lo guardó en el bolsillo de la chaqueta.

Luego frunció el ceño y tomó la decisión de ir a buscar a su madre. Estaba decidida a recuperar su amor.

Y, cuando Willow Thorpe decidía hacer algo, lo lograba.

No siempre había sido cierto, pero ahora lo era. Era cierto para ella igual que lo era para Rex.

Habían vivido ajenos al amor del otro durante mucho tiempo, y les había vuelto a pasar, aunque por muy poco. Pero Rex y Willow, padre e hija, estaban preparados para encontrar el amor y harían cualquier cosa para lograrlo. Aunque fuera en nuevos lugares o de formas diferentes.

Willow tuvo la mirada fija en las manecillas del reloj de la clase de la señora McAllister hasta que sonó el timbre y pudo irse a casa a contárselo todo a Asher. Nada más bajarse de sus respectivos autobuses y entrar en casa de su padre, le estrechó la mano a su hermano y lo arrastró hacia el armario de la entrada.

—Cuando jugamoz al ezcondite, no noz ezcondemoz juntoz, Willow —le explicó Asher en voz baja.

Y, sin decir nada, Willow metió la mano en el bolsillo de la chaqueta y sacó el relicario.

—Ooooo —dijo Asher con los ojos tan abiertos como los de ella.

Pero luego se quedó callado y, a los pocos segundos, sus ojos azules recuperaron el tamaño habitual.

Willow balanceó la cadena colgada de sus dedos.

—¿Qué? —preguntó su hermano.

—Míralo —le ordenó Willow, dando la vuelta al relicario para mostrarle la dirección grabada detrás—. Mamá me ha dejado esto en el asiento del autobús.

Asher dejó caer los hombros y frunció los labios.

—¿Antez de modid?

—No. Ahora.

Willow esperaba una explosión de alegría, pero su hermano se limitó a ladear la cabeza en la oscuridad del armario.

—Eso significa que sigue viva, Ash. Quiere que vayamos a buscarla aquí. A esta dirección.

Había dejado el relicario en la palma de su mano abierta, para que él lo viera, y por tercera vez esperó que Asher compartiera su entusiasmo.

—Willow, ezo no tiene zentido —le dijo Asher frotándose los ojos humedecidos.

Y entonces ella se lo explicó todo. Que Rosie llevaba todo el curso dejándole pajitas de azúcar picapica en el asiento del autobús. Que no había habido ningún funeral. Que su madre había estado planeando su huida todo ese tiempo. Que jamás los abandonaría, aunque fuera un «accidente». Que se irían a Manhattan a buscarla.

Estaba convencida de que su madre se encontraba en aquel apartamento. Y su convicción brotaba de sus palabras, de los poros de su piel, de sus huesos y de su corazón.

Brotaba con tanta intensidad que ya no existía la realidad.

Así que Asher hizo lo que han hecho los hermanos pequeños desde siempre. Se creyó lo que le decía su hermana mayor. Y no tuvo nada que ver con los hechos, sino con la lealtad. Y el amor. De modo que dejó que las palabras de Willow se colaran en su corazón y se sumó al plan de su hermana para encontrar a Rosie.

50

Al día siguiente en el colegio, Willow elaboró su plan con la ayuda de la carpeta llena de horarios de autobuses de la biblioteca, en vez de ir a comer. El plan era caminar hasta la estación de autobuses desde su casa y tomar el autobús hasta Manhattan. Estudió los horarios y los giros por cada calle. Calculó el tiempo de cada paso y lo que necesitarían para llevarlo a cabo. Un billete costaba doscientos nueve dólares. Si sumaba otro billete para Asher, ascendería a cuatrocientos dieciocho. Y necesitarían dinero extra para tomar un taxi. Y quizá algún dulce para el camino. Quinientos dólares fue el número que garabateó en el dorso de su libro de sopas de letras. Quinientos dólares para volver junto a su madre.

Pensó en cómo conseguir tanto dinero. Asher y ella podrían vaciar sus huchas, y además había que contar con la paga semanal.

Cuando llegó a casa esa tarde, decidió contar cuánto dinero les quedaba para alcanzar los quinientos dólares.

Quiso empezar por la hucha de Asher, así que fue a la habitación de su hermano y vio cómo agitaba el cerdito de porcelana junto a su oreja. Se oyó un ruido metálico hueco antes de que cayera sobre la moqueta una moneda de diez centavos. Asher frunció el ceño y abrió el cajón que había junto a su cama. Se gastaba la paga cada semana en figuras de acción de la vieja juguetería situada junto al colegio.

—A vecez Jack, el de la tienda de chuchez, me da un chupachupz zi le digo que he hecho todoz miz debedez —explicó Asher con orgullo. Willow hizo todo lo posible por decirle a su hermano que no importaba, que se alegraba de que tuviese tantas figuritas de acción y a veces chupachups, pero por dentro se sentía decepcionada. Porque, cuando se asomó al cajón lleno de figuritas de acción, no vio la felicidad de su hermano. Vio lo mucho que tardaría en llegar hasta su madre. Vio que cada Batman de plástico significaba otro trayecto en el autobús 50. Otra comida sentada a la mesa ella sola en la cafetería. Vio que cada zombi en miniatura representaba otra noche sin dormir entre aquellas sábanas azules y frías. Otro aburrido plato de judías verdes y pescado para la cena. Vio que cada robot, extraterrestre o superhéroe significaba otro triste día en la aburrida y deprimente casa de su padre.

Se fue a su habitación a contar el dinero que tenía ella en su hucha, desesperada por calcular cuánto dinero necesitaría. Y, aunque había un tirador en la parte inferior de su hucha que le habría permitido sacar el dinero con delicadeza, le apetecía romperla. Le apetecía levantarla por encima de su cabeza y estamparla contra el suelo de la entrada. Le apetecía ver las piececitas desperdigadas por el asfalto. Le apetecía formar un desastre que ni siquiera limpiaría. Le apetecía hacer ruido. Aunque nadie pudiera oírlo.

Así que agarró la hucha cerdito de la cómoda de mimbre, se la puso bajo el brazo y se dirigió hacia la entrada pensando en su madre. Cuando salió, levantó el cerdo de porcelana por encima de su cabeza y lo estrelló contra el suelo.

Apenas emitió un ruido al partirse en cinco trozos y medio, que revelaron una pila considerable de billetes. No se rompió en mil pedazos diminutos, como había imaginado. No provocó una nube de polvo blanco. Los trocitos de cerámica no salieron disparados en todas direcciones sobre el asfalto. Allí fuera solo estaban el canto de los pájaros, el olor a flores, el sol cálido de la tarde, cinco trozos y medio de cerdito de porcelana y un montoncito de billetes arrugados.

Willow notó que se le cerraba la garganta y sintió la presión de las lágrimas formándose detrás de los ojos. Desde aquel día en el que estuvo en casa de su madre llenando cajas, no se había permitido llorar. Las lágrimas intentaban salir y resbalar por sus mejillas, pero ella se las aguantaba. Por mucho que insistieran, ella no las dejaba salir.

Las contenía cuando se ataba los cordones por la mañana y cuando se quitaba la chaqueta y la colgaba en su casillero. Las contenía cuando caminaba por el pasillo hacia clase de gimnasia y cuando miraba el reloj. Las contenía cada tarde cuando abría la puerta de la casa de su padre y cuando terminaba su lista de tareas. Cuando se retiraba a su habitación con su libro de sopas de letras y cuando ponía la mesa para la cena.

Las contenía cuando removía la pasta en el plato. Y cuando se cepillaba los dientes y se lavaba la cara antes de acostarse. Las contenía cuando se metía bajo las sábanas. Pero, casi siempre, cuando todo quedaba a oscuras y en silencio en su dormitorio, Willow no podía seguir conteniendo las lágrimas. Y entonces brotaban de sus ojos y resbalaban por su cara.

Pero allí, parada en la entrada, contemplando los pedazos de su hucha en forma de cerdito y los billetes arrugados, Willow no pudo contener las lágrimas mientras esperaba poder conseguir quinientos dólares.

Así que se quedó allí sentada, contando todos sus billetes, con la cara empapada de lágrimas. Agarraba un billete, lo estiraba y lo colocaba en la pila. Los contó y después volvió a contarlos para asegurarse. Se alegró al ver los billetes de cien dólares que Roy le había ido regalando en cada cumpleaños. «Ahórralos para un día de lluvia», le decía año tras año y le guiñaba un ojo. Ella se alegró de haberle hecho caso. Cuatrocientos sesenta y cuatro dólares. No le quedaba tanto para su objetivo. Y, aunque todavía no había hecho prácticamente nada, todas aquellas ideas, aquellas emociones y aquellas fantasías para recomponer su vida habían empezado a agotarla.

Apoyó los codos en las rodillas y se sentó con las piernas cruzadas sobre el asfalto. Y dejó que las palmas de sus manos soportaran el peso de su cabeza durante unos instantes. Dejó que sus manos soportaran el peso de sus ideas, de sus emociones, de sus fantasías y de su dolor.

Solo habían pasado un par de días y ya estaba cansada de esperar. Porque la felicidad que un sueño podía aportar al día a día de una vida era limitada. El despertarse. La lista de tareas matutina. El trayecto en autobús hasta el colegio. La mesa vacía a la hora de comer. La clase de Historia Americana. El trayecto en el autobús de vuelta a casa. La hora de los deberes. La lista de tareas nocturnas. Y, aunque tenía sus planes, y aunque su madre estuviese en su futuro, Willow vivía un presente terriblemente solitario. Porque en su mundo presente no tenía nada, salvo esos pequeños pasos que la guiaban hacia su madre. No había otra cosa en su mundo presente capaz de ayudarla a soportar el día a día de su vida.

Con la cabeza apoyada en las manos y los ojos cerrados, Willow no se dio cuenta de que su padre había estado observándola a través de la ventana de la cocina todo ese tiempo.

Se llevó los billetes y los trozos de hucha a su habitación. Necesitaba más dinero y sabía que lo necesitaba rápido. Se dejó caer en su puf y pensó en maneras de conseguirlo.

A los demás chicos de su clase siempre les daban dinero por cosas. Vendían *brownies* para que su equipo de baloncesto pudiera comprar camisetas nuevas. Se ponían camisetas y pantalones cortos y se plantaban en la calle principal ofreciéndose a lavar coches por cinco dólares para que el equipo de animadoras pudiera permitirse su viaje anual a Disney World. Cuando eran más pequeños, esos mismos niños se situaban en su jardín con vasos de limonada casera y ganaban dinero suficiente para comprarse nuevos amuletos para sus pulseras o cordones para las deportivas.

Willow pensó que era algo que ella también podría hacer. Asher, su madre y ella habían horneado miles de cosas juntos; tartas, galletas y pasteles. Y siempre usaban un ingrediente que no aparecía en la receta; virutas de colores, chocolatinas y cosas así. A veces teñían la masa de un color diferente utilizando colorantes. Y, aunque esos cambios nunca hacían que las tartas, galletas o pasteles supieran mejor, sí que resultaban más divertidos de comer. La sorpresa al saborear la mantequilla de cacahuete cuando encontrabas una chocolatina dentro de la tarta de chocolate. O el inesperado sabor del azúcar crujiente al hallar una viruta de colores en el pastel de cerezas. La emoción de comerse una galleta de color naranja. Sí, sus compañeros de clase compartirían ese placer tan tonto. Y así, de pronto, nació el horno casero de Willow.

Abrió su caja de ceras por primera vez desde que su madre murió, o se fue, y garabateó *El horno casero de Willow* en letras grandes y moradas sobre un trozo de cartón que encontró en el sótano. Dibujó una galleta roja, una tarta azul y un pastel de color verde. Estuvo haciendo garabatos sin parar, con la lengua fuera. Apretaba con tanta fuerza que tuvo que retirar el papel de sus ceras de colores porque se le gastaban. Y, cuando hubo terminado de colorear todas las letras, tartas, galletas y pasteles, colocó el cartel contra su escritorio utilizando el otro brazo, ya que el derecho le dolía de tanto pintar, y dio un paso atrás. Quedaba perfecto.

Así que se fue abajo a hornear.

Eran ya casi las nueve de la noche y le pesaban los párpados, pero estaba decidida. Se puso sus auriculares morados, dio al *play* y empezó a sonar *Raspberry Beret*. Se puso a cocinar moviendo la cabeza de un lado a otro y siguiendo el ritmo con los dedos de los pies. Midió, mezcló y amasó. Removió, espolvoreó y chupó la cuchara.

Y, en cuestión de poco tiempo, había preparado una masa azul de galletas con trocitos de chocolate y caramelos de menta. Y masa verde de galletas de avena con cereales escondidos dentro. Y un sabroso pastel de cereza con trozos de chocolate flotando en su interior. Y estaba todo en el horno cobrando vida. Devolviendo a su madre a la vida. Devolviendo a Willow a la vida. Estaba todo en el horno inundando la cocina de la dulzura azucarada del hogar de su madre. Inundando su cuerpo con la dulzura azucarada del amor de su madre.

Pegó la nariz a la puerta del horno y observó cómo las galletas y el pastel cobraban vida mientras se imaginaba a su madre dando vueltas por la cocina con unas varillas en la mano como si fuera un micrófono.

Al día siguiente, cuando llegó al colegio, Willow llevó su cartel y sus galletas al despacho de la directora antes de la hora de comer para que diera su aprobación. La directora Rhoads apretó los labios y contempló con escepticismo las galletas de colores. Willow le habló del colorante y de las sorpresas dulces escondidas dentro, y después se fue a la cafetería a montar su puesto.

Se sentó en una silla de plástico detrás de su mesa de plástico y su cartel de cartón mientras los alumnos pasaban de largo.

Miraban sus galletas por el rabillo del ojo y seguían andando. Giraban la cabeza y se quedaban mirando a Willow con sus dulces mientras se sentaban en los bancos de la cafetería. Pero después devolvían la atención a sus Oreos y a sus Chips Ahoy. Willow se aferró furiosa al borde de la mesa al ver pasar de largo a Freddie Fisher, después a Kara Avett, a Erin Simmons y a Ray Callahan. Se aferró a la mesa con tanta fuerza que se quedó con trozos de plástico bajo las uñas. Pero, aun así, esperó y esperó a que alguien le comprara algo. Cualquier cosa. Porque hasta una simple galleta vendida significaría que estaba más cerca de reencontrarse con su madre. Esperó y esperó mientras los minutos pasaban en el reloj. Esperó y esperó mientras el resto de alumnos mordisqueaban sus galletas. Esperó y esperó mientras sus compañeros se terminaban el zumo. Esperó y esperó, pero nada sucedió.

Sin embargo, cuando quedaban dos minutos para que terminara la hora de la comida, Amanda y Patricia se acercaron a su mesa con los brazos entrelazados y se detuvieron frente a ella. Llevaban el pelo como siempre: recogido con una cinta y con un lazo en el lado izquierdo. Ambas llevaban falda rosa y camiseta blanca con deportivas blancas de plataforma.

Willow retiró las uñas del borde de la mesa al percibir que estaba a punto de efectuar una venta.

Miró a Amanda. Después a Patricia. Luego otra vez a Amanda, que llevaba en la mano un billete de dólar. Amanda la miró y después examinó los dulces. Pero entonces soltó una carcajada estridente y tiró de Patricia para marcharse.

Mientras Amanda se alejaba, Willow la oyó susurrarle a su amiga al oído:

—Seguro que te salen manchas en los brazos y empiezas a tropezar por los pasillos si te comes sus galletas del espacio exterior.

Ambas se rieron mientras salían de la cafetería agarradas del brazo.

Willow volvió a sentir la presión detrás de los ojos. Apretó la mandíbula y los puños para no volcar su mesa de plástico, romper su cartel en mil pedazos y desperdigarlos por toda la cafetería. Después de tanto planificar, colorear y hornear, no se encontraba ni un paso más cerca del 299 de la calle 82 Este.

Y le dolía.

El horno casero de Willow Thorpe jamás funcionaría.

Ahora se daba cuenta del fallo de su plan. Los niños con carteles perfectamente decorados y botes llenos de dinero al finalizar el día no eran Willow Thorpe. Eran niños que caían bien a otros niños y profesores. Eran niños que jugaban juntos en el recreo y quedaban con sus amigos después de clase. Eran niños que jugaban en el mismo equipo de fútbol los fines de semana y asistían a cada fiesta de cumpleaños. No eran la niña que se hacía pis encima y que tenía el pelo rebelde. No eran la niña que tropezaba por los pasillos, o llevaba el mismo atuendo día tras día, o guardaba libros de sopas de letras en la mochila.

Tiró las galletas y pensó en otras maneras de conseguir dinero. Se preguntaba qué tendría que hacer, hasta dónde estaría dispuesta a llegar.

51

Mientras soñaba con llegar a Manhattan, Willow veía a su madre en todas partes. En los sauces que veía desde el coche. En los cartones de zumo en los que clavaba su pajita. En cada palabra que rodeaba en su libro de sopas de letras. En cada cucharada de helado, que ahora eran pocas. La echaba mucho de menos en todos esos lugares. Y, cada vez que eso sucedía, se la imaginaba con un vestido de estampado de flores bailando en su apartamento. Se la imaginaba removiendo un enorme plato de espaguetis mientras movía la cabeza al ritmo de *Little Red Corvette*. Se la imaginaba dibujando con lápices de colores en su cuaderno negro con las rodillas pegadas al pecho. Se la imaginaba haciendo todas esas cosas que solía hacer.

Pero, según pasaba el tiempo, esas imágenes de su madre comenzaron a desintegrarse en su cabeza. No recordaba con exactitud cómo cruzaba las piernas cuando se sentaba en el suelo. O de qué tonalidad de rojo se pintaba los labios. O si el pelo le caía a la izquierda o a la derecha. O cuál era su canción favorita del álbum *Rumors*.

Willow había tejido un intrincado dibujo de su madre y ahora ese dibujo comenzaba a deshilacharse. La imagen se descomponía. Cada vez le costaba más trabajo introducirse en aquella visión.

Todo se volvía borroso y a ella empezó a entrarle el pánico. Y, de vez en cuando, sentía que perdía la esperanza.

Pero con cada duda se intensificaba la necesidad de llenar esos huecos. Porque la única manera de volver a tener a su madre en la imaginación sería sentirla de verdad. Llamar a su puerta, verle la cara y sentirla. Willow deseaba sentirla. Y deseaba sentirla ahora.

Ella no lo sabía, pero había heredado aquella firme determinación de su padre. Cuando Rex y Willow Thorpe deseaban algo, se les encendía la sangre. Su cuerpo y su mente quedaban invadidos por ese deseo.

Pero Willow y Asher todavía no habían conseguido reunir el dinero suficiente con sus huchas, sus pagas semanales y sus ventas frustradas de galletas. Pero ella deseaba a su madre y la deseaba ahora. Ahora. Ahora. Deseaba ver a su madre ahora. Sentía que tenía derecho a ello y que ya había pasado suficiente tiempo. Y lo primero en lo que pensó fue en el cajón superior del despacho de su padre. El cajón del despacho de su padre, de donde sacaba los billetes de uno y de cinco para darles la paga los domingos. Seguro que allí habría suficiente dinero en efectivo para cubrir la diferencia.

Pero Rex no hacía más que entrar y salir de su despacho. Sería imposible colarse allí con la certeza absoluta de que su padre no se daría cuenta. Así que reclutaría a su hermano. Asher le pediría a Rex que jugara con él al pillapilla y, mientras estuvieran fuera, ella se colaría en el despacho para abrir el cajón.

Pero, cuando Willow le contó el plan a Asher, su hermano frunció el ceño.

—Ni hablad, Willow. ¡No quiedo dobad!

—Bueno, técnicamente no sería robar. Solo tendrías que jugar al pillapilla o algo así —le explicó ella, esperanzada.

—No me guzta. No pienzo hacedlo. —Asher se cruzó de brazos e incluso trató de sacar pecho con indignación.

Aquel ceceo que solía provocarle ternura no tuvo ningún efecto en ella.

—Asher, sí que vas a hacerlo.

—Ni hablad. —Asher cerró los ojos y negó vehementemente con la cabeza.

—Desde luego que sí.

Agarró a su hermano del brazo mientras hablaba. Asher dejó de retorcerse de inmediato y miró a su hermana a los ojos. Estaba intentando ver qué ocurría allí, qué cosas desconocidas circulaban por su cuerpo, qué hacía que sus ojos brillasen de esa forma, qué provocaba todos aquellos moratones en sus brazos, qué la obligaba a agarrarlo así del brazo.

Pero no vio nada. Solo sus enormes ojos marrones y severos.

—Au, Willow —dijo después de tragarse el nudo que tenía en la garganta—. ¿Pod qué me haz agadado? ¿Pod qué te compodtaz azí?

Había empezado a llorar. Sus lágrimas eran tan grandes que ni siquiera le hacía falta parpadear para que cayeran de sus pestañas y resbalaran por sus mejillas.

—¿Pod qué no quiedez a papá? ¿Pod qué no edez feliz aquí? Pod favod, Willow, inténtalo.

Lágrimas. Más lágrimas. Lágrimas enormes que resbalaban por sus mejillas.

—Necezito que lo intentez. Pod favod. Papá lo intenta. Veo que lo hace y tú no te daz cuenta. Ziguez odiándolo. Pod favod, quiédelo. Pod favod, Willow.

Willow no sabía qué era lo que estaba diciendo su hermano. Y tampoco era seguro que Asher comprendiera la profundidad de las cosas que estaba diciendo. Pero allí estaban. Y ahora a ella también le dolía el corazón.

Asher se quedó allí sentado, con las piernas cruzadas en el suelo y las manos en los ojos mientras le rogaba a su hermana, y entonces Willow se dio cuenta por primera vez de que todos en aquella casa estaban sufriendo. Sufriendo de verdad.

Pero, en aquel momento, Willow pensaba que el suyo era el dolor más grande. Sabía lo que tenía que hacer para poner fin a ese dolor y nadie la detendría.

Asustaba a sus compañeros. Ocultaba secretos a su padre. Y aquel día manipuló a su hermano.

Y, utilizando mucha menos persuasión de la que Willow había imaginado que necesitaría, Asher hizo lo que hacen todos los hermanos pequeños y al final obedeció a su hermana. Y, como ella había planeado, Rex pensó que estaba disfrutando del sencillo placer de jugar a la pelota con su hijo mientras su hija le robaba cuarenta y seis dólares en metálico del cajón superior de su despacho.

El jueves por la tarde, después del colegio, Willow ni siquiera se paró a pensar en lo mucho que se parecía a su padre cuando le lanzó una mochila negra a Asher y le dijo:

—Mete ahí todo lo que necesites para casa de mamá.

No se le ocurrió pensar que, igual que a ella no le parecían suficientes dos cajas de cartón llenas de cosas para sentirse a gusto en casa de su padre, a su hermano tal vez no le pareciera suficiente una mochila con unos vaqueros, algunas camisetas, un muñeco de Linterna Verde y una mantita para sentirse a salvo durante el trayecto para ver a su madre. Pero ayudó a Asher a meter las cosas en su mochila de todos modos.

Arropó a su hermano con su manta de superhéroes, le dio un beso en la mejilla y le revolvió el pelo.

—Te veré en unas horas —le dijo a Asher, que ya tenía los ojos cerrados.

Después metió un par de *leggings* morados y otra camiseta negra con la herradura plateada en el fondo de su mochila. Introdujo su libro de sopas de letras encima de la ropa y después enrolló el cable de sus auriculares alrededor del reproductor de CD. Cerró la mochila, tiró de los cordones y guardó en el bolsillo delantero todo el dinero en efectivo que Asher y ella habían conseguido reunir.

Contempló su mochila y se sintió preparada. Preparada para volver a ver a su madre. Preparada para la música, las risas, la cocina, los abrazos, los besos y el amor. Preparada para volver a sentirse bien.

Pensaba en todo aquello cuando se metió en la cama, pero no pudo dormir.

Cuando sonó su despertador a las cuatro y media de la mañana, estaba totalmente despierta mirando su mochila. Se había pasado la noche repasando el plan.

Caminar hasta la estación de autobuses. Comprar el billete. Subir al autobús. Bajarse en la parada correcta. Parar un taxi. Dar la dirección al taxista. Llamar al timbre. Ver a mamá. Abrazar a mamá. Fundirse con mamá.

Caminar hasta la estación de autobuses. Comprar el billete. Subir al autobús. Bajarse en la parada correcta. Parar un taxi. Dar la dirección al taxista. Llamar al timbre. Ver a mamá. Abrazar a mamá. Fundirse con mamá.

Repasó el plan una y otra vez en su cabeza. Todo su cuerpo estaba preparado para moverse, para irse, para explotar. Apenas podía evitar sonreír, aun con los ojos cerrados.

Antes de que la alarma sonara por segunda vez, ella ya se había levantado de la cama. Entró de puntillas en su cuarto de baño y se miró en el espejo. Tenía los ojos muy abiertos y decididos. Sus hombros parecían fuertes. Por fin sus mejillas habían recuperado parte del rubor habitual. Parecía preparada. Parecía distinta.

A cada cosa que hizo aquel viernes por la mañana, con cada movimiento, con cada gesto, pensaba que aquella podría ser la última vez que hiciera todas esas cosas en casa de su padre. La última vez que apagara aquel despertador. La última vez que se mirase en ese espejo. La última vez que completara la lista de tareas pegada a la pared. La última vez que recorriera el pasillo hacia la habitación de su hermano para despertarlo. Porque, en menos de doce horas, estaría en el 299 de la calle 82 Este con un refresco de vainilla en la mano y la cabeza apoyada en el hombro de su madre.

Entró sin hacer ruido en el cuarto de su hermano y le zarandeó el hombro hasta que este se despertó y abrió los ojos.

—Es la hora, Asher. Vamos, levanta. Antes de que se despierte papá.

Asher abrió los ojos y se los frotó con la mano. Todavía tenía su mantita azul agarrada entre los dedos.

Willow se preguntó si su hermano fantasearía también con despertarse en la cama de mamá con el pijama a juego. Se preguntó si también pensaría en qué sabor de helado tomarían los tres esa noche. Si creía que su hermana podía llevarle hasta allí. Si creía que su madre estaría allí o no.

Pero Willow tenía convicción y determinación suficientes para los dos. Y, pasados solo unos pocos minutos, estaban ambos junto a la puerta de atrás con las mochilas puestas. Se miraron durante unos segundos. Se miraron a los ojos y compartieron muchas cosas. Confianza y aprensión. Miedo y lealtad. Esperanza y amor.

Y entonces, antes de que ninguno pudiera cambiar de opinión, Willow le agarró la mano a Asher y salió por la puerta.

Asher se dio la vuelta y se despidió de la casa de su padre con la mano mientras ella lo arrastraba por la oscuridad que precede al amanecer. El paseo hasta la estación de autobuses se les hizo largo. Iban mirando al suelo, poniendo un pie delante del otro, y, con cada paso, las gotas de rocío iban evaporándose en el aire primaveral. Con cada paso se les calmaba el pulso.

El amor había preparado sus corazones para el viaje, pero ahora la inercia era la que movía sus piernas.

52

Rex estaba soñando con Rosie cuando se despertó al oír a Willow en el pasillo decir «shh». Y, al darse la vuelta en la cama, oyó a Asher responder con un «peddón» aún más sonoro que el «shh» de su hermana. Se frotó los ojos y miró el reloj que tenía junto a la cama. Era demasiado pronto para que sus hijos estuvieran despiertos.

Se levantó de la cama, se asomó a la terraza y vio que salían de casa con la mochila puesta. A juzgar por cómo salieron por la puerta, no iban a la escuela. Así que Rex se puso las deportivas y los siguió a unos cuarenta metros de distancia, sin hacer ruido, mientras salía el sol y el rocío de la mañana se evaporaba. Se preguntaba hacia dónde se dirigirían sus hijos a esa hora de la mañana. Aunque no lo sabía, estaba seguro de que aquel viaje le ayudaría a entenderlos.

Se quedó perplejo cuando acabaron en la estación de autobuses y Willow se acercó a la ventanilla con un fajo de billetes en la mano. Pero, cuando oyó a su hija decir: «Dos billetes para la ciudad de Nueva York, por favor», con su dulce vocecita, supo exactamente lo que había ocurrido.

Pensó en el relicario. Pensó en la dirección grabada en la parte de atrás. Recordó haberlo atado a aquellas pajitas de azúcar picapica con las que pretendía decir «te quiero». Lo que nunca le había dicho a su hija. Lo que le había negado a su hija durante tanto tiempo que ahora ella pensaba que era un regalo de Rosie, incluso después de su muerte.

Y tenía sentido que su hija pensara que eran de su madre. La persona que sí decía «te quiero» a todas horas. Con sus palabras, con sus regalos y con sus gestos. La persona que desprendía amor puro sin parar. Hasta que se le acabó.

Y en ese momento lo entendió todo. Fue devastador, pero lo entendió. Supo que debían completar aquel viaje ellos solos. Supo que tenían que llegar al apartamento ellos solos. Explorar aquella fantasía, aquel deseo, ellos solos. Pero él debía asegurarse de que estuvieran a salvo. Cuando lo hicieran, estaría allí esperándolos. Como el padre y el hombre que deseaba ser.

Corrió de vuelta a casa y entró en su despacho, donde comprobó los horarios de llegada de los autobuses a Manhattan. Llamó a Roy y le explicó lo sucedido.

—¿Puedes hacer que alguien se reúna con ellos en la parada de autobús para que los ayude a tomar un taxi? —le preguntó a su amigo—. Yo tengo que estar en el apartamento cuando lleguen. Tienen que llegar allí y pensar que lo han conseguido solos. ¿Puedes encontrar a alguien?

Roy, el amigo fiel que siempre había sido, le dijo que sí. Se lo pediría a su amiga Sasha, que trabajaba cerca. Se aseguraría de que sus hijos llegaran al apartamento. Rex sabía que Roy jamás haría una promesa que no pudiera cumplir.

Fue todo lo que necesitó oír antes de colgar el teléfono y preparar una bolsa de viaje para los niños y para él. Metió pantalones, camisas y jerséis. Muñecos y camisetas de superhéroes para Asher. Incluso *leggings* morados y camisetas negras para Willow.

Se detuvo en su despacho y allí estaba, la foto de Rosie que tenía junto a la pantalla del ordenador. Aparecía de pie en la orilla del mar con un vestido estampado de cachemira. Se levantaba el dobladillo del vestido para que no se le mojara, pero la espuma del mar lo alcanzaba de igual forma. Se reía con aquellas enormes gafas de sol. Era una época diferente. Una época más feliz para ambos. Cuando Willow y Asher no eran más que un destello en la mirada. Cuando el amor los rodeaba. Rex dio la vuelta a la foto y abrió la parte de atrás, donde guardaba la nota de Rosie que habían encontrado en su dormitorio.

Mi Willow. Mi Asher. Y también mi Rex.
Os quiero muchísimo, mis pequeños renacuajos.
Lo siento mucho, por todo.
Mamá.

La nota que Rosie había dejado estaba escrita con una delicada cursiva morada.

Rex recordó la primera vez que había visto aquella caligrafía elaborada en la tarjeta de la floristería Blooms. La primera vez que sintió el odio y el amor al mismo tiempo. Se llevó la nota al pecho y después a los labios. Luego volvió a guardarla dentro del marco con lágrimas en los ojos.

La Rosie que dejó aquella nota se quedaría allí. En una vida pasada. Oculta tras la Rosie de la fotografía. Tras la Rosie de las gafas de sol, las risas, los vestidos estampados y los dedos llenos de arena. Aquella Rosie preciosa y vibrante ocultaría a la Rosie de las pastillas, el dolor y el sufrimiento. Así había sido siempre y así seguiría siendo. Era la Rosie a la que necesitaba ver en aquella foto y en su imaginación. La Rosie a la que Willow y Asher necesitaban ver también. En sus vidas y en sus recuerdos.

Pero, antes de salir de casa, se detuvo a mirar la foto una vez más. Cuanto más la miraba, tan feliz, tan viva, más insignificante se volvía la nota que ocultaba detrás.

Fue agradable tener un momento de calma, un momento de

felicidad, en mitad del caos de los últimos meses. El caos con Rosie. Después el caos sin Rosie. El caos con Willow. Y ahora el caos sin Willow.

Por fin dejó escapar el aire.

Se subió a su coche y se dirigió a toda velocidad hacia el 299 de la calle 82 Este.

53

Cuando llegaron a la estación de autobuses, Willow esperó pacientemente frente a la ventanilla hasta que abrió. Un hombre desaliñado de pelo gris y mangas harapientas se irguió sobre la silla para poder ver bien a la niña de once años cuya melena rizada apenas alcanzaba la ventanilla.

—¿Dónde os dirigís vosotros dos? —preguntó a través del vapor que salía de su vaso de café.

—Dos billetes para la ciudad de Nueva York, por favor. El autobús seiscientos treinta —dijo Willow con una seguridad sorprendente. Y, por primera vez, su actitud no tuvo nada de insegura ni de extraña cuando desenrolló el fajo de billetes que había sujetado con una goma. Pasó el dinero por debajo del cristal y aceptó los billetes de un hombre que había visto a todo tipo de gente comprar billetes a todo tipo de lugares.

Despues Willow le hizo un gesto con la cabeza a Asher, que la siguió hasta la dársena. Willow no paraba de sacudir nerviosamente la pierna derecha y Asher daba saltos de un lado a otro. Pero, cuando sonó el claxon del autobús y el vehículo dobló la esquina, los dos se quedaron quietos y callados. Callados y preparados.

Las puertas se abrieron con el silbido del aire y ambos hermanos subieron al autobús vacío y se agarraron de la mano sin ni siquiera mirarse los dedos. Subieron a la vez y se acercaron al conductor. Las puertas emitieron otro silbido al cerrarse y el autobús comenzó a moverse.

Willow y Asher recorrieron el estrecho pasillo y ocuparon sus asientos uno al lado del otro. Apoyaron las manos en el estampado azul de los asientos y dejaron las piernas colgando mientras se preparaban para el viaje.

Y de pronto Willow ya no estaba en el pasado, pensando en cómo era su vida cuando su madre estaba allí. Tampoco estaba en el futuro, pensando en cómo sería su vida cuando su madre volviera a estar allí. Se encontraba en el presente. El futuro era igual al pasado. El pasado era igual al futuro. Se sentía unida a su madre, emocionada al acercarse al final de un largo y doloroso camino. Sentía los baches bajo las piernas. Sentía la vibración del asiento, que era demasiado grande para su pequeño cuerpo, embarcada en un plan demasiado grande para su pequeña cabeza.

Willow estuvo escuchando música y haciendo sopas de letras mientras Asher retorcía los brazos y piernas de sus muñecos. Juntos contaron coches azules en la autopista y jugaron a piedra, papel o tijera y a las tres en raya.

Después se quedaron callados. Asher apoyó la cabeza en el hombro de su hermana y cerró los ojos para dormir un rato. Luego Willow apoyó la cabeza en la de su hermano y cerró los ojos para dormir también. Pero ambos sabían por la respiración del otro que ninguno de los dos estaba dormido. Esperaban nerviosos y emocionados a llegar a Manhattan.

Y de pronto la carretera se estrechó y empezaron a surgir edificios a su alrededor. Entonces se dieron cuenta de que realmente estaban muy lejos de casa. Se dieron cuenta al ver el gris de las calles y de los edificios y el humo que salía de la tierra. Se dieron cuenta al ver la densidad de los edificios, los carteles, los sonidos y las personas. Se dieron cuenta al ver la rapidez con que esas personas se movían por las aceras y los trajes negros que vestían. Lo vieron en el ruido. En las luces parpadeantes. En los cláxones.

Aquel era un mundo distinto. No era el de su padre ni el de su madre. No era el colegio. No era la playa.

Willow y Asher se dieron la mano y bajaron juntos del autobús. Siguieron a algunos pasajeros para salir de la terminal y se quedaron parados en la acera. Willow quería que un taxi se detuviera frente a ellos y los llevara junto a su madre, pero todo iba muy deprisa.

Entonces una mujer alta, rubia y delgada, que llevaba un vestido blanco, le dio una palmadita en el hombro.

—¿Queréis ir a alguna parte, cielo? —le preguntó con un tono maternal.

Willow abrió la palma de la mano y le mostró a la mujer el relicario con la dirección grabada. Entonces la mujer de blanco levantó el brazo en dirección a la calle y un taxi sucio y amarillo se detuvo ante ellos. Le entregó al taxista unos billetes verdes y le indicó la dirección. Y Willow se fijó en las uñas rojas de la mujer de blanco a través de la ventanilla cuando se despidió de ellos mientras se alejaban.

Con cada giro brusco a la derecha, con cada semáforo en rojo y con cada coche que pasaba casi rozándolos, Willow notaba que su emoción crecía. Y, cuando el taxi se detuvo frente a un edificio marrón y no muy alto con el número oxidado, sentía que casi no podía ni respirar.

El momento que había estado esperando estaba dentro de aquel edificio. El momento en que su madre la estrecharía entre sus brazos estaba detrás de aquella puerta.

54

Rex pasó todo el camino pensando en Willow y en Asher. Confiaba en que estuvieran a salvo. Se preguntaba qué pensarían cuando lo vieran, cómo reaccionarían al comprobar que Rosie no estaba allí, qué sentirían. Pensaba en Willow. En lo mucho que le gustaría el apartamento, en lo mucho que percibiría allí la presencia de Rosie, aunque no estuviera allí. Él también permitiría que la presencia de Rosie le inundase. Querría a sus hijos tanto como ellos necesitaran. Se lo diría y se lo demostraría cada día a partir de ahora.

Lo sentía mucho. Lamentaba todos esos momentos en los que se había mostrado distante, en los que no había protegido a sus hijos. Protegerlos no con fuerza y severidad, sino con amor. Amor puro y sin medida.

Esperó y esperó en aquel apartamento a que llegaran sus hijos.

Y, cuando oyó que llamaban a la puerta, le dio un vuelco el corazón y se quedó sin respiración durante un segundo.

55

Willow también sintió un vuelco en el corazón y se quedó sin respiración durante un segundo antes de llamar a la puerta tres veces. El zumbido de las calles desapareció y solo oyó el movimiento al otro lado de la puerta. Sentía el cosquilleo recorriendo su cuerpo.

Entonces el picaporte giró y la puerta fue abriéndose poco a poco.

Y allí estaba su padre.

Su padre, alto y fornido, mirándola a los ojos.

Todo quedó en silencio. Silencio por la sorpresa. Silencio por la incredulidad.

Silencio por la desilusión.

Y, sin decir una sola palabra, su padre se metió la mano en el bolsillo trasero y después estiró el brazo hacia delante. Llevaba en la mano dos pajitas de azúcar picapica de uva. Y de esas pajitas colgaba una nota escrita a ordenador donde se leía *Para Willow*, con la misma fuente que llevaba meses viendo en esas notas.

Sintió que le temblaban las rodillas, que le temblaban más que nunca. Porque aquello no era la fuerza de la gravedad. Era la fuerza de la pena. Y fue abrumadora.

Cayó al suelo como una marioneta a la que le hubieran cortado los hilos. Se quedó con las piernas y los brazos retorcidos. Y lloró. Y lloró más. Lloró con fuerza y desgarro. Lloró lágrimas grandes y temblorosas que le empaparon la cara. Tomó aire y lloró un poco más. Y más y más.

Su pecho vibraba con el peso del llanto. Dejó los brazos colgando a cada lado y siguió llorando. Tomó más aire y siguió llorando.

Y entonces sintió las manos fuertes y capaces de su padre. Las mismas manos que la sacaron de la cama y la llevaron a la playa en mitad de la noche. Las mismas manos que habían estado dejándole notas junto a las pajitas de azúcar picapica todo aquel tiempo.

Su padre se arrodilló y estrechó su cuerpo contra el suyo. Se arrodilló a su lado y acercó a su pecho su cuerpo inerte y roto de dolor.

Y Willow dejó que el peso de su cuerpo cayese sobre el hombro de su padre mientras lloraba y lloraba sin poder parar. Sintió las manos de su padre frotándole la espalda, desde arriba hacia abajo. Una y otra vez. Para calmarla. Y ella se dejó llevar por aquel ritmo hipnótico, firme y seguro. Se dejó calmar. Se permitió sentir el amor que escondía aquel gesto.

Y poco a poco se le fueron tranquilizando el corazón y la respiración. Se le relajaron los músculos y se le secaron las lágrimas. Y entonces sintió la mano de Asher en la espalda también. Y, cuando todo quedó en silencio, se oyó la voz de su hermano.

—¿Podemoz vivid aquí ahoda? —preguntó.

Willow se apartó del hombro de su padre y lo miró a los ojos. Esos ojos grandes, marrones y severos. Y entonces su padre se rio. Se rio con ganas y alegría. Y eso hizo que ella también se riera. Con ganas y de corazón.

—Me parece una gran idea, Ash —le dijo a su hijo mientras le revolvía el pelo—. Os he traído vuestras cosas. Están en la otra habitación.

Entonces Willow volvió a hundirse en el hombro de su padre, le rodeó con los brazos y lo estrechó con fuerza. Con mucha fuerza. Y su padre la abrazó también. Con mucha fuerza. Willow se hundió en el hombro de su padre y cerró los ojos.

Y lo hizo con todo el amor —pasado, presente y futuro— que había en su cabeza.

56

Cuando Rex abrió la puerta y vio a su hija caer al suelo, embargada por la tristeza, se le rompió el corazón. Se le rompió tanto que le dolió. Estrechó a su hija entre los brazos y dejó que llorara encima de él. Le frotó la espalda y lloró con ella. Por Willow. Por Rosie. Y por Asher.

Y por él mismo. Y por todo aquel que alguna vez había amado y perdido.

Y, cuando las lágrimas y la respiración de su hija por fin se calmaron, sintió el cosquilleo de la paternidad. Sintió el orgullo que le provocaba consolar a su hija. El poder del amor que fluía de él a ella y de ella a él.

No pudo evitar reírse con Asher cuando exclamó:

—¡Ezte zitio mola! ¿Podemoz vivid aquí ahoda?

Y no pudo evitar estar de acuerdo con la idea cuando miró a su hija a los ojos.

Rex y Willow se quedaron meciéndose en el suelo durante varios minutos, o tal vez fue una vida entera, hasta que Willow volvió a incorporarse. Y, sin decir una palabra, la llevó hasta el armario lleno de CD. CD de Prince, de Blondie, de Elton John y de todos los favoritos de su madre y de su padre.

Y estuvieron los tres escuchando música y comiendo comida china. Jugaron a juegos de mesa y se rieron mucho. Se tumbaron en el sofá mientras Rex les contaba historias sobre el apartamento. Sobre el apartamento, sobre Manhattan y sobre su madre cuando vivía en él. Y allí, en la cocina del 299 de la calle 82 Este, Willow, Asher y Rex fueron felices. Y Rosie se equivocaba, porque ella también lo habría sido.

Cuando anocheció y la estancia quedó a oscuras, Rex metió una cinta VHS en el viejo vídeo y pulsó el *play*. Apareció *Sillas de montar calientes* en la pantalla y juntos bailaron, rieron y recitaron los diálogos de la película en honor a Rosie. En recuerdo de Rosie.

Willow miró a su padre a los ojos por segunda vez aquella noche. Y en esa ocasión fue una mirada de agradecimiento. De amor. De tranquilidad. Después se acurrucó junto a él en el sofá y, en recuerdo de Rosie, se quedó dormida con una sonrisa en los labios.

Y Rex sonrió también. Con todo el amor del universo —pasado, presente y futuro— que había en su cabeza.

57

El amor de Rex fue colándose por cada rincón del 299 de la calle 82 Este hasta llenar todas las estancias. Las estancias y el alma de Willow Thorpe. Y Willow era mejor con el amor de Rex en su interior.

En cuestión de poco tiempo, se le curaron los arañazos de la piel y desapareció la irritación de los ojos. Pasó el verano pintando un mural de la costa de Virginia en la pared de su nuevo dormitorio. Se hizo amiga de sus nuevos compañeros de clase aquel otoño. Incluso representaron el *Time Warp* en el concurso de talentos del colegio. Y todas las chicas se peinaron para llevar el pelo como el de Willow.

Una fría mañana otoñal de domingo, después de un desayuno casero a base de tortitas con virutas de chocolate, Rex levantó un cubo de piedras planas para lanzar que se había traído desde Virginia y les propuso hacer un pícnic en Central Park junto al estanque.

—Id a vestiros, deprisa —les instó y le dio a Asher una palmadita cariñosa en la cabeza. Luego esperó junto a la puerta con su gorra de béisbol y sus vaqueros. Pensó en lo que significaba ser feliz. Ser felices los tres.

La puerta de Willow se abrió despacio y allí estaba su hija, con uno de los viejos vestidos de Rosie. Le quedaba grande y lo arrastraba por el suelo, pero estaba preciosa con aquel vestido de estampado floral. En paz. Perfecta. Se parecía mucho a Rosie, pero Rex por fin pudo ver a Willow tal y como era. Willow sin los *leggings* morados y la camiseta negra con la herradura. Willow como niña. Willow como una joven mujer.

—¿Podemos irnos ya? —preguntó su hija.

—Claro que podemos, cielo —respondió él mirándola a los ojos—. Y estás preciosa con el vestido de mamá.

Rex le puso la mano en la cabeza y le acarició el pelo. Después la estrechó contra su pecho y le dio un beso en la frente. Con los rizos rozándole la barbilla a su padre, oyendo a Asher dar saltos por la habitación, Willow sonrió con todo el cuerpo. Con todo el corazón. Con toda el alma.

Todo iba bien. Todo saldría bien.

EPÍLOGO

Quince años más tarde

Willow Thorpe toqueteaba nerviosa el relicario que colgaba de su cuello durante otra cita de viernes por la noche con Aaron Jackson. Era alto, tenía la mandíbula fuerte y los ojos grises y tiernos, el pelo rubio y las manos suaves. A Willow le gustó que se le ciñese la camiseta a los hombros cuando estiró el brazo para agarrar su vaso de cerveza. Le gustó que Aaron se relamiese con sutileza el labio inferior tras dar un trago. Pero, sobre todo, le encantó que se le acelerase el corazón cuando la miró a los ojos. Y que se le encendiesen las mejillas cuando se inclinó sobre la mesa y acercó los labios a su cara.

—¿Dices que tus padres solían venir aquí? —preguntó Aaron girando el torso hacia el escenario del piano bar de Ray.

Willow aspiró el olor del *whisky* y de las sillas de madera astilladas en las esquinas.

—Mi madre decía que aquí se enamoró de mi padre.

Contempló la escena de lamparitas rojas y pensó que tal vez estaba sentada en el mismo asiento que antes había ocupado su madre. Y entonces sonrió, pero con una pizca de tristeza en los ojos.

—Ella pensaba que mi padre se había levantado para ir a

pedir, pero de pronto lo vio en el escenario con las manos en el teclado.

Aaron se recostó en su silla y ella pensó que tal vez fue el peso de la historia el que le echó hacia atrás.

—Qué partidazo —dijo Aaron guiñándole el ojo.

Y entonces Willow cambió de opinión sobre su postura. Era una postura provocada por la tranquilidad de saber que el amor había surgido allí antes y podría volver a surgir.

Willow se levantó de la silla y se dirigió hacia el escenario. Le chocaron las rodillas solo una vez antes de sentarse al piano, extender su vestido de flores a su alrededor y colocar las yemas de los dedos con delicadeza sobre las teclas.

Cerró los ojos y empezó a tocar.

Fueron tres notas bajas que crearon sin esfuerzo una melodía que conocía todo el bar.

Aaron y el resto de clientes siguieron el ritmo con las manos sobre la mesa y los zapatos en el suelo mientras coreaban el estribillo de *Benny and the Jets*.

—¡Creída! —articuló Aaron con una sonrisa. Y después la abrazó con fuerza cuando bajó del escenario—. ¿Cómo has aprendido a hacer eso? —le preguntó.

—Me enseñó un partidazo que conozco —bromeó ella.

En cuanto se sentó, Aaron metió el brazo por debajo de la mesa y le puso la mano en la rodilla. Y Willow se preguntó si su padre le habría puesto la mano en la rodilla a su madre tantos años atrás. Se preguntó si a su madre también se le habría acelerado el corazón.

Cuando se volvió para mirarlo, se preguntó si era amor. Quería que fuese amor. Amor puro y sincero. Amor mágico, único y abrumador.

Recordó cómo su madre describía el momento en que se enamoró de su padre. Cómo describía el amor que sentía hacia sus hijos. Era «mucho más loco y lunarmente».

Miró a Aaron a los ojos y ella también estuvo a punto de desear un amor «mucho más loco y lunarmente».

Pero entonces se detuvo. Ya sentía ese amor «mucho más loco y lunarmente» por su madre y lo sentía también por su padre. Con Aaron quería otro tipo de amor. Un amor más sencillo, sin esfuerzo. Un amor tranquilo y fácil.

Le dio un beso a Aaron. Y tal vez no fuera «mucho más loco y lunarmente», pero fue el mejor beso de su vida.